Beach Resort

Hoofdstuk 1

OM HAAR HEEN WAS NIETS DAN WATER. MET GESLOTEN mond proefde ze het zout, in haar oren ruiste en bubbelde het. Wie zei dat het onder water stil was, was nooit ondergedompeld geweest in de eindeloze oceaan.

Esmée Achterberg bewoog haar armen en benen en keek naar de bubbeltjes die dat teweegbracht in het heldere turquoise. Onder haar schoot een school vissen weg, glanzend in alle kleuren waarin het licht brak op hun schubben. Een meter dieper bewoog de bodem, het zand brak open en met uiterst kalme bewegingen zwom een zeeslang weg. Ze maakte een paar krachtige slagen en haalde adem, een beetje moeizaam door het mondstuk.

Bij de rotsen wemelde het van de vissen. Sommige schoten links en rechts weg, andere kwamen nieuwsgierig op haar af. Ze tikte tegen haar bril zoals ze eens van een duikinstructeur had geleerd. Duiken deed ze amper, maar het trucje met de bril werkte inderdaad ook prima tijdens het snorkelen. Twee koraalvlinders zwommen naar haar toe en bleven op minder dan een meter van haar gezicht voor haar zweven in het water. Drie doktersvisjes voegden zich daarbij en even staarden ze allemaal naar elkaar en vroeg Esmée zich af wie nou eigenlijk wie kwam bekijken.

Plotseling maakten alle vissen schichtig dat ze wegkwamen. Het volgende moment golfde het water om haar heen en voelde ze iets zwaars op haar rug. Iets dat haar naar beneden drukte. Haar krachtig omsloot. Haar snorkel ging onder water en ze spuugde het mondstuk uit. Toen maakte ze zich los en zwom naar het oppervlak. Hoestend kwam ze boven en verplaatste haar duikbril naar haar haar.

Leandro dreef grinnikend naast haar, zijn armen wijd, zijn gezicht naar de zon. 'Schrok je?' vroeg hij plagend.

Esmée keek hem aan en trok een gezicht. Het was moeilijk om boos op hem te zijn, ook al hamerde haar hart nog in haar keel. 'Totaal niet', beweerde ze. 'Ik zag je al van ver aankomen. Je hebt trouwens alle vissen weggejaagd.'

'Die komen wel weer terug. Zo mensenschuw zijn ze niet.'

Daar had hij gelijk in, want rondom Esmées benen schoten de visjes alweer door het water. 'O kijk', zei Leandro. 'Twee clownvisjes.'

Esmée volgde zijn blik en zag de oranje-witte vissen gemoedelijk naast elkaar zwemmen. Nemo's, zo noemden bijna alle kinderen de beestjes tegenwoordig. En ze moest toegeven dat ze de film met kinderen van vriendinnen al zeker een keer of acht had gezien.

'Er zijn er veel vandaag', zei Leandro, turend in het water. Zo dicht bij de rotsen aan de zijkant van de baai waren altijd wel veel vissen te zien, maar het leken er inderdaad meer dan anders te zijn. 'Al denk ik dat ze zo meteen allemaal wel verdwenen zullen zijn.'

Hij wierp een veelbetekenende blik richting het strand van Grote Knip, waar het nog rustig was geweest toen ze een halfuur geleden waren aangekomen maar waar nu per minuut meer badgasten via de trap het strand bereikten. Een groepje van zes volwassenen en, zo telde Esmée in de gauwigheid, vijf kinderen streek neer met een hele kolonie kleurrijke opblaaseenhoorns. Zelfs vanaf haar plek bij de rotsen kon ze de kinderen horen gillen van plezier.

'Volgens mij zitten zij in het hotel', zei Leandro met zijn ogen samengeknepen.

Esmée keek nog eens goed en knikte. Leandro had gelijk, ze had de gasten van suite 14, 15 en 16 twee dagen geleden zelf ingecheckt. Een aardige Nederlandse familie die op Curaçao was om het veertigjarig huwelijk van de ouders te vieren. Zij hadden hun twee kinderen inclusief echtgenoten en kleinkinderen meegenomen voor een week op het eiland. Esmée had hen gisteren voorzien van een stapel folders over zo'n beetje iedere bezienswaardigheid die het eiland rijk was. De kinderen hadden uitgelaten gereageerd bij de foto's van de dolfijnen in het Sea Aquarium. En Esmée had voor over drie dagen een boottrip naar Klein Curaçao voor het hele gezelschap geboekt. 'Het is nu al een heerlijke vakantie', had de moeder van drie van de kleine kinderen dankbaar gezegd. 'Dat alles geregeld wordt, dat is het meest ontspannen van alles.'

Esmée had geglimlacht en gezegd dat de vrouw niet moest aarzelen om bij de receptie aan te kloppen met al haar wensen, want daar was de frontoffice voor. Dat klonk misschien als een aangeleerde zin of iets uit een reclamefolder, maar ze meende het echt. Sinds Esmée twee jaar geleden als frontofficemanager bij het Curaçao Beach Resort was gaan werken, was het elke dag haar doel geweest om het verblijf van de gasten van aankomst tot vertrek vijfsterrenwaardig te maken: een 'vijfsterrenbeleving', zoals Ricardo, de hotelmanager, het omschreef. Hij liet het dan weer wel klinken als een marketingkreet, maar Esmée wist dat ook hij alles deed om het de gasten naar de zin te maken. Ze waardeerde Ricardo om zijn harde werken en zijn kritische blik die het resort, dat vaak kortweg CBR werd genoemd, een van de best gewaardeerde hotels op het eiland maakte. Op veel boekingssites werd zelfs gesproken over het beste, mooiste en meest geboekte resort van Curaçao. Dat laatste klopte sowieso, want het was vrijwel altijd volgeboekt. Zelfs na twee jaar kon Esmée zich zomaar ineens trots voelen dat ze hier mocht werken.

'Ik ga nog even mijn strandbedje opzoeken', zei Leandro. 'Ik heb pas over twee weken weer een dag vrij, dus ik wil deze dag zoveel mogelijk horizontaal doorbrengen.'

Esmée glimlachte. 'Ik zie je straks', zei ze, terwijl ze twijfelde aan de waarheid van zijn woorden. Leandro was juist helemaal niet gemaakt om stil te zitten of te liggen. Zijn energie was van een jaloersmakend niveau en hij stond bekend om zijn werkdagen die zelden voor middernacht eindigden.

Esmée keek hem na terwijl hij wegzwom in de richting van het hagelwitte strand. Aan de manier waarop hij zwom was te zien dat hij zo'n beetje in het water was opgegroeid, zo soepel en natuurlijk bewoog hij zich erdoorheen. Leandro had haar met regelmaat verteld over zijn jeugd op het eiland – het eindeloze spelen op het strand, zwemmen in zee, springen van de rotsen. Altijd buiten, altijd met vriendjes en familie. Dat waren zijn mooie herinneringen. Maar er waren ook de strenge opvoeding van zijn moeder en grootouders, de geldzorgen, de vader die hij nooit had gekend omdat die het gezin nog voor de geboorte van Leandro in de steek had gelaten – en zijn broers die gingen studeren en het eiland verruilden voor Nederland, waar ze nu goede banen hadden maar ook hadden moeten dealen met vooroordelen en zelfs racisme. Leandro zelf was, net als zijn oudere zus, op het eiland gebleven en was nu hard op weg om zijn droom om hotelmanager te worden, waar te maken. Op dit moment was hij manager van de restaurants in het

Curaçao Beach Resort, maar Esmée wist zeker dat die baan niet het eindstation van zijn carrière was. Hij had het zeker in zich om hotelmanager te worden. 'Laten we samen iets beginnen', had hij weleens voorgesteld. Het was gekscherend bedoeld, maar Esmée had de serieuze ondertoon in zijn stem wel gehoord. En wie weet, later, zouden ze hun eigen hotel openen. Als ze met iemand zo'n avontuur aandurfde, was het met Leandro.

Vanaf haar eerste dag bij CBR was Leandro haar maatje geweest. Ricardo had hen al aan elkaar voorgesteld tijdens zijn uitgebreide rondleiding en toen ze daarna tegelijk pauze hadden gehad, waren ze aan de praat geraakt. Esmée woonde op dat moment net twee weken op Curaçao en Leandro had spontaan aangeboden haar wat meer wegwijs te maken. Nog die week, toen ze allebei op dezelfde dag vrij hadden, had hij zijn belofte ingelost en waren ze in zijn oude pick-up over het eiland gaan toeren. 's Avonds had Esmée voor het eerst met een oprecht gevoel van blijdschap in bed gelegen. Naar Curaçao verhuizen was een goed idee geweest, dat wist ze met haar verstand. Maar de eerste dagen van haar verblijf had haar gevoel iets heel anders gezegd. Hoe kon ze hier ooit een leven opbouwen, alleen, zo ver weg van haar familie en vrienden. Zelfs nu dacht ze nog weleens hoe ze iedereen in de steek had kunnen laten na…

Ze schudde haar hoofd voor een golf van gedachten haar zou overnemen. Niet nu. Het belangrijkste was dat ze haar draai had gevonden en daar had Leandro een belangrijke rol in gespeeld. Door zijn vriendschap, door haar mee te nemen naar zijn familie waar ze zich meteen thuis had gevoeld, door ook in haar werk haar maatje te zijn. Hij was allang niet meer haar enige vriend op het eiland, maar wel degene van wie ze wist dat hij er altijd zou zijn als ze hem nodig had. Iets wat andersom ook gold. Hoe vaak had ze hem niet opgevrolijkt als er weer eens een liefdesavontuur niet helemaal goed was afgelopen? Leandro was een romanticus eerste klas en geloofde er heilig in dat de prins op het witte paard op een dag voorbij zou galopperen, maar vooralsnog had hij niet erg veel geluk gehad. De laatste drie mannen met wie hij, allemaal kortstondig, een relatie had gehad, bleken hem te bedriegen. Hij was veel te lief, had Esmée hem al zo vaak verteld. En hij was een meester in het negeren van alarmsignalen. Een van zijn vriendjes had zichtbaar met twee iPhones rondgelopen en Leandro had klakkeloos aangenomen dat een van die toestellen zijn werktelefoon was, hoewel hij hem nooit in Leandro's bijzijn gebruikte.

Dat was natuurlijk uitgelopen op een gebroken hart en daarna had Leandro besloten dat hij vrijgezel bleef, wat hij twee maanden had volgehouden. Zijn laatste vriendje was drie weken geleden naar Aruba vertrokken, nadat hij erachter was gekomen dat hij toch geen homo was – een gegeven dat Leandro eerst nogal persoonlijk had opgevat, maar gelukkig had Esmée dat idee inmiddels uit zijn hoofd gepraat. Ze had vaak met hem te doen, maar stiekem moest ze soms zo lachen om zijn liefdesperikelen.

Andersom had Leandro vaak genoeg 'de ware' voor haar gevonden, maar ze waren het niet eens over de mannen die geschikt voor haar waren. Dan kwam hij weer aan met een gespierde macho, terwijl Esmée meer op rustige, betrouwbare types viel. Die waren er ook heus wel te vinden en ze had op liefdesgebied niets te klagen, maar de man met wie ze haar leven wilde delen zat er nog niet tussen. Dat hoefde ook niet, ze had het prima in haar eentje. Haar huisje in Willemstad was niet groot, maar ze had ook niet veel ruimte nodig. Ze werkte veel en als ze vrij was, was ze het liefst buiten. Als ze wilde, kon ze vanaf de plek waar ze woonde de gezelligheid van de stad makkelijk opzoeken, maar ook de rust of de mooie stranden. Als ze eerlijk was, vond ze haar vrijheid ook heerlijk: op haar vrije dagen gewoon doen wat in haar opkwam en niet overleggen of rekening houden met iemand anders. Er was ook niemand die klaagde als ze veel werkte of op het laatste moment een extra dienst voor haar rekening nam. Nee, voor haar was het leven als vrijgezel op dit moment prima. De komende jaren wilde ze zich richten op haar werk en pas daarna zou er ruimte zijn voor een gezin. Als ze dat al wilde, want daar was ze nog niet over uit. Ach, ze was twee weken geleden tweeëndertig geworden. Ze had nog tijd genoeg.

Opnieuw waren haar gedachten afgedreven, realiseerde ze zich toen de Nederlandse familie de eenhoorns te water liet en de grootvader er met vijf blije kinderen achteraan dook. Esmée deed haar mondstuk weer in, schoof haar duikbril op z'n plek en gleed onder water. Er waren nu meer snorkelaars bij de rotsen, maar dat weerhield de vissen er niet van om heen en weer te blijven zwemmen en voedsel te zoeken tussen de rotsspleten. Esmée keek een tijdje naar twee keizersvissen – althans, ze vermoedde dat het keizersvissen waren maar de gids met de verschillende soorten waaraan ze zo fanatiek begonnen was, lag al een tijdje te verstoffen in haar boekenkast. De vissen zwommen langzaam weg en Esmée meende te zien dat ze nog één keer bevallig achteromkeken voor ze uit haar zicht verdwenen, maar dat moest wel verbeelding zijn.

Ze kreeg genoeg van het snorkelen en zwom met lange slagen terug naar het strand. Even bleef ze nog dobberen op de kleine golfjes, toen vonden haar voeten de bodem en liep ze naar haar strandbedje. Leandro lag met zijn ogen dicht, ze wist niet zeker of hij sliep. Om haar heen vulde de lucht zich met de geluiden van het strand: gillende kinderen, vrolijke stemmen, het ruisen van de golven, gespetter toen een paar opgeschoten jongens het water in renden. De geur van barbecue dreef haar neus binnen en iemand speelde reggaemuziek af via een geluidsbox. Ze ging op haar bedje liggen, sloot haar ogen en genoot van de zon op haar huid. De druppels zeewater verdwenen, wat achterbleef was het prettige trekkende gevoel van het zout. Ze voelde zich moe na tien dagen lang onafgebroken werken, maar het was een prettige vermoeidheid – niet de verwarde en bezorgde vermoeidheid die haar in Nederland zo lang had geteisterd, de eindeloze piekergedachten die haar uit haar slaap hadden gehouden, het verdriet en de angst om...

Nee, sprak ze zichzelf streng toe. Die piekergedachten had ze daar gelaten, in Amsterdam. Of om precies te zijn: in de brede vensterbank waar ze uren had doorgebracht nadat haar leven op z'n kop was komen te staan. Het was ergens vast ook goed geweest, die periode waarin ze het gevoel had gehad elke ochtend bij het wakker worden in een achtbaan te stappen zonder een idee van waar die haar vandaag weer zou brengen. Tot ze na een tijdje zo gebutst en door elkaar geschud was dat ze niet wist wie ze was of waar ze stond. En wie ze kon vertrouwen. De fundamentele onzekerheid die dat met zich had meegebracht, had ze op Curaçao van zich af weten te schudden. Er was geen achtbaan meer, geen onzekerheid, geen angst. Hier stond ze met twee voeten stevig op de aarde en wist ze wat ze wilde en hoe ze dat moest bereiken. Hard werken, doen waar ze goed in was. Groeien, zich ontwikkelen. Alles waar ze energie van kreeg.

Ja, dacht Esmée met haar ogen nog steeds gesloten, ze had de juiste keuze gemaakt. Op alle gebieden was het leven op Curaçao beter dan in Nederland. Ze voelde zich meer ontspannen, meer op haar plek. Kalmer ook. Ze haalde diep adem. De reggaemuziek klonk nu luider, maar toch nam de slaap haar over. Met een glimlach op haar lippen dommelde ze langzaam weg.

'Tot morgen!' Leandro overhandigde haar haar tas die hij uit de laadbak van zijn pick-up had gepakt en kroop daarna weer achter het stuur. 'Ik heb een heerlijke dag gehad.'

Esmée zond hem een kus via de lucht en zwaaide nog even toen hij wegreed. Daarna liep ze haar straat in, met z'n kleine klinkers en kleurrijke gevels. Haar eigen, smalle huisje was geel geschilderd en had een lichtblauwe voordeur. Tegen de gevel groeide rode bougainville die het hele jaar door uitbundig bloeide. Ze opende de luiken voor de ramen, die ze gesloten hield als ze er niet was – vanwege de veiligheid, hadden diverse buren haar op het hart gedrukt, maar eigenlijk deed ze het meer vanwege de warmte. Onveilig voelde ze zich vrijwel nooit. Niet op het eiland en al helemaal niet in haar eigen straat. Natuurlijk liep er 's avonds laat weleens iemand voorbij die iets te veel had gedronken en daardoor luidruchtig was. En zo dicht bij het centrum van Willemstad waren er soms opstootjes, maar over de meeste daarvan hoorde ze pas achteraf. Ook als ze na een late dienst rond middernacht thuiskwam, had ze nooit het gevoel dat ze om zich heen moest kijken of zich moest wapenen tegen ongewenste figuren.

Ook nu, aan het begin van de avond, was het rustig in haar straat. Als ze twee blokken verder zou lopen, zou ze midden in het centrum van Willemstad staan, met z'n gezellige terrassen en winkeltjes. Maar hier, in het kleine straatje waar ze al sinds ze op Curaçao was woonde, was tot haar verbazing niets te merken van geluid of drukte.

Ze had getwijfeld of ze wel in Willemstad moest gaan wonen. Na haar jaren in Amsterdam was ze eigenlijk wel klaar met de stad en droomde ze soms van een huisje op een heuvel met om zich heen niets dan groen. En een weids uitzicht over zee. Maar inmiddels realiseerde ze zich dat zo'n bestaan ook eenzaam was en dat de drukte van Willemstad in het niet viel bij die van Amsterdam. Niet alleen doordat Willemstad vele malen kleiner was, maar ook doordat de drukte van de Nederlandse hoofdstad hier ontbrak. Waar ze zich in Amsterdam zo vaak gejaagd had gevoeld, had ze hier altijd het idee dat er zeeën van tijd waren. Een rood stoplicht in Amsterdam was op sommige dagen genoeg om haar van haar stuk te brengen omdat ze al te laat van huis was vertrokken. De veeleisende managers in de diverse vijfsterrenhotels waar ze had gewerkt, hadden haar er vaak meer of minder subtiel op gewezen dat een kwartier voor het begin van haar dienst aanwezig zijn nog altijd behoorlijk laat was. Hier had ze zich in het begin staan verbijten als de Pontjesbrug weer eens open was, maar inmiddels maakte ze zich niet meer druk wanneer de waarschuwingsbel klonk. Ze zette er geen stap harder om, deed geen moeite nog snel over te steken voor de slagbomen daalden en de brug begon te draaien. In plaats daarvan genoot ze vaak van het moment van stilstaan en staren naar de voorbijtrekkende boten. Het was ook weleens gebeurd dat ze samen met Leandro op een terras was neergestreken puur omdat de brug opengging. Het glas wijn dat ze toen hadden gedronken, nam uiteraard meer tijd in beslag dan de minuten dat de Pontjesbrug open was, maar ach, ze had er wel van genoten.

'Hé Esmée!' hoorde ze een mannenstem zeggen en ze zwaaide even naar Sherman, haar buurman, die net zijn huis wilde binnengaan. Hij stak zijn hand op en schonk haar een brede glimlach. 'Gaat het goed?' vroeg hij. Ze knikte, stak haar duim op en opende daarna haar eigen voordeur. Het was aangenaam koel in haar kleine benedenwoning, ook al liet ze de airconditioning overdag altijd uit. Ze zette haar strandtas op de grond en opende de deur naar de patio. Een hagedisje schoot weg tussen de vlonders. Uit de koelkast pakte ze een blikje frisdrank en daarna verschoof ze de ligstoel zo dat ze precies de laatste zonnestralen kon vangen. Uit haar strandtas haalde ze haar boek en daarmee installeerde ze zich op de stoel. Vluchtig keek ze naar haar telefoon. Er was een berichtje van haar moeder die informeerde hoe het ging en eentje van haar collega Angeline die vroeg of ze zin had in een drankje vanavond. Beide berichten liet ze vooralsnog onbeantwoord, in plaats daarvan sloeg ze haar boek open. Achter de muur van de patio hoorde ze Sherman pingelen op zijn gitaar, aan de andere kant lachte een kind zo aanstekelijk dat ze bijna mee ging doen.

Ze moest eigenlijk haar moeder bellen. En ze zou het ook doen, maar nu nog even niet. Ze had de gedachte aan morgen voor zich uit geschoven. Morgen was de dag, nu drie jaar geleden. Vorig jaar was ze in Nederland geweest, nu had ze ervoor gekozen om op Curaçao te blijven. De afstand was goed voor haar, merkte ze. Vergeten zou ze het natuurlijk niet, maar het telkens opnieuw openrijten van de wonden die niet eens echt genezen waren, dat bracht haar niets. Ze zou de dag op haar eigen manier ondergaan.

Even sloot ze haar ogen, toen opende ze ze weer omdat er te veel beelden op haar netvlies verschenen. Ze hief haar blikje naar niemand. Een glimlachje speelde om haar lippen toen ze in gedachten haar toost uitbracht.

Op jou, Timo. Waar je ook bent.

Hoofdstuk 2

RARE DAG WEL. HOE GAAT HET DAAR?

Esmée keek op toen het berichtje binnenkwam. Ze opende het meteen, ze liet zich vandaag sowieso maar al te snel afleiden van haar werk. En zo groot was het tijdvak niet waarin zij en Jackie allebei online konden zijn. Zes uur tijdverschil betekende dat een etmaal aan beide kanten van de aardbol nogal wat slaaptijd bevatte.

Ja, stuurde ze terug. *Went niet.*

Ze wachtte tot er antwoord zou komen. In gedachten zag ze haar halfzusje voor zich, druk met vier, vijf appconversaties tegelijk. Esmée betrapte zichzelf op gedachten over 'de jeugd' die dat allemaal zo moeiteloos leek te doen. Meteen voelde ze zich stokoud, wat ze vergeleken met haar twaalf jaar jongere zusje natuurlijk ook was. Esmée stond op het randje van de puberteit toen ze de kleine, roze baby voor het eerst in haar armen gedrukt kreeg. De eerste tijd was ze vooral jaloers geweest op de aandacht die Jackie wel en zij niet van hun vader kreeg, maar ze had zich daar uiteindelijk wel overheen kunnen zetten. De baby, en de schattige peuter en kleuter die op die fase volgden, kon er ook niets aan doen.

Ze tikte Jackies profielfoto aan. Haar halfzusje droeg daar een zonnebril, haar donkerblonde haar – Esmée had dezelfde kleur van hun vader geërfd – hing losjes en glanzend over haar schouders en Jackie keek omlaag naar iets dat haar kennelijk aan het lachen maakte. In haar hand had ze een glas met een kleurrijk rietje.

Er kwam een nieuw berichtje binnen. *Nee zeker niet!!!*, schreef haar halfzusje terug met haar bekende overdaad aan uitroeptekens.

Jackie had Timo niet zo goed gekend. De drie huilende gezichtjes die het berichtje kracht bijzetten, waren vooral voor Esmée bedoeld. Zij en Timo... Of beter gezegd, papa en Timo...

Ach, wat deed dat er nu nog toe? De dood streek dat soort dingen razendsnel glad. Wrang, maar wel de waarheid.

'Esmée?' Jacintha, een van de receptionistes, stak haar hoofd om de hoek van de deur van het kantoor. 'Kun je even komen?'

Esmée keek op. Haar gedachten hadden haar zo in beslag genomen dat ze even moest knipperen toen Jacintha haar uit haar concentratie haalde. 'Ja', zei ze en ze glimlachte naar de jonge receptioniste. 'Natuurlijk. Wat is er aan de hand?'

'De gasten van een van de villa's zijn niet tevreden over het huisje dat ze hebben gekregen', zei Jacintha. 'Ze eisen een andere villa of een financiële tegemoetkoming.'

Aan het gezicht van de vrouw was te zien dat de gasten kennelijk op niet mis te verstane wijze hun verhaal hadden gedaan en hun eisen hadden neergelegd. Jacintha werkte nog niet zo lang bij het Curaçao Beach Resort en was een ster in gasten onthalen met de grootst mogelijke gastvrijheid. Maar het oplossen van klachten vond ze nog wat lastig, zeker als de gasten op hoge poten naar de receptie kwamen. Dat gebeurde heus niet aan de lopende band, maar het hoorde er wel bij in een resort met dure suites en nog duurdere strandvilla's. Voor het geld dat de gasten betaalden mochten zij veel verwachten. Vaak werd aan die verwachtingen voldaan. Als dat niet zo was, was het soms aan het hotel te wijten, maar soms helaas ook aan een onrealistisch verwachtingspatroon. Die laatste categorie klachten was het lastigst op te lossen.

Esmée zette haar professionele glimlach op toen ze haar kantoor, dat achter de receptie lag, verliet. Haar hakken klikten tegen het marmer van de hotelvloer toen ze naar de balie liep en vriendelijk begroette ze de Amerikaanse man wiens gezicht op onweer stond. Hij droeg een dure polo en een nog veel duurder horloge en op zijn kale hoofd stond een zonnebril met het Franse designmerk verwerkt in een van de pootjes. Zijn priemende blik hield hij op Esmée gericht. 'Wij hebben niet de villa gekregen die we hebben geboekt', stak hij meteen van wal. 'Die van ons ligt ingeklemd tussen twee huisjes terwijl we het huisje op het einde van de rij hebben geboekt.'

'Ach, dat is vervelend', zei Esmée. Ze schoof de muis van de computer heen en weer en opende het boekingssysteem, ook al wist ze nu al dat de man ongelijk had. Ze had de boeking vanochtend zelf nog gecheckt, iets wat ze elke ochtend deed bij de gasten die die dag zouden arriveren voor een van de strandhuisjes, de meest exclusieve accommodaties van het resort.

'Wij hebben nummer 6', zei de Amerikaan. 'Nummer 8 ligt veel mooier, met aan twee kanten de zee. Dat is het huisje dat we hebben aangeklikt bij de boeking.'

Esmée knikte. De man had gelijk dat huisje nummer 8 het mooist lag, al was het nog altijd bepaald geen straf om in een van de andere villa's te verblijven. Alle acht de huisjes hadden een vlonder boven de zee en je dook dus zo vanaf je terras de oceaan in. Het water was op die plek ook nog eens het grootste deel van de dag helder turquoise. De villa die de man nu op het oog had, was echter bedoeld voor acht personen en kostte door de extra ruimte en de mooiere ligging per nacht heel wat meer dan wat hij betaalde.

'Ah, hier heb ik het', zei ze toen ze de gegevens van de

gast tevoorschijn had gehaald. Dat ze niet om zijn naam had gevraagd, leek hem een klein beetje goed te doen. Esmée kon niet de namen van de gasten in de tweehonderd suites uit haar hoofd leren, maar maakte er wel een gewoonte van om dat bij de gasten in de villa's te doen. Ze droeg ook de receptionisten op hetzelfde te doen. Voor zeshonderd euro per nacht, of meer, mochten deze gasten rekenen op net wat extra service.

'U heeft bij ons een zespersoonsvilla geboekt', zei ze met de heldere, vriendelijke stem die ze speciaal voor ontevreden gasten bewaarde. 'De villa die u bedoelt is geschikt voor acht personen.'

'Dat kan me niet schelen', bromde de man, alsof Esmée en haar collega's bij het verwerken van de boeking hadden moeten weten dat hij een grotere en duurdere accommodatie had gewenst. 'Ik wil dat andere huisje.'

'Helaas kan ik u niet naar dat huisje verplaatsen', zei Esmée en ze wist er oprecht spijtig bij te kijken. 'Het is de komende weken bezet. Ik heb eventueel huisje nummer 4 beschikbaar?'

De Amerikaan schudde geërgerd zijn hoofd. 'Dat is hetzelfde als wat we nu hebben.'

'Kunnen we wellicht op een andere manier uw verblijf veraangenamen?' vroeg Esmée. 'Uiteraard willen we er alles aan doen dat uw vakantie op ons resort een exclusieve ervaring wordt.'

De woorden rolden haar mond uit als in een reclamefolder, maar ze wist dat Amerikanen dol waren op woorden als ‘exclusief’ en ‘ervaring’.

‘Er is nog iets anders’, zei de gast, die zich duidelijk nog niet gewonnen gaf. ‘De jongen die de koffers bracht heeft het parfumflesje van mijn vrouw omgegooid.’

‘Dat is vervelend’, zei Esmée. ‘Onze excuses daarvoor. Als u schade heeft...’

‘Er is natuurlijk wat uit gelekt’, zei de man. ‘En het is duur parfum.’

‘Dat begrijp ik.’ Esmée knikte. De parfumflesjes die zij kende hadden een verstuiver en als ze omvielen waren ze ofwel gebroken of er was niets aan de hand, maar ze ging niet in discussie. ‘Kan ik u wellicht als tegemoetkoming in uw ongemak een fles champagne aanbieden?’

Ze had raak geschoten, zag ze. Het gezicht van de man klaarde eindelijk wat op. Ze wist wel dat het niet om de waarde van de fles ging – te oordelen naar de creditcard die hij gebruikte had de man zelf genoeg middelen voor een fiks aantal dozen van de drank. Maar het feit dat hij zich erkend voelde in zijn ontevredenheid over eerst het huisje en nu het parfum, was wat hem opvrolijkte.

‘Dat zou zeker terecht zijn’, zei hij, en Esmée beantwoordde zijn zuinige lachje met een brede glimlach.

‘Ik ga het gelijk in orde maken’, beloofde ze. ‘En nogmaals onze excuses.’

De man knikte haar toe en draaide zich om. Esmée belde naar de hotelbar, waar de dienstdoende manager beloofde de champagne meteen naar het huisje te brengen. Ze hing op en keek naar Jacintha.

'Je had moeten horen hoe hij stond te schreeuwen.' Haar collega trok met haar mond en schudde haar hoofd. 'Terwijl er met die boeking niets mis is gegaan.'

'Trek het je niet aan', zei Esmée, hoewel ze wist dat Jacintha dat wel deed. Het was haar ervaring dat gasten bij het zien van de badge op haar blouse waarop stond vermeld dat ze *manager frontoffice* was, vaak al wat kalmeerden. Alsof ze zich dan meteen meer serieus genomen voelden. Dat was soms vervelend voor de receptionisten, al konden de meesten er prima mee omgaan. En er stonden gelukkig veel gasten tegenover die alleen maar blij waren met het mooie resort, de prachtige kamers en hun heerlijke vakantie.

'Neem jij anders even pauze', zei ze tegen Jacintha. 'Ik draai de receptie wel samen met Maurice.'

Dat liet haar collega zich geen twee keer zeggen en ze verdween naar de personeelsruimte. Esmée glimlachte naar een vrouw die voor de balie was opgedoken. 'Welkom bij Curaçao Beach Resort', zei ze. 'Wat kan ik voor u doen?'

'Ik wil graag inchecken', zei de vrouw. 'Ik heb gereserveerd voor twee nachten.'

Esmée liet haar vingers boven het toetsenbord zweven. 'Wat is uw naam?'

De vrouw zocht in haar tas. 'Amanda Lewis', zei ze ondertussen. 'Heb je mijn paspoort nodig?'

'Ja, graag.' Esmée zocht op de Amerikaans klinkende naam, terwijl de vrouw een Nederlands paspoort tevoorschijn haalde. Ze legde het op de balie. Esmée pakte het, sloeg het open en voerde de gegevens in in het systeem. Daarna legde ze het onder de scanner en voegde de pdf die het apparaat automatisch naar de computer stuurde, toe aan de gastinformatie van Amanda Lewis. Vroeger had ze elk paspoort moeten kopiëren en die kopie in een mapje moeten bewaren, maar gelukkig waren ze een halfjaar na haar komst van software veranderd. Dat was een van haar eerste grote projecten als frontofficemanager geweest en het had haar populair gemaakt bij de receptionisten, omdat het inchecken van een gast nu veel minder tijd kostte.

Ze controleerde de pdf, waarvan de pasfoto zwart was gemaakt om het risico op identiteitsfraude bij een datalek te verkleinen, en klikte daarna op *akkoord.* Het systeem gaf een groen vinkje als teken dat de gegevens goed waren ingevoerd.

'Bent u eerder in ons hotel geweest?' vroeg Esmée.

'Nee.' Amanda keek op van haar telefoon. Ze leek wat gehaast te zijn en Esmée besloot de korte versie van haar uitleg te geven. Ze pakte de plattegrond van het hotel erbij en wees met haar pen aan waar de receptie was, waar de restaurants zich bevonden en wat de route naar het zwembad en het strand was. Normaal gesproken vertelde ze nieuwe gasten ook over de mogelijkheid tot watersporten of het huren van een boot, uitstapjes in de omgeving en het gegeven dat de frontdesk uiteraard bereid was een huurauto te regelen voor een dag of misschien langer. Maar daarin leek de alleenreizende Amanda allemaal niet geïnteresseerd.

'Uw kamernummer is 114 en uw suite bevindt zich op de eerste verdieping.' Esmée wierp een vluchtige blik op haar scherm om te zien of het klopte dat de vrouw een kamer met zeezicht had gekregen. Ze knikte kort. Er was een luxe suite geboekt, de boeking was binnengekomen via de eigen website van het hotel. 'Is er verder iets dat ik voor u kan betekenen?'

De vrouw schudde haar hoofd. 'Dank je wel', zei ze terwijl ze de plattegrond van de balie pakte en in haar tas stopte. Esmée had niet de indruk dat ze er echt naar had gekeken. De vrouw zette haar handtas op haar trolley en keek toen toch op. 'Nou ja, één ding. Ik kan wel een drankje gebruiken. Hebben jullie roomservice?'

'Als u de 9 toetst op de telefoon op uw kamer, kunt u uw bestelling doorgeven.' Esmée glimlachte. 'Maar ik kan het ook voor u doen?'

'O ja, heel graag.' Voor het eerst was er iets van een lach te zien op het gezicht van de vrouw. 'Een negroni met extra ijs. En laat ze niet zuinig zijn met de campari, alsjeblieft.'

Esmée beantwoordde de glimlach. 'Komt in orde', beloofde ze en daarna pakte Amanda Lewis haar paspoort van de balie en liep weg in de richting van de liften. De portier liep met haar mee om haar haar kamer te wijzen. Esmée keek het tweetal na en pakte toen de telefoon om opnieuw naar de hotelbar te bellen.

Toen ze ophing, kwam haar collega Angeline net aanlopen. Ze droeg de onberispelijke zwarte rok en lichtblauwe blouse van het hotel en haar haar zat in een nette vlecht, maar op haar neus prijkte een groot model zonnebril. Esmée had de uitnodiging van Angeline om gisteravond nog de stad in te gaan afgeslagen, een gegeven waar ze nu blij om was.

Angeline zette haar zonnebril af. Haar make-up was zorgvuldig aangebracht en alleen wie haar goed kende zag de vermoeidheid in haar ogen. 'Jij bent een verstandig mens', zei ze met een halve grijns. 'Ik wilde dat ik dat ook was.'

Esmée grinnikte. 'Was het gezellig?'

'Ik kan geen cocktail meer zien.'

Esmée wilde iets zeggen over de praktische uitvoering van die wens aangezien Angeline de manager van de hotelbar was, maar ze hield wijselijk haar mond. 'Je voelt je straks vast beter', zei ze zonder dat dat ergens op gebaseerd was.

Angelina glimlachte moedeloos, zette haar zonnebril weer op haar neus en zei: 'Ik ga aan de slag. Gelukkig maar een halve dag vandaag.' Ze haalde diep adem. ''s Avonds een vrouw, 's ochtends een vrouw.'

Dat het al ruim twee uur middag was en er dus van 'ochtend' geen sprake meer was, zei Esmée ook maar niet. Leandro liep voorbij en Angeline zette haar professionele gezicht op. Leandro was immers haar directe manager. 'Hi Leandro', begroette ze hem toen hij even zwaaide. 'Alles goed?'

Hij knikte, stak zijn duim op en liep snel verder, kennelijk gehaast. Angeline zwaaide nog even naar Esmée en liep toen weg in de richting van de bar. Esmée wilde de receptie overlaten aan Maurice, een van de meest ervaren krachten die de balie wel even in zijn eentje kon bemannen, maar toen doken er twee gasten tegelijk op en kon ze moeilijk weglopen. Waar Maurice met een glimlach een ouder echtpaar begroette dat, zo hoorde Esmée met een half oor, advies nodig had bij het huren van een auto, kreeg ze zelf een Nederlandse moeder die een klacht wilde indienen over het eten van de avond ervoor, dat haar peuter ziek had gemaakt. Het kind had vannacht gespuugd en dat lag volgens de moeder aan de bij het diner geserveerde hamburger, die er – nu ze eraan terugdacht – niet al te fris uit had gezien. Dit soort klachten kwamen wel vaker en doorgaans wilden mensen hun irritatie over hun verstoorde nachtrust botvieren dan wel compensatie in de vorm van een gratis diner eruit slepen. Eén geval van voedselvergiftiging, als het dat al was, was vrijwel nooit een indicatie dat er iets mis was met het eten. Het leek Esmée waarschijnlijker dat de desbetreffende peuter een virusje had opgelopen, te veel zwembadwater had gedronken of, zoals ze met grote regelmaat kinderen zag doen, op het strand iets had gevonden om daar met volle overtuiging aan te likken. Maar ze was geen dokter en ook geen moeder en dus zei ze wat ze altijd zei: 'Wat ontzettend naar om te horen. Kunnen we wellicht iets voor uw kindje betekenen? Als u zich zorgen maakt, kan ik de dokter vragen om deze kant op te komen?'

De vrouw had duidelijk een andere reactie verwacht.

'Nee,' zei ze wat overvallen door het aanbod, 'nee, dat is niet nodig. Het gaat alweer met hem, maar het is wel echt belangrijk dat er beter op de voedselkwaliteit wordt gelet. De hamburger smaakte ook vreemd.'

'Ik neem aan dat deze onmiddellijk door het personeel in het restaurant is vervangen?' zei Esmée, maar de vrouw keek even omlaag naar de balie en keek toen weer op, met iets verdedigends in haar ogen. 'We realiseerden ons dat pas achteraf, dus we hebben er op dat moment niets over gezegd', zei ze. 'Je mag er in een hotel als dit toch ook wel van uitgaan dat de voedselkwaliteit in orde is.'

'Zeker', zei Esmée. 'Daar moet elke gast op kunnen vertrouwen. Onze koks en het bedienend personeel werken niet voor niets volgens strikte richtlijnen. Het is goed dat u aangeeft dat er mogelijk iets niet naar behoren is gegaan. We zullen dit uiteraard uitzoeken en intern bespreken.'

Regel één: de gast had altijd gelijk. Misschien niet inhoudelijk, maar dat deed er minder toe dan de erkenning die een gast voor zijn of haar gevoel moest krijgen. En je kon nooit helemaal zeker weten of een voedselvergiftiging niet door het eten in het restaurant was veroorzaakt. Wat vooral belangrijk was, was om niet in een welles-nietesdiscussie terecht te komen. Esmée hield haar hoofd schuin. 'Het spijt ons te horen dat uw kindje zich niet lekker heeft gevoeld.' Ze probeerde iets van een glimlachje. 'En onze excuses voor de verloren nachtrust. Dat maakt de vakantie er natuurlijk niet echt ontspannener op voor u en uw man.'

Eindelijk begon de vrouw te ontdooien en Esmée was blij dat ze met haar opmerking kennelijk de juiste snaar had geraakt. 'Nou, híj heeft er weinig last van gehad, hoor', zei ze en ze rimpelde even haar neus. 'Mannen, hè.' Ze haalde diep adem. 'Gelukkig kon ik midden in de nacht via de housekeeping nieuwe lakens voor het kinderbedje krijgen, dat was wel fijn.'

'Kan ik u misschien een ontspannende massage aanbieden?' zei Esmée. 'Uiteraard op onze kosten. De verloren uren slaap kunnen we er niet mee goedmaken, maar wellicht brengt dit het vakantiegevoel terug.'

'Nou...' De vrouw keek blij verrast. 'Jeetje, dat is wel erg aardig.'

Esmée belde naar de spa om de beschikbaarheid te controleren en boekte een massage van twintig minuten voor het einde van de middag. 'U kunt u melden op het strand', zei ze. 'Daar vindt u drie palapa's waar onze masseuses werken. Nummer twee is voor u geboekt.'

'Heel erg bedankt', zei de vrouw. Het was duidelijk dat de service die ze kreeg haar verwachtingen overtrof. 'Echt super. Ik begrijp nu weer waar die geweldige reviews van dit hotel vandaan komen.'

Esmée glimlachte, wenste de vrouw een fijne dag en was blij dat het akkefietje met het spugende kind geen slechte recensie voor het resort zou opleveren. Hoe oneerlijk het soms ook voelde, ieder klein incident – waaraan het hotel soms wel maar vaker niet schuldig was – kon een vernietigende recensie opleveren. Het hotel had de mogelijkheid om op elke recensie bij Google – voor veel mensen de belangrijkste bron van informatie als ze een accommodatie zochten voor hun vakantie – te reageren en eventuele onterechte klachten recht te zetten, maar de praktijk leerde dat voorkomen veel beter was dan genezen. De laatste tijd hamerde Ricardo meer dan anders op het scoren van vijfsterrenrecensies en Esmée was er trots op dat het aantal goede recensies inmiddels gestaag opliep. Ze wist inmiddels ook dat een review waarbij de accommodatie, het zwembad en het mooie strand werden geprezen, minder waardevol was dan een recensie waarin werd gesproken over een onvolkomenheid die naar tevredenheid was opgelost. Blijkbaar wilden nieuwe gasten vooraf graag weten dat bij eventuele problemen het resort er alles aan zou doen om ze alsnog een geweldige vakantie te bezorgen.

Gelukkig viel het doorgaans met die problemen wel mee. Een gebrek aan handdoeken, een niet-werkend lampje, een kapotte ligstoel bij het zwembad – het kon allemaal binnen een mum van tijd worden opgelost. Veel talrijker waren de mensen die bij het uitchecken tig keer benadrukten wat een heerlijke vakantie ze hadden gehad en hoe graag ze nog eens terugkwamen. Iets wat veel gasten ook deden.

Jacintha keerde terug van haar korte pauze en nam haar plek achter de balie weer in. Toch kon Esmée opnieuw niet naar haar kantoor terugkeren, omdat er een rij stond en ze de gasten niet graag liet wachten. Ze checkte een gezin met drie kinderen in en daarna een koppel dat op huwelijksreis was. Ze beantwoordde een telefoontje van een man die vanochtend met zijn gezin was uitgecheckt en op het vliegveld tot zijn schrik had vastgesteld dat hij geen paspoorten bij zich had. Hij was bang dat hij de identiteitsbewijzen in de kluis op de kamer had laten liggen. Esmée beloofde de gast zo terug te bellen en stuurde meteen iemand van de housekeeping naar de kamer. Vervolgens ging ze verder met het helpen van de gasten die voor de balie stonden te wachten. Ze activeerde nieuwe keycards voor twee gasten die de kaartjes waren verloren, belde een taxi voor een gezin dat naar Willemstad wilde en checkte een echtpaar in dat uit het vorige hotel was gevlucht waar de service erbarmelijk was en waar een kakkerlak in de badkamer zat. 'Wat een horror', rilde de vrouw nog na.

'Hopelijk kunnen we in het Curaçao Beach Resort uw vakantie redden', zei Esmée met een glimlach. 'Hier heb ik voor u in elk geval een koud welkomstdrankje.'

Dat was standaard bij het inchecken, net als het frisse handdoekje dat erbij lag op het dienblad. De meeste gasten hadden als ze aankwamen een lange vlucht achter de rug, droegen te warme kleding en hadden een of twee verhitte uren overleefd van koffers verzamelen, een huurauto regelen of het busje van het hotel vinden. Een simpel nat doekje bij aankomst kon dan als een weldaad voelen.

Esmée handelde de administratie rondom het inchecken af terwijl de gasten hun drankje opdronken, wenste het echtpaar een aangenaam verblijf toe en wenkte een van de portiers. Hij kwam aangesneld, nam de bagage van het echtpaar over en liep met hen mee naar de lift.

Een man van de housekeeping kwam aanlopen met de gevonden paspoorten en Esmée belde de verontruste gast, die intussen in een taxi vanaf Hato Airport was gestapt, op weg terug naar het hotel. 'O gelukkig', zei hij opgelucht. 'Nu hopen dat het verkeer meezit.'

De rij was intussen weggewerkt en Jacintha en Maurice konden het weer met z'n tweeën af. Esmée drukte ze op het hart om de gast die z'n paspoorten kwam halen, niet in een rij te laten wachten en liep daarna terug naar haar kantoor, waar nog een heleboel ongelezen mails en het conceptprojectplan voor een snellere check-out op haar wachtten. Maar hoe graag Ricardo het ook op zijn bureau wilde hebben om het later deze week met het management van het hotel te kunnen bespreken, het lukte haar vandaag gewoon niet om de puntjes op de i te krijgen. Telkens dwaalden haar gedachten af.

Drie jaar. Zoveel tijd was al verstreken sinds die ene dag. De datum van vandaag, 9 oktober, stond voor altijd zwart en zwaar in haar geheugen gebrand. Ook die dag was gewoon begonnen, als alle andere. Ze was aan het werk gegaan, het was in de tijd dat ze nog bij Hotel de l'Europe werkte, een van de meest prestigieuze hotels van Amsterdam. Als assistent-frontdeskmanager had ze daar ruim vijftig uur per week gedraaid, maar nooit was het te veel geweest. Dit was wat ze altijd had gewild. Ze genoot van de reuring in het hotel, het voortdurend scherp zijn, altijd jezelf en je werk verbeteren. Maar ook van de enorme variatie aan gasten die zorgden dat het nooit, letterlijk niet één dag dat ze er werkte, saai was geweest. En anders waren er altijd nog haar collega's, onder wie zich ook de nodige bijzondere types hadden bevonden. Maar net zo goed had ze er mooie vriendschappen gesloten.

Drie jaar geleden was het een regenachtige dag geweest, herinnerde ze zich nog. Het hotel maakte zich op voor de komst van een wereldberoemde zanger met zijn entourage. Iedereen had er zin in had gehad, iedereen was op een positieve manier nerveus geweest, Esmée ook. En toen dat telefoontje. Dat ene telefoontje waarna haar leven nooit meer hetzelfde was geweest.

Het kwam precies in haar pauze, anders had ze niet opgenomen. Ze kon het gesprek letterlijk terughalen. Die mannenstem. 'U spreekt met Wim Jonassen, politie Amsterdam-Amstelland.'

'O...' had ze uitgebracht en eigenlijk, als ze eerlijk was, had ze het op dat moment al geweten. Misschien had ze een telefoontje als dit al heel lang verwacht. Toch was haar hart als een bezetene gaan kloppen en voelde haar keel zo dichtgesnoerd dat ze amper adem kon halen.

'Spreek ik met Esmée Achterberg?'

'Ja', had ze schor geantwoord.

'Ik ben bang dat ik slecht nieuws voor u heb', had de politieman gezegd met een stem die zijn boodschap ondersteunde. En daarna die hele golf, al die ongelooflijke woorden, over haar uitgestort als noodweer zonder einde. Woord voor woord voelde het als een glasscherf in haar hart, tot dat zo bloedde dat ze het gevoel had dat ze ter plekke zou sterven.

Overhaast naar het ziekenhuis, wit licht op de spoedeisende hulp, uren in de wachtkamer met haar moeder. Bevreesd, hoopvol, bang, verslagen. De tijd die verstreek zonder begin en zonder einde en zonder besef. En uiteindelijk die arts. Ze had het gezien aan de manier waarop hij zijn operatiemutsje van zijn hoofd had getrokken. Daar zat verslagen vermoeidheid in. Ze had gestaard naar de beweging van zijn mond, maar ze had geprobeerd de woorden af te weren. Als ze haar niet bereikten, konden ze niet waar zijn – als een kind dat z'n handen tegen z'n oren drukte en met z'n hoofd schudde.

Maar natuurlijk hadden ze haar wel bereikt, die woorden. En was haar leven daarna nooit meer hetzelfde geweest. Drie jaar hadden de scherpe randen eraf gehaald, of misschien vooral de schok en het ongeloof – en het allesoverheersende gevoel dat ze had gefaald, ook al wist ze rationeel dat het haar schuld niet was. Ze had hem niet kunnen redden: dat inzicht hadden gesprekken met een therapeut, heel veel uren nachtelijk piekeren en de afstand door haar emigratie haar gebracht. Niemand had Timo kunnen redden.

Ze dwong haar eigen gedachten tot stilstand, voor ze erin verzandde. Ze had nog even overwogen haar vrije dag van gisteren om te zetten naar vandaag, maar bij de praktische uitvoering daarvan had ze alleen maar lange uren in haar eentje voor zich gezien. En dan? Alles eindeloos opnieuw beleven? Staren over de oceaan? Nee, dan was ze liever hier, in de drukte van het hotel, waarin de tijd sneller ging en deze dag eerder voorbij was.

Ze keek rond in haar kantoor. Op haar bureau lagen post-its, pennen, twee opschrijfblokken en een geprinte versie van het conceptplan – ze had gehoopt er meer grip op te krijgen als ze het op papier voor zich zag. Tevergeefs, helaas. Esmée ging op haar bureaustoel zitten en wekte met een tikje tegen de muis haar computer tot leven. De mailbox had zichzelf weer gevuld, met oktober was ook de drukke periode aangebroken. Ze kon duidelijk merken dat de herfst in Nederland was begonnen. Haar moeder stuurde haar ook foto's van de aanhoudende regen en loodgrijze lucht, waarop Esmée had geprobeerd haar over te halen in het vliegtuig te stappen. Esmée scrolde vluchtig door de nieuwe mails. Ze zag vragen van touroperators over de beschikbaarheid van bepaalde suites en er waren wat berichten van boekingssites. Ook zag ze een bericht van een sollicitant voor de vacature van receptionist die al een tijdje openstond. Vlug scande ze het mailtje en besloot de man uit te nodigen voor een gesprek. Daarna begon ze aan de beantwoording van de overige mails, maar nadat ze drie berichten had verstuurd, realiseerde ze zich dat ze zich eigenlijk niet herinnerde wat ze had verzonden. Alles leek vandaag op de automatische piloot te gaan. Door het raam in haar kantoor kon ze de receptie zien. Een verhitte man beende met grote passen naar de balie. Esmée zag hoe Jacintha hem het stapeltje met vier paspoorten overhandigde.

Ze stond op en ging voor het andere raam in haar kantoor staan. Met het koordje draaide ze de houten jaloezieën zo dat ze de binnenplaats van het hotel kon zien. Er stonden hoge palmen en houten bankjes, waar gasten van het resort konden uitrusten of in de zon koffie konden drinken. Nu, midden op de dag, was het er niet zo druk. De meeste gasten lagen bij het zwembad of op het strand of waren vertrokken voor een tochtje over het eiland.

Tussen de weinige gasten op de binnenplaats zag ze een bekende gestalte bewegen. Vlug sloot ze de jaloezieën en ging weer achter haar bureau zitten. Nog geen minuut later klonk er een klopje op de deur, die vervolgens meteen openzwaaide. 'Esmée?' vroeg Ricardo, hoewel het niet echt als een vraag klonk. Esmée keek op en hoopte dat hij niet over het projectplan zou beginnen. Maar Ricardo had een dunne map bij zich die hij omhooghield. 'Kunnen we het hier even over hebben?'

Hij keek niet erg gelukkig, maar Esmée had inmiddels geleerd dat Ricardo een van die mensen was bij wie er iets voor nodig was om rond te lopen met een glimlach. Tenzij hij zich in het zicht van de gasten bevond, had zijn gezicht altijd iets gespannens, alsof hij voortdurend ergens onder gebukt ging. Esmée wist niet wat dat vandaag was, maar ze had het vermoeden dat het mapje ermee te maken had.

'Wat is dat?' vroeg ze en ze deed haar best haar gezicht open en nieuwsgierig te houden, en niet vermoeid en afwerend, zoals ze zich eigenlijk voelde. Ze moest het plan nog afmaken en de mailbox legen en ze had gehoopt vandaag niet al te laat naar huis te gaan.

'We hebben een bureau gevraagd een analyse te maken van alle reviews van het afgelopen jaar', zei Ricardo. Esmée knikte een paar keer. Ricardo was dol op bureaus en schakelde het ene na het andere in voor allerlei marketing- en salesactiviteiten. 'Ze hebben de resultaten van hun onderzoek gestuurd en er staan een paar interessante dingen in.'

'O', zei Esmée. 'Wat dan?'

'Ik wil het plenair bespreken. Jacob, Leandro en Beata komen ook hiernaartoe. In jouw agenda stonden ook geen afspraken.'

Esmée knipperde een paar keer. Ze geloofde heus dat er interessante conclusies te trekken waren uit recensies en ook dat het goed was om dat met het management van het hotel door te nemen, maar ze begreep nooit zo goed waarom bij Ricardo altijd alles meteen moest.

'Oké', zei ze echter.

'Heb je nog tijd gehad om het check-outplan af te maken? Ik wil het zo snel mogelijk naar Robert en Alison sturen, zodat ze tijd hebben om het voor vrijdag door te nemen.'

Robert en Alison waren de twee directeuren die vanuit het Amerikaanse concern waar het Curaçao Beach Resort onderdeel van uitmaakte, waren aangewezen om het hotel te leiden. De twee Amerikanen werkten vanuit Miami en vlogen elke twee à drie weken naar de Antillen, waar ze naast het hotel op Curaçao ook nog twee resorts op Aruba hadden. Esmée hoefde nooit te vragen wanneer het tweetal er was, een blik op Ricardo was vaak al genoeg. En een blik op zijn gezicht nu leerde haar dat ze kennelijk in aantocht waren.

De deur ging open en haar drie collega-managers kwamen binnen. Ze namen plaats aan de kleine vergadertafel en Ricardo stak van wal over de uitkomsten van het onderzoek en hoe dat het inzicht had opgeleverd dat gasten over het algemeen zeer tevreden waren over het Curaçao Beach Resort maar wel van mening waren dat de prijzen in de horeca en voor de strandbedjes te hoog waren. Esmée deed haar best te blijven opletten, maar merkte dat haar gedachten een beetje afdwaalden. Op de binnenplaats liep Angeline voorbij met een dienblad met daarop een paar kleurige cocktails. Misschien straks, als haar dienst erop zat, zou ze er eentje drinken in de bar. Dat deed ze niet vaak, maar vandaag was een uitzondering. Vandaag kon ze wel wat verzachtends gebruiken.

Hoofdstuk 3

'Mojito?' Angeline hield haar hoofd schuin. 'Pina colada?'

Esmée twijfelde. 'Gin-tonic', besliste ze toen. 'Pink gin, graag.'

Angeline keek naar de jonge barman, die knikte en aan de slag ging om de cocktail te mixen. 'Drink je er eentje mee?' vroeg Esmée, maar Angeline schudde haar hoofd. 'Brian is weer eens te laat, dus er is geen manager tot hij er is.'

Esmée keek op haar horloge. Het liep tegen achten – haar plan om rond vijf uur de werkdag te beëindigen was niet echt gelukt – en ze wist dat de dienst al om zes uur had moeten wisselen. 'Waar is hij dan?'

'Wie het weet mag het zeggen.' Angelina keek geërgerd. 'Het zou me niet verbazen als hij nog in bed lag. Ik vraag me weleens af wat die jongen allemaal uitspookt.'

Esmée had wel een vermoeden. Brian was een maand of zeven geleden in het resort komen werken. Hij had in Miami gewoond en deed wat vaag over de redenen waarom hij de stad voor Curaçao had verruild. Esmée had het idee dat hij er een interessant maar gecompliceerd liefdesleven op na hield, dat hij hier op het eiland vrolijk had voortgezet. Ze was de keer dat er een onbekende dame – Brians uitleg – midden in de bar een glas water in zijn gezicht had gesmeten, nog niet vergeten. In het hotel was er nog lang over nagepraat en, zo moest ze toegeven, smakelijk om gelachen.

'Bovendien kan ik beter rustig aan doen met de alcohol', zei Angeline. 'Na gisteren, bedoel ik.' Ze verplaatste haar gewicht van haar ene naar haar andere been. 'Ik denk dat ik te oud word voor dat soort uitspattingen.'

'Hou op', grinnikte Esmée. 'Je moet nog dertig worden.'

'Jij kent de omvang van mijn uitspattingen niet. Althans, niet allemaal.'

Esmée glimlachte en nam haar cocktail in ontvangst. Angelines aandacht werd afgeleid doordat een gast naar haar wuifde. 'Even gedag zeggen', zei ze en met een verontschuldigende blik liep ze weg. Het volgende moment begroette ze de Amerikaanse man alsof hij een vriend uit lang vervlogen tijden was.

Esmée nam de eerste slok van haar cocktail, die aangenaam bitter haar keel in gleed. Meteen nam ze een tweede. Ze draaide zich om op haar barkruk en liet haar blik glijden over de hotelbar die zich nu in rap tempo vulde. Zelf zat ze in het overdekte gedeelte, maar er waren geen muren en de zeebries streek langs de blote huid van haar armen en benen. Ze had haar werkkleding verruild voor een zomerjurk – een vereiste wanneer ze als werknemer in de bar wilde plaatsnemen. De gasten moesten niet denken dat het personeel onder werktijd maar een beetje cocktails dronk. Maar nu kon ze redelijk anoniem wat rondkijken. Ze herkende het echtpaar dat vandaag van hotel was gewisseld en dat nu glimlachend aan een tafeltje zat, allebei met een strawberry-daiquiri voor zich. De Amerikaan uit het huisje was er ook met zijn gezin. Nu hij ontspannen was en wat met zijn kinderen dolde, stond zijn gezicht een stuk vriendelijker.

Esmée nam nog een slokje van haar cocktail. Ze scrolde even door haar berichten. Vanochtend vroeg had haar moeder al gebeld, toen het in Nederland middag was. Ze had een berichtje van Nina, haar vriendin uit Nederland die zo attent was dat Esmée soms het gevoel had dat ze tekortschoot, hoewel ze nooit Nina's verjaardag vergat. Toen ze naar Curaçao vertrok was ze bang geweest dat de vriendschap door de afstand, zowel letterlijk als figuurlijk, verloren zou gaan. Ze had zich voorgenomen er alles aan te doen om dat te voorkomen en elke keer als ze in Nederland was, zorgde ze ervoor dat ze minstens twee dagen met Nina optrok. Op haar beurt was haar vriendin, die ze kende van de hotelschool, vorig jaar twee weken naar Curaçao gekomen – in haar eentje, omdat haar vriend Iwan geen vrij kon krijgen. Esmée mocht Iwan graag, daar ging het niet om, maar het was heerlijk geweest om zoveel tijd alleen met Nina door te brengen. Gewoon kletsen, zwemmen, lachen alsof hun leven ervan afhing, dansen met hun voeten in het zand. Esmée had helaas maar een week vrij gehad, maar Nina vond het ook geen probleem om in haar eentje op pad te gaan. 'En ik heb altijd al mijn duikbrevet willen halen', had ze monter gezegd, om de daad daarna bij het woord te voegen. Nadat Nina was vertrokken, had Esmée voor het eerst serieus overwogen om terug te gaan naar Nederland, zo stil was het ineens geweest. Dat gevoel had een paar dagen geduurd en was toen vanzelf overgegaan. Ze wilde helemaal niet terug naar Nederland. Ze had gehoopt dat Nina, in lijn met wat ze meerdere keren had verzucht, de stap zou wagen en ook naar Curaçao zou verhuizen. Met haar ervaring in diverse toprestaurants kon ze zo in het Curaçao Beach Resort aan de slag, of bij een van de andere restaurants op het eiland. Maar Iwan was niet echt te porren voor een avontuur en de aankondiging van Nina's zwangerschap, nu vier maanden geleden, maakte ook duidelijk dat ze zich in elk geval voorlopig op een toekomst in Nederland richtten. Esmée, die Nina een geboren moeder vond, was zo blij voor haar vriendin dat haar droom nu in vervulling ging. En Nina had meteen aangekondigd dat een vakantie met de baby op Curaçao helemaal in haar en in Iwans planning lag.

Esmée liet haar telefoon tussen haar handen heen en weer gaan. Ze opende WhatsApp weer en bedankte Nina voor haar lieve berichtje. Daarna informeerde ze naar hoe het met haar zwangerschap ging. Ze wachtte even maar haar vriendin kwam niet online, aangezien het in Nederland midden in de nacht was. Uiteindelijk legde ze haar telefoon terug op de bar.

'Negroni, graag', hoorde ze een vrouwenstem naast zich zeggen. 'Met extra ijs.'

Esmée draaide haar hoofd en zag de Nederlandse vrouw met de Amerikaanse naam, die ze vanmiddag had ingecheckt. Amanda Lewis, ze was goed in het onthouden van namen. Esmée knikte haar toe, de vrouw beantwoordde de blik met een vluchtig knipperen van haar ogen. Daarna dook ze in haar tasje en begon driftig naar iets te zoeken.

Esmée zette haar glas weer aan haar lippen. De ijsblokjes tinkelden tegen de rand en ze proefde een vleug van de frambozen die in de cocktail dreven. De gin deed z'n werk en ze voelde hoe de ontspanning zich langzaam door haar lichaam begon te verspreiden. Het zou natuurlijk beter zijn als ze daarvoor geen alcohol nodig had, maar ze troostte zich met de gedachte dat een duik in de zee of een stuk hardlopen als de ergste hitte van de dag was verdwenen, normaal gesproken hetzelfde effect had. Het kwam door deze dag, deze datum, dat ze iets sterkers nodig had. En de vergadering met Ricardo had haar ook al weinig ontspanning opgeleverd. Hij was een goede hotelmanager, dat stond buiten kijf. Maar zijn extreme nadruk op details werkte soms op haar zenuwen. Ze leidde de receptie al met micromanagement en in de vele reviews was amper een onvertogen woord over de frontdesk gevallen. En toch had Ricardo minstens twintig minuten gepraat over de recensie van een Amerikaans koppel dat meende onheus te zijn behandeld toen er diverse dure eigendommen uit hun kamer waren verdwenen. In hun woede en waarschijnlijk ook schrik hadden ze de recensie getypt nog voor ze het hotel hadden verlaten. De boodschap dat ze bij de frontdesk te horen hadden gekregen dat 'personeel niet stal', was onjuist. Esmée herinnerde zich haar woorden nog precies. Ze had gezegd dat het hotel er alles aan deed om het beste personeel aan te nemen en dat er meer verklaringen mogelijk waren voor de verdwijning van de laptop en iPhone van het stel. Ze had ook gevraagd of de gasten er zeker van waren dat hun spullen niet bij het zwembad of op het strand waren blijven liggen. Nog dezelfde avond werden de spullen teruggevonden op het strand, maar toen was het kwaad al geschied. En de review was gewoon blijven staan.

'Het gaat er niet om of de gast gelijk heeft', had Ricardo ingebracht in de vergadering. 'De gast moet het gevóél hebben dat die gelijk heeft.'

'Dus in een dergelijk geval moet ik zeggen dat ons personeel inderdaad bestaat uit een stel stelende aasgieren?'

had Esmée voor haar doen ongewoon fel geantwoord.

'Nee, maar wel dat we het tot de bodem uitzoeken en indien nodig de politie inschakelen.' Ricardo had haar met samengeknepen ogen aangekeken. 'De gast heeft gelijk, Esmée. Regel één op de hotelschool.'

Ze had op haar lip moeten bijten om niet nog een ongenuanceerd antwoord te geven. In plaats daarvan was het onderwerp na een korte stilte overgewaaid. Esmée nam een grotere slok van haar gin-tonic dan goed voor haar was en ze hoestte in haar hand. Wat een dag, dacht ze met een zucht.

'Cheers.'

Het duurde even voor Esmée doorkreeg dat de toost voor haar was bedoeld. Amanda Lewis hief haar glas. 'Drukke dag?'

'Hm-m.' Esmée glimlachte, maar gaf niet echt antwoord. 'Cheers', beantwoordde ze de toost terwijl ze haar glas ook omhooghield. 'Ik hoop dat het hotel u bevalt.'

'Je', zei de vrouw. 'Zeg alsjeblieft je. En het bevalt heel goed. Echt een prachtige plek.'

'Dat is goed om te horen', zei Esmée. Ze wist dat de vrouw een suite met zeezicht had. Dat was, anders dan bij sommige andere hotels, niet een reepje zee als je bereid was je nek te verdraaien. Vanaf het balkon van de suite van Amanda Lewis kon je over de eindeloze oceaan uitkijken, met z'n turquoise water dat langzaam overging in diep donkerblauw.

'Het uitzicht is ook fantastisch', zei Amanda, alsof ze

Esmées gedachten kon lezen. 'De vorige keer zat ik in een resort hier vlakbij, maar jullie ligging is beter. Alsof het nog net wat mooier richting de zee is gebouwd.' Ze hield haar hoofd schuin en grinnikte in zichzelf. 'Blijkbaar moest ik eerst promotie maken om het mooiere resort te krijgen.'

Esmée lachte ook. 'Ben je hier voor werk?' vroeg ze.

Amanda knikte en nam een flinke slok van haar cocktail. Ze schoof wat naar achteren op haar stoel. Ze had een klein en rank lichaam en droeg, anders dan de meeste gasten, een strakke zwarte jeans en een eveneens zwarte, mouwloze top. Om haar slanke pols rinkelden drie gouden armbandjes.

Esmée wilde vragen wat voor werk ze deed, maar ze wilde niet brutaal zijn. De kamer was geboekt op naam van Amanda zelf, niet op naam van een bedrijf.

Amanda haalde haar hand door haar zwarte haar, dat los en steil over haar schouders viel. 'Niet tegen de belastingbetaler zeggen', zei ze met een half lachje. Er twinkelde iets in haar ogen. Esmée trok haar wenkbrauwen op en werd aangestoken door een soort vrolijkheid die om Amanda heen hing. Kortaf was ze niet meer, ook niet stresserig, zoals eerder die dag.

'De overheid?' raadde Esmée naar Amanda's werkgever en de vrouw knikte half.

'Dat ligt altijd gevoelig', zei ze en ze trok even met haar mond. 'Als mensen als ik in mooie hotels verblijven. Hoe hard je ook werkt, je moet altijd je waarde bewijzen.'

Esmée, grootgebracht door een vader en moeder die

beiden voor de gemeente werkten, kende ongeveer alle grappen en clichés over ambtenaren wel. Maar die arbeidsschuwheid en korte werkdagen golden in elk geval niet voor haar ouders en ook niet voor een groot deel van de collega's met wie ze destijds werkten.

'Ach ja', zei Amanda schouderophalend, als om een gedachte af te sluiten. 'Je went eraan.' Ze keek Esmée aan en veranderde vrij plotseling van onderwerp. 'Jij ziet er niet erg Antilliaans uit.'

Esmée lachte. Ze wist niet of zo'n opmerking in de huidige tijd van sensitiviteit wel acceptabel was, maar Amanda leek zich daar weinig van aan te trekken. 'Kom je uit Nederland?'

Esmée knikte. 'Ik ben twee jaar geleden naar Curaçao verhuisd.'

'Om hier te gaan werken?'

'Ja, ik werkte in Amsterdam, maar toen ik de vacature voor frontdeskmanager hier op Curaçao zag, heb ik min of meer in een opwelling gesolliciteerd', vertelde ze wat ze altijd zei als mensen hiernaar vroegen. 'Ik vertrok in november, toen de winter eraan kwam en het zo ongeveer non-stop regende in Nederland. De ene storm volgde de andere op en het voelde als min zes.'

'De horror', zei Amanda en ze huiverde erbij alsof het echt een vreselijk verhaal betrof. 'Ik ben helemaal niet gemaakt voor het Hollandse weer. Wat dat betreft is dit natuurlijk geen verkeerde tijd om op Curaçao te verblijven.' Ze keek Esmée aan en haar gezicht knapte op. 'Maar goed, dat geklaag over het weer, dat is dan weer wel typisch Nederlands.'

Esmée hield haar hoofd schuin. 'Je hebt geen Nederlandse achternaam.'

'Nee.' Amanda schudde haar hoofd. 'Dat klopt. Mijn vader is een Amerikaan. Die basketbalde kortstondig in ons land, kwam mijn moeder tegen en toen zij erachter kwam dat ik in aantocht was, zat hij alweer in de Verenigde Staten.'

Esmée keek verwonderd, deels door het verhaal zelf maar misschien nog wel meer door de openheid van iemand die ze amper kende. 'Heb je je vader dan nooit ontmoet?' vroeg ze.

'Jawel.' Amanda nam nog een slok. De cocktail zag eruit als limonade, maar Esmée wist dat die bestond uit drie soorten sterke drank. De sluipmoordenaar, noemde ze hem ook wel, al leek Amanda niet geraakt te worden door de alcohol. Ze zette haar glas terug en trok toen haar wenkbrauwen op, alsof haar eigen verhaal haar verbazingwekkend voorkwam. 'Mijn ouders hebben contact gehouden, maar toen mijn vader mij voor het eerst zag, was ik al vijf. Hij is overleden inmiddels, al acht jaar geleden.'

'Wat verdrietig', zei Esmée.

'Voor de vier kinderen die hij na mij kreeg, ja. Maar voor mij...' Amanda haalde kort haar schouders op. 'Ik heb hem in mijn hele leven twaalf keer gezien. Dus om nou te zeggen dat we een band hadden...'

Esmée dacht aan haar eigen vader. Het was nu vijf jaar geleden dat hij overleed en ze miste hem gek genoeg meer naarmate de tijd verstreek. In haar jeugd, en zeker toen Esmée een puber was en hij net met zijn nieuwe vrouw aan zijn tweede leg was begonnen, hadden ze vaak genoeg aanvaringen gehad. Haar vader was rechtlijnig geweest, tegen het starre aan. Streng. Rechtvaardig ook, ja, dat kon ze nu wel inzien. Maar als kind had ze moeite met zijn onvermogen om toe te geven of zich in haar te verplaatsen. Ze had het daar nooit met hem over gehad. Hij was jong overleden, pas zevenenvijftig jaar, de kanker was al uitgezaaid toen hij met rugklachten eindelijk naar de huisarts ging. Dat was weer die starheid – de klachten waren er al bijna een jaar. Of hij nog had geleefd als hij eerder aan de bel had getrokken, dat wist Esmée niet. Haar vader had zich daar nooit over uitgelaten, laat staan dat hij het had over spijt. Karin, haar stiefmoeder, had zich neergelegd bij de situatie, zoals haar stiefmoeder zich bij iedere situatie uiteindelijk neerlegde. Haar eigen moeder had het nieuws met een knikje aangehoord. Vier maanden na de diagnose was hij overleden. Op het laatst had hij gezegd dat hij trots was. Trots op wat Esmée had bereikt, trots op wie ze was. Op de begrafenis had Esmée nog het meest gehuild om die woorden, nooit eerder uitgesproken. Ze had er vaak naar verlangd die te horen. Raar eigenlijk, hoe een kind – op welke leeftijd ook – hunkerde naar de trots van z'n ouders. Ze had interviews gelezen met de grootste CEO's, de machtigste leiders, en hoe vaak was dit onderwerp daarin niet besproken? Je kon een bedrijf leiden van honderdduizend medewerkers, je kon aan tafel zitten met wereldleiders, maar ergens vanbinnen bleef zo vaak een klein kind bestaan dat zo graag wilde dat papa en mama trots waren. En misschien papa nog wel meer dan mama, of wellicht was het de vader die het het minst uitsprak.

'Ach ja', haalde Amanda haar met een redelijk luchtige stem uit haar gedachten. 'Je kan niet missen wat je niet hebt gehad, denk ik dan maar.'

Hoewel Esmée dat niet met haar eens was, knikte ze toch.

'Nog eentje?' Amanda wees naar Esmées glas, dat tot Esmées eigen verbazing leeg was. 'Wacht maar', zei ze en ze wenkte de barman. Met een ronddraaiend gebaar van haar vingers vroeg ze om nog een keer dezelfde drankjes. De man knikte en pakte de cocktailshaker.

'Is hij bezet?' Amanda keek heen en weer tussen Esmée en de barman. Esmée moest even schakelen. Amanda had de gewoonte om vrij snel tussen totaal verschillende onderwerpen te wisselen. 'Hoewel, misschien een beetje te jong voor mij.' Ze grinnikte en keek Esmée aan. 'Drieentwintig? Vierentwintig? Nee, dat kan niet als je zelf dertig bent.'

Esmée kende de jonge barman niet en vermoedde dat hij pas recent bij het resort was komen werken. Ze kende zijn leeftijd noch zijn relatiestatus, maar Amanda leek hem alweer te zijn vergeten zodra hij de drankjes had neergezet. 'Lekker', zei ze en nam een slok. Even was het stil tussen hen. 'Ik moet ook niet zo om me heen kijken', zei Amanda toen. Ze stak haar hand uit en liet Esmée een fonkelende ring aan haar vinger zien. Haar blik was echter neutraal, niet trots of pocherig. 'Al twee jaar verloofd en geen uitzicht op een bruiloft.'

'O?' Esmée trok haar wenkbrauwen op. 'Hoe dat zo?'

'Ach, je kent dat wel. Tijd, geld, er is altijd wel een reden om niet door te pakken. We gaan heus wel trouwen, uiteindelijk.' Dat laatste woord klonk nonchalant en Amanda liet het wat langer voortduren terwijl ze ondertussen nadacht. 'Of niet', zei ze toen monter. 'En dan is het ook prima. Wat zegt trouwen nu helemaal? Mijn ouders waren ook niet getrouwd.'

'Nee', zei Esmée een beetje verwonderd over dat voorbeeld. Uit Amanda's verhaal had ze opgemaakt dat haar vader en moeder geen relatie hadden, of het moest er eentje op zeer lange afstand zijn geweest. 'Ook wel logisch met je vader in Amerika.'

'Hm? O ja, nee, ik bedoel mijn moeder en mijn stiefvader. Ze kreeg een relatie met hem toen ik vier was en ze zijn nog altijd samen. Ik beschouw hem meer als mijn vader dan mijn biologische vader.'

'Ah, ja, dat snap ik', knikte Esmée.

'Dus in die zin zegt het huwelijk me niet erg veel.' Amanda keek nadenkend, nam een slok van haar cocktail en staarde toen weer even voor zich uit. 'Maar een feestje is natuurlijk nooit weg.' Ze kneep haar hazelnootbruine ogen wat samen en keek Esmée aan. 'En jij?'

'Ook voorlopig geen uitzicht op een bruiloft', zei Esmée droog en ze schoten allebei in de lach. 'En geen ring om mijn vinger, geen aanzoek, niets.'

'Lekker toch.' Amanda lachte zorgeloos. 'Waarom zou je je binden als je niemand tegenkomt met wie je daadwerkelijk je tijd wil doorbrengen?'

Precies, dacht Esmée en haar gedachten gingen vluchtig naar haar oma – de moeder van haar moeder – die zich bij elk telefoontje meer zorgen leek te maken dat Esmée voor altijd alleen zou blijven. En dat een schrikbeeld leek te vinden dat misschien hoorde bij de tijd dat zij was opgegroeid, maar niet bij de huidige tijd. Esmée praatte altijd maar een beetje over het onderwerp heen. Gelukkig informeerde haar moeder niet te pas en te onpas naar de situatie, dat was wel prettig.

'En hij?' Amanda's stem haalde haar opnieuw uit haar gedachten. Haar verloofde status leek haar er niet van te weerhouden haar ogen volop de kost te geven. Nu liet ze haar blik rusten op Matteo, een van de obers die al jaren bij het resort werkten. Met zijn donkere huid, brede armen en bos dreadlocks trok hij voortdurend de aandacht van vrouwen.

'Net vader geworden', zei Esmée met een lachje in haar stem.

'O.' Amanda duwde haar haar over haar schouder naar achteren en pakte haar glas opnieuw. Nog altijd was er bij haar niets te merken van de alcohol, terwijl Esmée zich inmiddels behoorlijk loom voelde. Het was een prettige loomheid, een opgewekte loomheid en dat had ook met het gezelschap van Amanda te maken. Hoewel ze normaal gesproken eigenlijk nooit anders dan in een werksituatie met gasten omging, was het nu niet ongemakkelijk om samen een drankje te drinken. Ze was ongeveer van dezelfde leeftijd en Esmée dacht dat in een andere situatie Amanda zomaar een vriendin zou kunnen zijn. De luchtige en soms sarcastische manier van praten, de vrolijkheid die om haar heen leek te hangen – Amanda was in elk geval voor nu precies het gezelschap dat ze nodig had. Toch zou ze na deze cocktail stoppen. Het moest niet té gezellig worden, ze was nog altijd op haar werk.

'Toch kan ik me niet voorstellen dat je je verveelt', zei Amanda. 'Dit eiland zit vol mannen die volgens mij hun ogen niet van jou af kunnen houden.'

'Nou, niet overdrijven', zei Esmée een tikje gegeneerd. Dit was het soort onderwerp dat ze misschien met vriendinnen besprak, maar niet met hotelgasten. 'Het is maar net of je ervoor openstaat en dat is in mijn geval niet zo. Ik concentreer me liever op mijn werk.'

'Ook niet voor de lol?' vroeg Amanda alsof Esmée niets had gezegd. 'Niemand op het oog?'

Esmée merkte nieuwsgierigheid op in Amanda's blik, alsof het onderwerp haar buitengewone interesse had. 'Nee', zei ze resoluut. 'Zoals ik al zei: ik ben momenteel vooral met mijn werk getrouwd.'

Amanda hield haar hoofd schuin. Esmées woorden

leken haar wel te amuseren. 'Heb je iemand achtergelaten in Nederland?'

'Hoe bedoel je?'

'Een geliefde. Eentje die niet bijzonder genoeg was om je plannen voor te veranderen.' Ze knipperde een paar keer. 'Of eentje die niet met je mee wilde.'

Esmée vond het nogal een directe vraag, maar daarop leek Amanda patent te hebben. En op een of andere manier wist ze de vragen zo te stellen dat ze niet echt nieuwsgierig overkwam, eerder nonchalant geïnteresseerd.

'Mwah.' Esmée haalde haar schouders op. Dat met Matthieu mocht eigenlijk geen naam hebben. 'Dat eerste, vooral. Niet bijzonder genoeg om de plannen voor te veranderen. Ik had ook niet het idee dat hij mij bijzonder genoeg vond. Of exclusief genoeg, om het zo te zeggen.' Het was niet helemaal eerlijk, de schuld zo bij hem leggen. Maar het was wel makkelijk.

Amanda liet een geluid horen dat op een grom leek. Esmée meende het woord 'mannen' erin te horen. 'Daar maak ik tegenwoordig korte metten mee.'

'Waarmee?'

'Vreemdgangers. En geloof me, daar zijn er een hoop van.'

'Ach...' Esmée moest toegeven dat ze de nodige verhalen kende, maar zelf was ze nog nooit bedrogen. Matthieu – een collega bij Hotel de l'Europe – en zij hadden wat gescharreld, maar dat hij niet alleen oog voor haar had, kon ze hem niet echt kwalijk nemen. Zij had eigenlijk ook maar weinig oog voor hem. Te veel met zichzelf bezig, te veel in beslag genomen door wat er was gebeurd. Matthieu was knap en aardig en misschien was juist het feit dat hij zo duidelijk niet beschikbaar zou zijn voor haar alleen, wel wat haar had aangetrokken. Ze had niets te geven gehad, en hij verwachtte niets. Tegelijkertijd was het fijn geweest om af en toe armen om zich heen te hebben, iemand in haar bed, het verjagen van de gedachten die haar zo in hun greep hielden.

Maar dat vertelde ze allemaal niet aan Amanda. In plaats daarvan knikte ze, humde wat instemmends en verplaatste de aandacht naar haar gesprekspartner. 'Als je vaak in het buitenland zit, moet je je partner ook wel goed kunnen vertrouwen.'

'Ik heb een labrador.'

Esmée keek niet-begrijpend. Amanda staarde bloedserieus terug, maar na een paar seconden hield ze haar gezicht niet meer in de plooi. 'Grapje. Maar mijn vriend is wel trouw, dat weet ik zeker. Hij weet dat hij bij mij ook de laan uit vliegt als het anders is. Ik ben te vaak bedrogen om nog te vergeven.'

Amanda's stem had nu iets scherps. Esmée wist niet goed wat ze moest antwoorden. 'Hm-m', zei ze daarom. 'Wat je zegt: mannen.'

'Ach, gelukkig zijn ze niet allemaal hetzelfde. En je leert ook van je fouten uit het verleden.' Ze kneep weer even haar ogen samen. 'En zij hebben van mij geleerd, ga daar maar van uit.'

Esmée wachtte tot Amanda verder zou praten, maar dat deed ze niet. Blijkbaar had ze niet de behoefte haar opmerking uit te leggen. In plaats daarvan wees ze met haar glas in haar hand naar de zee, die in het verdwijnende zonlicht donkerblauw, bijna zwart oogde. Ervoor, op het strand, zorgden de slingers met gekleurde lampjes voor een festivalsfeer. Alle krukken bij de buitenbar waren bezet, bij de diverse statafels stonden mensen met blote voeten in het zand een drankje te drinken. 'Als ik dat zie, wil ik niets liever dan een huis aan het strand kopen', zei Amanda. Esmée begon al te wennen aan de wisselingen van onderwerp. 'Elke avond met de voetjes in het zand naar de zonsondergang staren. Dat kan nooit gaan vervelen, daar geloof ik niet in.'

Esmée glimlachte. 'In elk geval niet in de eerste twee jaar', zei ze. 'Althans, ik heb er nog steeds geen genoeg van. Soms rijd ik speciaal naar Westpunt om daar naar de zonsondergang te kijken. Hoewel die op heel veel plekken prachtig is.'

Amanda gaf geen antwoord. Esmée wist niet of de vrouw haar wel had gehoord, ze leek ineens in gedachten te zijn verzonken. 'Gek hoe je er altijd melancholisch van wordt. Ik ga altijd denken aan de mensen die ik heb verloren, alsof het verdwijnen van de zon en het verdwijnen van het leven hetzelfde zijn.'

Esmée knikte begrijpend. 'Je vader?'

'Hm?'

'Denk je dan aan je vader?'

Amanda knipperde een paar keer en knikte. 'Ja... ook.' Ze keek naar Esmée en zweeg even. Esmée drong haar eigen gedachten terug. Ergens voelde ze de zwaarte opkomen die op een dag als vandaag toch al zo dicht aan de oppervlakte lag. Ze keek naar de zee. Ja, de mensen die je hebt verloren, dacht je daar ooit niet aan?

'Ach, wat zit ik hier nou dramatisch te doen', zei Amanda ineens weer monter. Ze nam de laatste slok en zette haar lege glas op de bar. Esmée volgde haar voorbeeld, maar schudde haar hoofd toen Amanda de barman wenkte voor nog een rondje.

'Ik moet gaan', zei ze. Ricardo vond het vast niet leuk als ze in de hotelbar dronken zou worden met een van de gasten. 'Morgen weer vroeg op.'

Amanda wenkte de barman en vroeg hem om de rekening op haar kamer te zetten, maar Esmée schudde haar hoofd. 'Van mij', zei ze en ze wuifde de barman weg. Daarna stond ze op van haar kruk. Ze wilde afscheid nemen met wat wensen, zoals dat Amanda een fijn verblijf in het resort zou hebben, maar de vrouw deed een stap naar voren en gaf Esmée een knuffel. 'Bedankt voor de cocktail', zei ze. 'En voor de avond.'

Daarna draaide ze zich om en liep de bar uit. Haar hakken klikten tegen de houten vloer en ze hees de gouden schouderband van haar tasje wat hoger. Esmée keek haar na tot ze was verdwenen en pakte toen haar eigen tas. Ze keek nog één keer naar de zee, nu niets meer dan een groot, donker vlak. Daarna haalde ze diep adem en stelde vast dat ze zich wat lichter voelde, haar gedachten aan deze dag meer naar de achtergrond gedwongen. Het was bijna tien uur, zag ze op de klok toen ze naar de uitgang van de bar liep. Nog zeventien minuten, dan was die laatste adem precies drie jaar geleden, al was dat moment in Nederland natuurlijk allang voorbij. De alcohol had de scherpe randen van haar herinneringen gehaald, haar gedachten met watten vermengd. Toch was het gedempte licht van de intensive care op haar netvlies gebrand, de monotone pieptoon nooit meer echt uit haar oren verdwenen. Een vlakke lijn op de monitor, een ingehouden snik in haar keel en dat was het dan. Het leven. Zijn leven.

Ze haalde diep adem en rechtte haar rug. Plantte een glimlach om haar mond. Zwaaide even toen ze de receptie passeerde. Daarna liep ze via de hoofdingang naar buiten, de warme avondlucht in. In het schijnsel van de verlichting langs de oprijlaan dansten muggen, ergens in de verte blafte een hond.

Drie jaar. En het leek nog steeds als gisteren.

HOOFDSTUK 4

MET EEN GEVOEL ALSOF ER VIJFTIG KILO VAN HAAR schouders was gevallen, drukte Esmée op *verzenden*. Eindelijk had ze de mail verstuurd waar ze al dagen tegen aan zat te hikken. Ze leunde achterover in haar stoel en strekte haar nek naar links en naar rechts. Haar spieren protesteerden tegen zoveel activiteit nadat ze net twee uur lang in opperste concentratie had zitten werken, de enige beweging haar arm die haar koffiekopje naar haar mond bracht. Haar mail, Teams, zelfs haar telefoon had ze op 'niet storen' gezet om het plan te kunnen afmaken, aangezien ze er al te laat mee was. En ze was lang niet ontevreden over het resultaat. Ze had het ambitieus ingestoken, het was aan Ricardo om te beslissen wat hij wel en niet wilde doorvoeren. Of eigenlijk: aan Robert en Alison, die vanochtend waren gearriveerd en nu al uren met Ricardo in vergadering zaten. Esmée had hen over de binnenplaats zien lopen. Robert was opnieuw een paar kilo aangekomen en hij was al niet een van de smalsten. Alison had ze herkend aan de korte, snelle pasjes waarmee ze zich altijd verplaatste, en haar onberispelijke zwarte broekpak. Dat het zelfs voor Antilliaanse begrippen vandaag uitzonderlijk warm was, leek haar niet te kunnen scheiden van haar zwarte jasje en lange broek. Het enige verschil met de vorige keer dat Esmée haar had gezien, was dat haar bob korter was en haar hakken weer iets hoger.

Esmée draaide met haar schouders om de spieren wat verder los te maken, maar hield daarmee op toen ze haar botten wel erg hard voelde knakken. Ze kon beter vanavond gaan sporten – sowieso geen slecht idee als je zoveel tijd doorbracht ofwel achter de computer ofwel staand aan de balie. Ze keek naar haar lege koffiekop en twijfelde tussen zichzelf een nieuwe cappuccino gunnen of een begin maken met het verwerken van de nieuwe mailtjes.

Of geen van beide, bedacht ze toen er een kort klopje op de deur klonk. 'Esmée?' Christina, een receptioniste van haar eigen leeftijd met ravenzwart haar en ogen in dezelfde kleur, stak haar hoofd om de hoek. 'Er is een gast die je graag wil zien.'

Esmée stond op en volgde haar collega naar de balie. Daar stond Amanda op haar te wachten, gestoken in een lichtblauwe skinny jeans, een witte mouwloze top en de hooggehakte pumps waar Esmée haar nog niet zonder had gezien. Over de duwstang van haar koffer hing een zwartleren jasje. 'Ik wilde even gedag zeggen', zei ze met een glimlach. 'Het werk hier zit er weer op.'

'Ga je terug naar Nederland?'

Amanda schudde haar hoofd. 'Nee, er wacht weer een nieuwe bestemming', antwoordde ze, zonder die te benoemen. En daarna, met een schuin lachje: '*Never not working.*'

Esmée leunde naar voren en ze namen afscheid met een zoen op de wang en een knuffel. Normaal deed Esmée dat alleen bij mensen met wie ze echt bevriend was, maar voor Amanda leek het een standaard manier van afscheid nemen te zijn. Ze had haar dat al bij meer mensen zien doen. 'Leuk je te leren kennen', zei Amanda. 'Ik had graag gisteravond nog een drankje met je gedronken, maar ja...' Ze maakte een handgebaar dat van alles kon betekenen. 'Werk, hè.'

Esmée had de vrouw de avond ervoor gezien, toen ze met een man die zeker twintig jaar ouder was dan zij in het restaurant zat te eten. Esmée had even gezwaaid, Amanda had haar gewenkt en ze hadden kort gepraat. 'Kom erbij zitten', had Amanda uitnodigend gezegd, maar Esmée had het aanbod afgeslagen. Gezien de iPads en aantekeningenblokken die op tafel lagen, was het een werkafspraak geweest en ze wilde niet storen. Of al te dik bevriend raken met gasten. Bovendien had ze bijna twaalf uur gewerkt en verlangde naar de schommelbank op haar patio en een glas van de ijsthee die ze de dag ervoor zelf had gemaakt. Zover was het niet gekomen, want eenmaal thuis had ze gedoucht en was ze op de schommelbank in slaap gevallen voordat ze ijsthee had gepakt. Het was al twaalf uur geweest toen ze zich in halfslaap naar haar bed had verplaatst.

'Tot ziens, Esmée', zei Amanda nog. 'Als ik weer op Curaçao moet zijn, weet ik wel waar ik slaap.'

'Je bent van harte welkom', zei Esmée welgemeend en daarna liep een van de piccolo's met Amanda mee naar buiten. Esmée had verwacht dat de vrouw met een taxi naar de luchthaven zou vertrekken, maar voor de deur stond een zwarte Mercedes zonder taxibord op haar te wachten. Misschien een auto van de Nederlandse overheid, daarvan reden er wel meer rond op het eiland.

Ze wachtte tot de wagen zich in beweging zette, zwaaide nog even en liep toen naar de hotelbar om een nieuwe kop koffie te halen. Er was ook een automaat in de personeelsruimte, maar Esmée was van mening dat goede koffie een mens daadwerkelijk gelukkiger kon maken en in de hotelbar werden cappuccino's gemaakt waar ze uren op kon teren. 'Dank je wel', zei ze met een glimlachje toen ze haar koffie aanpakte van Feline, een van de twintig Nederlandse stagiairs die in het hotel werkten. Ook achter de receptie waren vaak een of twee stagiairs werkzaam en Esmée vond het altijd leuk hen te begeleiden. De meesten maakten zich het werk binnen enkele weken eigen en de volgende vijf maanden van hun stage – vaak bleven ze een halfjaar – werkten ze als bijna volwaardige krachten mee. Het was al een paar keer gebeurd dat een hotelschoolstagiair na het behalen van het diploma als vaste kracht was teruggekeerd. Een van hen – Maurice – werkte er na drie jaar nog steeds.

In gedachten verzonken keerde Esmée terug bij de receptie. Op haar kantoor zat Leandro op haar te wachten. 'Heb je plannen vanavond?' vroeg hij. 'Mijn moeder heeft de hele familie uitgenodigd en ze vroeg of je ook wilde komen?'

Esmée knikte terwijl een warm gevoel haar overviel. 'Wat lief.'

Leandro haalde kort zijn schouders op. 'Je kent haar. Kookt altijd voor een weeshuis, en ze vindt het leuk als je er bent.'

'Ik ben er graag bij.'

'Mooi.' Leandro's gezicht klaarde op. 'Voor mij ook wel gezellig. Het woord is "palapa".'

Esmée fronste. 'Palapa?'

'Als ik dat zeg, heb ik te veel nieuwsgierige tantes om me heen. Dan ga jij met me mee en ga ik stiekem roken.'

'Helemaal niet', zei Esmée gespeeld streng. 'Je bent nu precies eh...' ze pakte haar telefoon en keek in de agenda, 'achtennegentig dagen gestopt. Dat is een record dat je niet verloren mag laten gaan omdat je een paar tantes achter je aan hebt.'

'Oké, oké.' Leandro stak zijn handen in de lucht alsof hij zich gewonnen gaf. 'Ik beloof het. Maar dan zie ik je straks. Ik werk tot zeven, jij?'

'Ook zoiets', zei Esmée. Haar officiële dienst, voor zover daar sprake van was in haar baan, eindigde vandaag om vijf uur, maar gezien de hoeveelheid werk die nog op haar wachtte, zou dat ijdele hoop zijn. Ze hield ervan de werkdag af te ronden met een schoon bureau en een afgehandelde mailbox. Gelukkig zou het eten niet voor negen uur worden opgediend, naar Antilliaans gebruik.

Leandro verdween en ze liep naar de receptie om bij te springen. Twee gasten wilden hun koffers achterlaten in de bagageruimte omdat ze al waren uitgecheckt, maar hun vlucht naar Amsterdam pas aan het einde van de middag ging. Esmée labelde de bagage en bracht die weg naar de opslag. Daarna nam ze haar plek achter de receptiebalie weer in, tot Ricardo langsliep en haar naar haar kantoor wenkte. Gelukkig was de rij grotendeels verdwenen.

'Geweldig plan', complimenteerde hij haar en ging zitten op de rand van haar bureau. 'Ik heb het vluchtig doorgekeken en ik zal het vanmiddag meteen met Robert en Alison bespreken, maar ik moet zeggen dat je echt vernieuwende ideeën hebt laten zien.'

Ze glimlachte. 'Dank je, Ricardo. Ik denk dat er nog best wat te winnen is op het gebied van de check-out, zonder dat we het persoonlijke contact met de gast weg-nemen.'

Haar manager knikte een paar keer. 'Goed werk, Esmée', zei hij toen, terwijl hij opstond. Daarna liep hij haar kantoor uit. Met een verheugd gevoel keek Esmée hem na.

De dag vloog om, zoals zoveel andere, en om vijf uur had Esmée ongeveer de helft gedaan van wat ze had willen doen. Gelukkig was het rustig bij de receptie en kon ze zich achter haar bureau terugtrekken. In rap tempo werkte ze haar to-dolijst af en net voor zevenen sloot ze haar computer af. Ze had zin in de avond bij Leandro's familie. Hij kon vaak genoeg zuchten en steunen over hun aanwezige en, in zijn ogen, wat bemoeizuchtige aard, maar voor Esmée maakten ze het gemis van haar eigen familie wat minder zwaar. Een moeder die zich een beetje om je bekommerde was, hoe kinderachtig dat ook mocht klinken, een fijn gevoel, of je nu twee, twaalf of tweeëndertig was. En daar kwam bij dat Leandro's moeder niets liever deed dan koken, wat ze dan ook geweldig kon.

Ze wenste de drie receptionisten van de avondploeg een goede dienst toe, benadrukte zoals gewoonlijk dat ze bereikbaar was in geval van calamiteiten en liep daarna naar haar kleine, gedeukte pick-uptruck die ze op de parkeerplaats voor het personeel had gezet. Ze had het wagentje in haar eerste week op het eiland gekocht en Leandro had vaak genoeg hoofdschuddend toegekeken als ze erin stapte, maar de auto had haar nog nooit in de steek gelaten. Hij piepte en kraakte soms, maar deed braaf wat ze van hem vroeg, ook als ze weer eens een kuil in de weg over het hoofd zag of de stenen op onverharde wegen tegen de bodemplaat beukten.

Ze startte de motor, die ronkend tot leven kwam, reed daarna het parkeerterrein af, de oprijlaan van het hotel op, en draaide naar de openbare weg. Het Curaçao Beach Resort lag aan de Jan Thiel-baai aan de zuidkant van het eiland. Het werd geflankeerd door andere resorts en door diverse prachtige vakantievilla's, die ze nu passeerde. Ze reed stevig door maar blikte toch even naar de witgepleisterde villa's van diverse bekende Nederlanders die hier hun vakanties doorbrachten. Met grote regelmaat doken er zangers, acteurs of presentatoren op in het hotel, en natuurlijk profvoetballers. Hun overbekende gezichten werden doorgaans onmiddellijk herkend door de overwegend Nederlandse gasten van het resort – een gegeven waaraan de BN'ers zich nooit erg leken te storen. Vorige week had Esmée nog een praatje gemaakt met een volkszanger wiens repertoire in een rechtgeaarde kroeg nooit ontbrak en die haar met een grote glimlach had gecomplimenteerd met haar gouden oorbellen. Hij zat aan een tafeltje met zijn hevig geblondeerde vrouw en twee pubers van wie er eentje onlangs door de politie in Laren was opgepakt wegens joyriding in z'n vaders Porsche. Een schandaaltje waarvan de roddelbladen uiteraard hadden gesmuld maar dat de sfeer binnen het gezin niet leek te hebben aangetast. Er werd volop gekletst en gelachen en dat het diner meer dan tien keer werd onderbroken doordat er iemand een selfie – de moderne vervanger van de handtekening – kwam vragen, leek niemand uit te maken. 'Hier leven we van', had een bekende zangeres Esmée eens uitgelegd toen het onderwerp ter sprake was gekomen. De vrouw was tijdens een etentje met een vriendin wel twintig keer onderbroken, waardoor Leandro was gaan vragen of ze misschien een plek met meer privacy wenste. Bij het uitchecken had ze ter sprake gebracht dat ze het gebaar zeer had gewaardeerd, ook al had ze het afgeslagen. 'Zonder de mensen die nu om selfies komen vragen, blijven de concertzalen leeg', had ze gezegd. 'En leveren de muziekstreams slechts een schamel inkomen op. De villa hier zou er ook niet zijn.' Haar woorden waren zo oprecht geweest dat Esmée haar meteen had gemogen. Van haar inzicht konden andere meer, of vaker minder, bekende mensen nog wat leren. Zoals de vloggers die tegenwoordig steeds vaker mailden – of eigenlijk: hun 'manager' lieten mailen, niet zelden een broer, neef of vriend – dat ze in ruil voor een gratis verblijf van twee weken voor zichzelf en hun entourage best een vlogje van tien minuten wilden maken. Wist de manager van het resort wel wat de mediawaarde was van vijfhonderdduizend volgers?

Dat wist de manager van het resort wel degelijk, maar Ricardo wees dit soort voorstellen resoluut af. 'Niet ons publiek', oordeelde hij en Esmée kon hem daarin alleen maar gelijk geven. Ze keek amper vlogs, maar toen ze uit nieuwsgierigheid eens een blik had geworpen, had ze eerst gedacht dat ze gewoon de verkeerde had aangeklikt. Een stel opgeschoten jongens joeg met duizelingwekkende snelheid een speedboot over een zwemplas, te oordelen aan het hysterische gelach tot hun eigen grote genoegen. De actie leek Esmée niet alleen verboden maar ook gevaarlijk en ze had een ander vlogkanaal aangeklikt, maar daar was het al niet veel beter. Ook de familievlogkanalen – gezinnen die hun hele leven in dagelijkse video's op YouTube zetten en die zich ook met grote regelmaat meldden voor een gratis vakantie in het resort met drie, vier of vijf kinderen – hadden haar beeld van de mensheid niet meteen verbeterd. Als je niet zo heel veel te melden of te laten zien had, was het toch prima om géén video te maken? Maar die simpele gedachte was duidelijk niet het idee achter de vlogkanalen, en te oordelen aan de duizelingwekkende aantallen volgers en likes was Esmée met haar mening in de minderheid.

In gedachten verzonken was ze de Caracasbaaiweg afgereden en nu kwam ze in de drukte richting Willemstad terecht. Er werd volop getoeterd en ingehaald, maar van de turbulente Antilliaanse rijstijl keek Esmée allang niet meer op. Behendig stuurde ze door de smalle straatjes tot vlak bij haar huis. Eenmaal binnen kleedde ze zich snel om in een korte jumpsuit en slippers. Ze haalde haar donkerblonde haar uit de knot en voelde haar haarwortels protesteren toen ze het los over haar schouders schudde. Vlug haalde ze er een borstel doorheen, werkte haar make-up bij en griste een fles witte wijn mee. Daarna stapte ze weer in de auto.

Het kostte wat moeite om de stad uit te komen, maar eenmaal op de Weg naar Westpunt haalde de pick-up grommend de tachtig kilometer per uur. Veel harder ging de auto niet – althans, dat vermoedde Esmée, er waren op Curaçao geen snelwegen waar ze het kon uittesten. Ze nam een afslag, passeerde een dorpje, stuurde een klein weggetje op en toen, bij een markering op niets anders dan een grijze steen, minderde ze vaart en draaide een onverharde weg op. Een overhangende tak schampte de auto, maar het schurende geluid deerde Esmée niet. De wijnfles rolde bijna op de grond toen ze door een kuil stuiterde. Ze sloeg opnieuw af en zette de auto stil naast een ander, iets nieuwer model dat aan Leandro toebehoorde. Met een krakend geluid trok ze de handrem omhoog, daarna stapte ze uit. Een paar kippen schoten weg voor haar voeten toen ze naar het huis liep.

De lucht rook zoet naar bloemen, vermengd met citroen. Esmée liep om het lage, roze gepleisterde huisje heen. Aan de achterkant, in de tuin die was begroeid met allerlei groenten en kruiden en planten van onbestemde oorsprong en die door Shania, Leandro's moeder, met veel liefde werd bijgehouden, klonken muziek en gelach en luide stemmen. Leandro's familie bestond uit tientallen mensen die in wisselende samenstelling bijeenkwamen bij zijn moeder thuis.

'Esmée!'

Shania kwam op haar af zodra ze haar opmerkte. Haar brede heupen gingen gehuld in een zwarte jurk die was bedrukt met gele bloemen. Haar haar was zoals gewoonlijk gevlochten en haar armen waren gespreid voor de omhelzing waarmee ze Esmée altijd begroette.

Ze pakte de wijn aan met de gebruikelijke mededeling dat dat toch helemaal niet nodig was en trok Esmée daarna mee naar de keuken, waar het om te smoren was en sterk naar peper rook. 'Proef', commandeerde Shania en Esmée nam een hap van de lepel die haar werd voorgehouden. De soep smaakte zout en pittig en deed de tranen in haar ogen springen, maar ze knikte toch. 'Lekker', zei ze en pakte de kop aan die Shania voor haar had gevuld. In het voorbijgaan pakte ze een stukje brood mee uit een mand die op tafel stond.

'Hi', zei ze tegen Leandro, die inderdaad in de greep van zijn tantes terecht was gekomen. Esmée ging erbij zitten en volgde geamuseerd hun gesprek, dat in rap tempo switchte van Leandro's laatste vriend, ook alweer een tijdje geleden, via een gezamenlijke kennis die in de beruchte Bon Futuro-gevangenis was beland – terecht volgens twee tantes, onterecht volgens drie andere – naar een nieuw restaurant dat in Willemstad was geopend en waarvan een van de tantes de chef-kok kende. Esmée keek van de een naar de ander zonder de behoefte zich in het gesprek te mengen. Haar blik gleed af en toe naar de lucht, die nu snel donkerder kleurde. Zo dicht bij de evenaar was de schemering kort. Het was in het begin gebeurd dat ze bij de eerste tekenen van schemer haar tas begon in te pakken op het strand om vervolgens in het donker bij haar auto te arriveren. 'Eerder weggaan', had Leandro haar toen bezorgd op het hart gedrukt. 'Iedereen weet dat je na zonsondergang niet meer op de openbare stranden moet komen. Je zal de eerste niet zijn die per ongeluk getuige is van zaken die het daglicht niet kunnen verdragen, en de mensen die zich daarmee bezighouden zijn niet bijzonder dol op getuigen.'

Hij bedoelde drugssmokkel, wist Esmée, en dat was zeker een aanzienlijk probleem op het eiland, al was het ook weer niet zo dat elk strand zodra de zon onderging veranderde in een toneel van zware criminaliteit, duizenden kilo's drugs en bloederige afrekeningen. Mede met hulp van de Nederlandse overheid en het defensieapparaat was het drugsgeweld de laatste jaren teruggedrongen. Van uitroeien was geen sprake, maar de veiligheid op het eiland was onmiskenbaar toegenomen mede dankzij de inspanningen van de Nederlandse regering.

Vluchtig dacht ze aan Amanda Lewis. Esmée had het gevoel dat het geen toeval was dat ze er niet achter was gekomen wat de vrouw precies voor werk deed. Over privéonderwerpen had Amanda uiterst open zitten vertellen, maar waar het haar werk betrof hield ze het vaag. Dat was natuurlijk haar goed recht, maar Esmée moest toegeven dat ze juist daardoor toch wel nieuwsgierig was geworden.

‘Cocktail?’ Met een arm om haar schouder en een glas voor haar neus onderbrak Leandro haar gedachten. ‘Hij is alcoholvrij’, zei hij meteen toen hij haar aarzeling opmerkte. ‘Al ben je van harte welkom om te blijven slapen, dat weet je. Dan mix ik er eentje voor je van een kwaliteit die je nog nooit hebt meegemaakt.’

Met ‘kwaliteit’ bedoelde hij ‘alcoholpercentage’, dat wisten ze allebei. Esmée nam het drankje glimlachend aan. ‘Deze is prima voor mij, dank je wel.’ Ze wilde nog iets zeggen, maar iemand zette de muziek luider omdat er een goed nummer voorbijkwam. Esmée stond er allang niet meer van te kijken dat het hele gezelschap ineens in beweging kwam. Zelf danste ze mee met Leandro, die soepele heupen en ritmegevoel net als zijn familie – en de meeste Antillianen – in zijn DNA had zitten. Daar konden de stijve Nederlanders vaak nog wat van leren.

De muziek ging niet meer zachter en Esmée bracht de verdere avond door met opzwepende klanken, heerlijk eten, fijne gesprekken en cocktails waarbij ze de alcohol niet echt miste. Het liep al tegen twaalven toen ze Shania omhelsde en haar verzekerde dat ze echt veilig thuis zou komen en nee, ze hoefde niet te blijven slapen, hoe lief dat ook was aangeboden. Ze zei Leandro gedag, zwaaide even naar een paar mensen met wie ze had gepraat en liep daarna om het huis heen naar haar auto. Even later klonk het gegrom van de motor en in de hoop dat ze in het donker geen boompje raakte, manoeuvreerde ze de pick-up achteruit de korte oprit af. Dolfijn FM speelde vrolijke muziek en ze neuriede mee met een nummer dat ze kende. Met behulp van het licht van de koplampen deed ze haar best om de ergste kuilen in de onverharde weg te ontwijken. Straatverlichting was niet aan de orde, ook niet toen ze de asfaltweg bereikte en linksaf sloeg, in de richting van Willemstad. Pas in de buurt van de stad, waar de huizen dichter bezaaid waren, brandden lantaarns. Esmée merkte het verschil echter amper op. Ze was eraan gewend om in het donker over het eiland te rijden en bovendien zat haar hoofd vol met flarden van de leuke avond.

Ze reed een stukje om om het drukste gedeelte van Willemstad te vermijden en bereikte toen de parkeerplaats dicht bij haar huis. Toen ze de motor uitzette, merkte ze dat er tegelijk met haar nog een auto was aangekomen. Ze keek in haar spiegeltje en vroeg zich af wie het was. Op dit stukje parkeerden doorgaans alleen de buren, ook al was het openbaar terrein. Ze bleef even in de auto zitten en wachtte tot de wagen verder reed of een parkeervak opzocht. De koplampen stonden aan, de motor draaide. Er ging een minuut voorbij, er veranderde niets. Esmée staarde verwonderd in de achteruitkijkspiegel.

Meer minuten gingen voorbij. Ze haalde diep adem. Het was nu na middernacht en ze wilde naar bed. De auto stond daar nog. Ze keek nog één keer in haar spiegeltje. Daarna haalde ze resoluut de sleutel uit het contact en opende de deur. Sloot hem met een krachtige slag. Liep weg in de richting van haar huis. Ze passeerde de wagen en keek niet opzij.

Nederland was ver weg. Ze moest zich niet gek laten maken.

Hoofdstuk 5

'We zullen snel van ons laten horen', zei Esmée en ze beantwoordde de handdruk van de man met wie ze net bijna drie kwartier had zitten praten. Zijn handdruk was ferm, zoals het hoorde. 'Bedankt voor je komst.'

'Bedankt voor uw tijd', antwoordde Samino Sanchez beleefd. 'En hopelijk tot ziens.'

Reken daar maar op, dacht Esmée, maar ze reageerde met niets anders dan een glimlach. In haar hoofd had ze al besloten dat ze de sollicitant, die haar met zijn nette brief al aangenaam had verrast, zou aannemen, maar voor de vorm moest ze hem nog met Ricardo bespreken. Toch had het gesprek haar al een opgetogen gevoel bezorgd. Toen de jonge man met stevige passen verdween via de hoofdingang, keek ze hem na. Personeel voor het resort was niet eens zo moeilijk te vinden – met z'n goede naam, vijf sterren en luxe uitstraling was het Curaçao Beach Resort voor veel mensen een werkgever waarvoor ze graag aan de slag gingen. Maar goed personeel, dat was een ander verhaal. Er werd met enige regelmaat barpersoneel weggestuurd wegens drinken onder werktijd of vrienden voorzien van grote hoeveelheden gratis cocktails. Bij de frontdesk hoefde Esmée gelukkig niet vaak iemand te ontslaan vanwege onbehoorlijk gedrag – hoewel ze die keer dat een stagiair zichzelf toegang had verschaft tot een van de meest luxe suites om daar een, ongetwijfeld zeer aangenaam, uur door te brengen met een van de barmeisjes die hij de avond ervoor had versierd, nog niet was vergeten. De stagiair was onmiddellijk teruggestuurd naar de hotelschool in Nederland, het barmeisje had een officiële waarschuwing gekregen. Maar hij zei dat hij de kamer had geboekt voor een nacht, had ze zich verweerd bij Leandro, die er als manager van alle horeca natuurlijk bij betrokken was. Hij en Esmée hadden zich er samen over verbaasd hoe iemand zoiets kon geloven – de kamerprijzen van dergelijke suites waren ongeveer gelijk aan een volledige maand stagevergoeding.

Het incident verdiende niet de schoonheidsprijs, maar de gasten hadden er geen last van gehad en natuurlijk had Esmée er achteraf ook om kunnen grinniken. Je moest het lef maar hebben. En ze was blij dat er, sinds zij de frontdesk managede, eigenlijk nooit iets ergers was gebeurd.

Ze keek even bij de receptie, waar het relatief rustig was. Daarna liep ze terug naar haar kantoor en mailde de sollicitatiebrief plus haar bevindingen door naar Ricardo. Als hij zijn fiat gaf, zou ze bij human resources om een salarisvoorstel vragen en zou ze Samino bellen om hem het goede nieuws te vertellen.

Monter schoof ze de uitgeprinte brief en het cv opzij en begon aan de beantwoording van haar e-mails. Er was een berichtje van een reisagent met wie het resort regelmatig samenwerkte en die vroeg of een bepaalde suite beschikbaar was voor een gast met 'hoge prioriteit'. Esmée wilde net het reserveringssysteem openen, toen haar telefoon een geluidje liet horen. Uit automatisme wierp ze een vluchtige blik op het scherm, verwachtend dat het een berichtje van haar moeder was of iets dat met werk te maken had. In het scherm stond echter een nummer dat ze niet kende. Het bericht was verstuurd als sms, niet als whatsapp.

Ze pakte haar telefoon en opende de berichten.

Hi Esmée, las ze. *Amanda hier. Sorry voor het storen, maar ik heb iets stoms gedaan. Er zou een pakketje voor mij worden gebracht terwijl ik bij jullie was, maar dat heeft vertraging opgelopen. En nu wordt het alsnog afgeleverd terwijl ik al weg ben.* Hier had Amanda een gezichtje toegevoegd dat balend keek. *Is het voor jou een groot probleem om het pakketje alsnog in ontvangst te nemen? Het wordt dan later weer opgehaald. Sorry voor de moeite! X Amanda*

Esmée las het berichtje nog een keer en liet toen haar telefoon zakken. Het was niet zozeer de inhoud die haar bevreemdde. Ze probeerde in gedachten vooral het moment terug te halen waarop ze Amanda haar privénummer had gegeven. Dat deelde ze nooit met gasten, dus zo'n zeldzaamheid zou ze zich toch moeten herinneren.

Ze fronste en liet haar ogen voor de derde keer over de tekst gaan. Ze had Amanda niet eens het nummer van haar werkmobiel gegeven, bedacht ze. Al zou dat met wat moeite misschien wel op internet te vinden zijn, of te verkrijgen als je naar de receptie belde en met een goede smoes bleef aandringen. Alleen had Amanda dat niet gedaan. Ze had ook niet naar de receptie gebeld om daar te vragen of het pakketje in ontvangst kon worden genomen – een verzoek dat meteen zou zijn ingewilligd. Evenmin had ze naar het resort gebeld en zich met Esmée laten doorverbinden. Haar privénummer achterhalen en dat gebruiken voor een berichtje was de langste manier en bovendien nodeloos ingewikkeld.

Ze legde haar telefoon aan de kant zonder het bericht te beantwoorden. Er werden weleens vaker pakketten voor gasten bezorgd en natuurlijk konden ze de zending voor Amanda bewaren, maar toch zat het bericht haar niet lekker. Werk en privé hield ze graag gescheiden. Misschien had ze die avond ook geen drankje met

Amanda aan de bar moeten drinken. Of had ze het niet met Amanda over onderwerpen moeten hebben die ze doorgaans niet met gasten besprak. Ze sloot even haar ogen. Weer een les geleerd.

Met een zucht pakte Esmée haar telefoon weer op. Weigeren om het pakketje aan te pakken omdat ze op haar privénummer een berichtje had gekregen, sloeg natuurlijk ook nergens op, dus stuurde ze een kort bericht terug. Natuurlijk konden ze het pakket aanpakken en bewaren, en als Amanda even kon laten weten wanneer en door wie het werd opgehaald, hoefde daar geen verwarring over te ontstaan. Ze zag aan het symbooltje met de drie puntjes dat Amanda meteen een bericht terugschreef. Esmée bleef online, het antwoord kwam vrijwel meteen.

Super, heel erg bedankt! Ik laat je nog weten wanneer het wordt opgehaald. X

Esmée sloot haar telefoon af en legde hem aan de kant. Ze wilde wel vragen hoe Amanda aan dit nummer kwam, en tegelijkertijd wilde ze er niet te veel aandacht aan besteden. Misschien had ze het wel van Leandro gekregen, die hen samen aan de bar had zien zitten. Hij kon gedacht hebben dat Amanda een vriendin was. Een vriendin die hij niet kende en die bovendien Esmées nummer niet had, wat voor een vriendin vreemd was, maar goed, het was mogelijk. Ze nam zich voor hem ernaar te vragen en zette daarna het berichtje uit haar hoofd. Ze moest de beschikbaarheid van de suite voor de gast met de 'hoogste prioriteit' nog controleren en bovendien had Ricardo op haar mail over Samino Sanchez geantwoord. Om haar gedachten definitief af te sluiten draaide ze het scherm van haar telefoon naar beneden en ging aan het werk.

Later die middag liep Esmée net langs de receptie toen een jonge man in een uniform van FedEx een doos bracht ter grootte van een A4. Omdat beide receptionisten bezig waren, stopte ze om het doosje aan te pakken en haar handtekening te plaatsen op het klembord dat de man onder haar neus duwde. Ze bedankte hem en vermoedde dat hij iets terugzei maar door zijn motorhelm kon ze hem niet verstaan. Ze was er met haar gedachten ook niet bij, nu ze bijna te laat was voor de vergadering die Ricardo met zijn managers en de directie van het hotel had belegd. Esmée wist dat ze de komende drie uur onder de pannen zou zijn nu Robert en Alison de managers zouden updaten over hoe het hotel ervoor stond en wat de nieuwe plannen voor de toekomst waren. Het doosje was zwaarder dan ze had verwacht en ze legde het op de kast waar de post voor gasten werd bewaard. Daarna pakte ze haar laptop, die ze uit gewoonte altijd meenam, en liep met snelle passen door naar het kantoor van Ricardo, waar de jaloezieën gesloten waren en de beamer zacht zoemde. Het rook er naar elektrische apparatuur en aftershave en de airconditioning stond zo fris dat Esmée rilde in haar mouwloze zijden top en kokerrok.

Ze begroette Robert en Alison met een handdruk en

wat hartelijke woorden en nam plaats naast Leandro. De kamer vulde zich en Ricardo nam het woord, gevolgd door Alison die hen soepel door een lange powerpoint loodste waarin duidelijk werd dat het moederbedrijf de komende tijd weer veel in het CBR zou investeren. Diverse suites kregen een metamorfose, waarvoor een interieurontwerpbureau was ingeschakeld. Esmée knikte enthousiast bij de beelden van hoe de suites eruit zouden gaan zien. Bovendien kwam er een nieuwe bar bij op het strand, zodat de wachttijden bij de huidige strandbar – een verbeterpunt dat regelmatig in recensies werd genoemd – verkort zouden worden.

De presentatie oogstte applaus aan het einde en Ricardo nodigde iedereen uit om morgenmiddag met elkaar het glas te heffen op de goede resultaten van de afgelopen tijd en al het mooois dat eraan zat te komen. Esmée beloofde dat ze erbij zou zijn en keek daarna op haar horloge. Het was bijna zeven uur, tijd om haar werk voor vandaag af te ronden. Verlangend dacht ze aan de schommelbank op haar patio en de salade die in de koelkast op haar wachtte. Er stond ook nog een fles witte wijn koud.

Met haar laptop in haar ene en haar werktelefoon in haar andere hand liep ze in gedachten verzonken terug van Ricardo's kantoor naar de frontdesk. Er stonden geen gasten. Jacintha was aan de telefoon, Maurice staarde geconcentreerd naar het scherm van de computer. De bloemist was geweest om de boeketten in de lobby te vervangen, op de balie van de receptie prijkte een grote, kleurrijke vaas met bloemen in paars, roze en wit. De frontdesk zag er smetteloos uit, met de strakke uniformen, de bloemen, het pas gedweilde lichte marmer op de vloer. Ze glimlachte bij de aanblik toen ze de balie naderde.

Het volgende moment was het alsof de lucht uit haar longen werd geperst. De bloemen, dat was het eerste wat ze zag. De grote stenen vaas. Misschien niet zo stabiel? Zoiets gaf een gigantische klap op het harde marmer. Ze staarde met open mond naar de ravage, de grote stukken steen, de kleinere delen, de scherven in allerlei kleurschakeringen. De stelen van de bloemen geknakt, blaadjes drijvend op water. Het was alsof haar hersenen haar dwongen daarnaar te kijken, alsof ze beschermd moest worden tegen de eigenlijke aanblik van wat er gebeurde. In haar oren klonk slechts een dof gedreun.

Langzaam, te langzaam naar haar zin, lieten haar ogen zich losrukken van de rommel op de vloer. Haar oren hervatten hun normale functie en lieten de geluiden horen van waar haar blik zich op richtte terwijl om haar heen mensen gilden, renden, zich op de vloer lieten vallen met hun armen over hun hoofd. Schreeuwende mannenstemmen, boze woorden. Ze waren met z'n tweeën. De een groter dan de ander, bijna twee koppen. De een stevig, de ander smal, bijna iel, maar daardoor niet minder angstaanjagend. Allebei gekleed in zwart leer, lange mouwen. Zwarte spijkerbroeken, sneakers in dezelfde kleur. Geen merk. Bivakmutsen. Het was alsof hun bewegingen in slow motion gingen. Esmée wist dat ze moest stoppen, maar ze liep door, versnelde haar pas zelfs nog wat. Ze zag de twee portiers, versteend bij de ingang. Ze knipperde een paar keer. Pas in tweede instantie zag ze dat een van hen, Rodney, ongezien zijn telefoon bij zijn oor hield. Zijn mond bewoog, zijn blik was waakzaam op de overvallers gericht.

Esmée keek weer naar de twee mannen. Het tafereel voor haar ogen was tegelijkertijd bizar en zo echt dat ze het bloed door haar aderen voelde racen, haar hart zette nog een tandje bij. Een van de mannen keek haar kant op. Donkere ogen achter de gaten in de muts. Hij staarde haar recht aan, maar ze stopte niet. Esmée deed haar mond open en ze hoorde geluid, waarschijnlijk haar eigen geschreeuw. De man schreeuwde terug. Dwong haar te stoppen, maar ze zette haar ene voet voor haar andere, tot de loop van een pistool haar alsnog tot stilstand deed komen en ze er een aantal angstaanjagende seconden van overtuigd was dat haar leven hier en nu zou eindigen.

Plotseling nam de wereld, die zo traag was doorgekomen, z'n normale tempo weer aan. Esmée staarde naar het wapen. De opening was diepzwart en bevond zich op nog geen vijf centimeter van haar voorhoofd. '*On the ground!*' schreeuwde de mannenstem en Esmée liet zich vallen. Het volgende moment werd de laptop uit haar handen getrokken. Ze hoorde gasten gillen, zag Jacintha en Maurice als ratten in de val achter de balie. Jacintha gaf een telefoon, toen een laptop, haar horloge. Nog was het niet genoeg. Op de kast lag een extra iPhone, eentje die gerepareerd moest worden. *Geef hem,* droeg ze Jacintha in gedachten op. *Geef alles wat ze willen.* Er was geen kassa maar wel een kistje met wat geld. Jacintha dook in de kast, pakte het, gilde toen een van de overvallers zich recht achter haar bevond. Esmée kon een kreet niet onderdrukken toen ze het staal van de pistoolloop de nek van het meisje zag raken. 'Nee!'

De overvaller stak zijn arm uit, Jacintha vloog naar achteren. Hij trok het kistje naar zich toe, greep in dezelfde beweging een doos mee en gooide de hele buit in de zwarte tas die zijn handlanger openhield. Beide mannen draaiden zich om. Maurice werd aan de kant geduwd en een gast die dapper had geprobeerd de twee te naderen – Esmée wist niet met welk plan, proberen het gewapende tweetal te stoppen zou levensgevaarlijk zijn – dook naar de grond toen hij het wapen op zich gericht zag. '*Nobody calls the police!*' schreeuwde de grootste van de twee mannen. Esmée keek vlug naar Rodney. Zijn hand hing nu omlaag. Ze maakte zich klein tegen het koude marmer. De man schopte tegen een grote scherf van de vaas, die tegen de balie verder uiteenspatte. Een trap tegen de deur, die openvloog. Het geluid van een scooter die tot het uiterste werd gedreven. Esmée staarde met trillende neusvleugels naar buiten waar het tweetal, de grootste man voorop, nu uit het zicht verdween.

Ineens was het vreemd stil, meteen daarna kwam iedereen tegelijk tot leven, als een film waarvan na een korte pauze de startknop weer was ingedrukt. Mensen grepen naar hun telefoons, Rodney riep dat de politie al onderweg was, Esmée rende naar Jacintha en Maurice. 'Iedereen weg!' riep ze tegen Rodney toen al die seizoenen *CSI* die ze had gekeken terugkwamen in haar hoofd. 'De politie...' Ze hijgde. 'Sporen...'

'Wat is...' Ricardo kwam aanrennen, geflankeerd door Robert en Alison. 'O mijn god...'

Hij nam de leiding. Natuurlijk. Liep rond, dirigeerde de gasten en het personeel naar het restaurant, de portiers naar buiten. Esmée bereikte Jacintha. Op de smetteloos witte blouse van het meisje zat bloed. 'Ben je geraakt?' vroeg Esmée in paniek. 'Ben je...'

In haar linkerwenkbrauw zat een snee. Bloed liep in een straaltje langs haar slaap naar beneden en drupte op de blouse. Esmée trok haar naar zich toe, draaide haar om. Ze had de wapens duidelijk gezien, ze had een knal gehoord waarvan ze niet wist of het een schot was. Jacintha huilde, tranen verdunden het bloed, maakten de vlekken groter. 'Waar heb je pijn?' vroeg Esmée half hijgend.

Jacintha voelde aan haar gezicht. 'Het gaat wel', zei ze tussen de snikken door. 'Het gaat echt wel.'

'Heb je...'

'Alleen hier.' Ze greep een tissue uit de houder achter de balie en drukte die tegen de wond. Ze haalde diep adem, het snikken stopte. Esmée verplaatste haar aandacht naar Maurice, die op de vloer zat en verdwaasd voor zich uit staarde. Ze legde haar hand op zijn schouder. Met een kreet week hij achteruit, de angst in zijn ogen sneed haar door merg en been. 'Het is voorbij', zei ze kalmerend. 'Ze zijn weg. De politie komt eraan.'

Ze liep door. Er waren huilende gasten, angstig personeel. Esmée wist niet hoeveel tijd er was verstreken voor het geluid van sirenes klonk. Ver weg en toen plotseling al dichtbij. Drie politieauto's stopten, vier, een vijfde draaide de oprijlaan op. Agenten sprongen uit de wagens en zwermden naar binnen. Onmiddellijk werd de boel afgezet, geschrokken gasten werden tegengehouden toen ze naar buiten wilden lopen. Anderen mochten juist niet naar binnen. Een duidelijk aangeslagen Ricardo liep naar de politieman toe die de orders aan de rest uitdeelde. Esmée werd verzocht de ruimte achter de receptie te verlaten. Ze hielp Maurice overeind. Er arriveerde een ambulance.

'De camerabeelden?' vroeg een agent die naar de camera's bij de ingang en in de lobby wees. Ricardo nam hem mee naar de kleine ruimte vanwaar op diverse schermen het hele hotel te overzien was. Alleen 's nachts was de ruimte bemand, wanneer de twee nachtportiers hun dienst draaiden: een achter de receptie, een als beveiliger.

'We hebben opnames', hoorde Esmée Ricardo zeggen. 'De beelden blijven vijf dagen bewaard.'

Ze voelde iets van geruststelling, al zou op de beelden niet meer te zien zijn dan op haar eigen netvlies stond gebrand. Twee bivakmutsen, donkere ogen. Maar de politie kon die beelden vast analyseren, er meer uit halen dan je op het eerste gezicht kon ontwaren.

'Mevrouw?' vroeg een agent. 'Gaat het?'

Ze knikte, hoewel het natuurlijk helemaal niet ging. Ze voelde zich duizelig en ze had het benauwd. 'Even naar buiten', zei ze en ze gebaarde naar de uitgang. De agent hield het lint voor haar omhoog en bracht haar naar het personeel van een tweede ambulance die was gearriveerd, maar Esmée wuifde hen weg. Ze ging op een laag muurtje zitten en staarde voor zich uit. Haar gedachten zaten met elkaar in een draaikolk en lieten zich onmogelijk vangen. In haar oren weerklonk het geschreeuw. De stem die iets schor had geklonken, de woorden in het Engels dat niet de moedertaal was geweest. Ze moest die details onthouden.

Even sloot ze haar ogen, maar de beelden kwamen te heftig terug. Snel opende ze ze weer. Het gazon op de rotonde voor de ingang was ongewoon groen, de bloemen in het perkje ongewoon rood, geel en wit. Een laatste straal zon viel op het gouden logo van het hotel boven de deur. Er kwam nog een auto aan, deze keer een zwarte met geblindeerde ramen. Er stapten opnieuw twee agenten uit. Een van hen wierp een blik op haar en liep toen naar binnen. Esmée keek naar de ambulance, waarin Jacintha aan de wond werd behandeld. Er ging een wit gaasje overheen, kundige vingers plakten het vast met een stuk pleister. Jacintha glimlachte naar de verpleegkundige. Esmée dacht aan slachtofferhulp. Zou dat op Curaçao ook bestaan? Ze moest nazorg regelen voor haar medewerkers. Een gebeurtenis als deze was een trauma waar ze jarenlang last van zouden kunnen houden. Ze moest het met Ricardo bespreken. Ze moest...

'Mevrouw?' Een van de twee agenten van net was weer naar buiten gekomen. Esmée keek op, in het ronde, vriendelijke gezicht van een vrouw van halverwege de dertig met donkerbruine ogen en een huid in dezelfde kleur. Haar zwarte haar was steil naar beneden geföhnd en ze rook fris, naar iets bloemigs. 'Ik ben Susanna Martina, rechercheur bij de politie in Willemstad. Ik heb begrepen dat u de manager van de frontdesk bent?'

'Jij', zei Esmée en haar stem klonk haarzelf vreemd in de oren. 'Zeg maar jij.'

'Oké.' Susanna glimlachte even maar haar blik was waakzaam. 'Weet je zeker dat het goed gaat? Er is ambulancepersoneel, als je wil...'

'Nee.' Esmée haalde diep adem. 'Nee, het gaat wel.' Ze stak haar hand uit en schudde die van de rechercheur. 'Esmée Achterberg, en ik ben inderdaad frontdeskmanager.'

De vrouw haalde een notitieblokje tevoorschijn. 'Ik zou je willen vragen of je op een later moment een verklaring wil afleggen bij ons op het bureau, maar voor nu heb ik alvast enkele vragen. Is dat oké?'

Esmée knikte. 'Ja', zei ze zo krachtig mogelijk. 'Ja, natuurlijk.'

De rechercheur kwam naast haar op het muurtje zitten. 'Mijn collega's zijn op dit moment bezig de camerabeelden veilig te stellen en daarnaast zoveel mogelijk getuigen te ondervragen, zodat we een zo compleet mogelijk beeld krijgen van de gebeurtenissen. Kun je mij vertellen waar jij was toen je de overvallers zag?'

'Ja, eh...' Esmée fronste en ze schraapte haar keel. Haar geheugen leek nu een brij waarin ze rondtastte zonder iets te zien. Ze sloot even haar ogen en schudde haar hoofd, als om de herinneringen weer aan de oppervlakte te brengen. De vergadering op Ricardo's kantoor, de uitnodiging voor de borrel morgen en daarna de gang richting de lobby. Haar gedachten aan thuis, de salade, de schommelbank. En toen ineens...

'Het eerste wat ik merkte was dat de vaas kapotviel', zei ze. 'Pas daarna zag ik die twee mannen. Ze stonden toen al bij de receptiebalie en ze...' Nu ze eenmaal was begonnen, stroomden de woorden als vanzelf haar mond uit. De zwarte kleding, de sneakers zonder merk. De donkere ogen achter de bivakmutsen, het verschil in lengte tussen de mannen. De schorre stem.

De rechercheur vroeg bijna niets, maakte alleen maar aantekeningen. Toen Esmée was uitverteld, keek ze haar aan. 'Dus als ik het goed begrijp, is jouw laptop gestolen, je werktelefoon, nog een aantal andere laptops, mogelijk twee of drie, en...' Ze bladerde even. 'En een kistje met geld?'

Esmée knikte. 'En het horloge van een van de receptionistes. Althans, dat is wat ik heb gezien. Misschien is er nog meer meegenomen, maar...'

'Esmée.' Met een gezicht dat een soort dodelijke

bezorgdheid uitstraalde kwam Leandro op haar af. 'Ik zag je binnen niet en... O, sorry, sorry.' Hij keek naar de rechercheur. 'Dit is mijn vriendin en... Jullie zijn in gesprek.'

De agente knikte hem vriendelijk toe. 'Wij waren net klaar. En ik begrijp dat jullie allemaal erg geschrokken zijn.' Ze richtte haar aandacht op Esmée en overhandigde haar een visitekaartje. 'Ik neem nog contact op voor het afleggen van een verklaring, mogelijk morgen. Mocht er in de tussentijd iets zijn, dan kun je me altijd bellen. Mijn mobiele nummer staat op het kaartje.'

Esmée knikte en bedankte haar. Gek genoeg voelde ze zich wat rustiger na het gesprek, alsof het vertellen van haar verhaal de eerste vlijmscherpe kanten eraf had gehaald. Leandro trok haar overeind en sloeg zijn armen om haar heen. 'Rustig maar', zei hij zacht tegen de bovenkant van haar hoofd. 'Alles is goed nu.'

'Het was echt doodeng.' Esmée rilde, waarna Leandro haar nog steviger omhelsde. 'En die arme Jacintha en Maurice stonden achter de balie, die konden geen kant op. Er waren wapens en...' Ze sloot haar ogen. De pistoolloop verscheen weer op haar netvlies. Het beeld bracht andere beelden teweeg. Beelden die ze nooit zelf had gezien, maar die ze desondanks in haar hoofd al zo vaak had afgespeeld.

'Het komt goed', zei Leandro, die zich niet bewust was van haar gedachten. Ze knipperde om de beelden kwijt te raken. Die zou ze met hem niet delen. Ook niet met de politie. Ze hoorden hier niet bij, ze hoorden bij een verleden dat zich niet liet afsluiten maar dat hier op Curaçao wel ver weg was.

'Kom mee naar binnen', zei Leandro toen hij haar losliet. Met zijn hand nog op haar arm nam hij haar mee de lobby in. Hij pakte water uit een koeler die een van de medewerkers had laten aanrukken en duwde het bekertje in haar handen. 'Even naar Jacintha', zei Esmée en ze liep naar de medewerkster. Nadat ze zich ervan had verzekerd dat Jacintha een beetje was bijgekomen, ging ze op zoek naar Maurice, maar hij was in gesprek met een politieagent. Voor Ricardo gold hetzelfde. Esmée keek naar de gesloten deur van haar kantoor en verlangde ineens naar de rust.

Ze ging op haar bureaustoel zitten. Haar computer stond in de slaapstand en ze deed geen moeite daar verandering in te brengen. Door de openstaande deur dreven de geluiden uit de lobby naar binnen. Stemmen, veel stemmen. Ricardo, eerst dichtbij, daarna verder weg.

Haar blik viel op haar telefoon, die naast haar computer lag. Ze had alleen haar werktoestel meegenomen naar de vergadering. Het was een geluk geweest dat haar eigen iPhone hier op het kantoor had gelegen, waarin de overvallers kennelijk geen interesse hadden gehad. Alsof ze hadden besloten dat wat achter de receptie te vinden was, volstond als buit.

Uit automatisme tikte ze tegen het scherm. Er was een berichtje. Ze kneep haar ogen samen toen ze zag dat het van Amanda was. *Het pakket is bezorgd als het goed is. Het wordt morgenochtend opgehaald, bedankt voor de moeite!*

Esmée staarde naar de twee zinnen. Drie seconden, vijf, tien. Er verstreek een volle minuut, de letters draaiden voor haar ogen. *Het wordt morgenochtend opgehaald...* Haar mond voelde droog, haar ogen brandden. Haar hart beukte tegen de binnenkant van haar ribbenkast. Ze had het ineens vreemd koud. Het pakketje...

Ze hoefde haar ogen niet te sluiten om de beelden haarscherp voor zich te zien, bijna alsof het hele tafereel zich opnieuw recht voor haar neus afspeelde. Jacintha had haar horloge afgegeven en daarna het geldkistje gepakt. Esmée zag de hand van de overvaller die langs haar reikte en het kistje meesleurde. Het kistje en...

Ze was de doos vergeten. Niet belangrijk genoeg om te onthouden. Maar pas nu ze het berichtje op haar telefoon las, realiseerde ze zich wat die doos was geweest. Ze had hem er zelf neergelegd, een paar uur eerder. Ze dacht weer aan de bezorger met zijn motorhelm en onverstaanbare woorden. Het klembord waarop ze haar handtekening had gezet. Daarna had ze het pakket weggelegd zonder er nog aan te denken. Nu zag ze haarscherp voor zich hoe de gehandschoende hand het pakte en in de opengehouden zwarte rugzak liet glijden. Ze slikte, maar in haar mond zat niets dan schuurpapier.

Toeval kwam in vele vormen. Een ongelukkige samenloop van omstandigheden, een situatie waarvan je hoofdschuddend vaststelde dat je het zo gek niet kon verzinnen maar dat de werkelijkheid toch altijd weer vreemdere vormen aannam dan je voor mogelijk had gehouden. Zaken die te goed op elkaar waren afgestemd maar toch echt niet geregisseerd waren. En ja, het kon toeval zijn. Het ene moment stuurde een gast die al was uitgecheckt op haar privénummer dat ze op wat voor manier dan ook had verkregen, een berichtje over een pakket dat nog werd bezorgd, nog geen drie uur later werd datzelfde pakket met geweld gestolen. Natuurlijk, de overvallers hadden gebruikelijke spullen als laptops en telefoons meegenomen, en een geldkistje waarvan ze pas later zouden ontdekken dat er amper wat in zat. Maar dat pakket, dat zomaar achter de receptie had gelegen... Er stond ook een doos met nieuwe printercartridges die eerder vandaag was bezorgd. Die hadden ze ongemoeid gelaten. Natuurlijk, want waarom zou een overvaller er met een stel cartridges vandoor willen gaan?

Ooit, nog bij Hotel de l'Europe, had Esmée een cursus over veiligheid gevolgd. Daarin was ook de mogelijkheid van een overval besproken, waar hotels met enige regelmaat slachtoffer van werden. 'Onthoud één ding', had de oud-politieman die nu cursussen gaf de groep op het hart gedrukt. 'Overvallers zijn niet uit op jullie leven, overvallers zijn uit op een zo groot mogelijke buit tegenover zo min mogelijk kosten. Waarbij ik met kosten bedoel: tijd, herkenbaarheid en pakkans. En hoe graag je ook wil voorkomen dat de zaken worden meegenomen, je bent niet sterker dan een wapen of mes, en meestal ook niet dan een vuist. Ga de strijd niet aan, dat wil ik jullie echt meegeven. Overvallen kennen geen helden. Wel slachtoffers.'

Het hele verhaal was op Esmée wat cliché overgekomen, maar goed, dat gold voor de waarheid natuurlijk weleens vaker. Nu was het die rekensom die in haar gedachten rond bleef gaan. Een zo groot mogelijke buit...

Vond je die wel bij de receptie? De kassa's in de bar en het restaurant waren veel beter gevuld. Natuurlijk werd het contant geld gedurende de dag meerdere keren naar de kluis gebracht en elke dag afgestort bij de bank, maar wie zich een beetje verdiepte in de processen van het hotel kon met gemak vaststellen op welke momenten de kassa's het best gevuld waren. De vluchtweg was iets langer vanaf de bar, maar met een wapen zou het niet ingewikkeld zijn om alsnog een snelle aftocht te garanderen. Waarom hadden de overvallers dat niet gedaan? Waarom apparatuur stelen? En een doosje dat schijnbaar toevallig achter de receptie had gelegen?

Esmée sloot even haar ogen, schudde haar hoofd om haar eigen gedachten kwijt te raken of in elk geval uit het spoor te halen waar ze nu in zaten. Het sloeg nergens op te denken dat het pakket iets met de overval te maken had. Misschien hadden de mannen in hun haast om zoveel mogelijk buit te maken wel alles wat in hun handen kwam in de tas gegooid. Blind graaien en later kijken – was dat hoe je een overval pleegde? Esmée wist het niet, maar ze kon zich voorstellen dat het zo ging. De doos met de cartridges stond op de onderste plank, die lag niet voor het grijpen. Het pakketje voor Amanda en het geldkistje waren ongeveer tegelijk in de tas verdwenen. Het moest de hoop zijn die de overvaller had doen besluiten het pakket mee te nemen.

Ze knikte een paar keer om haar eigen gedachten kracht bij te zetten. Ja, zo moest het gegaan zijn. Dat was veel logischer dan de gedachte dat het pakket op een of andere manier van belang was geweest voor de overvallers. Gewoon een doosje, meer was het niet. Het was misschien wat opvallend dat iemand na haar vertrek nog een bezorging liet doen, maar ook niet meer dan dat. Het moest een vervelend maar onschuldig toeval zijn.

Terwijl ze opnieuw knikte, hoopte ze vooral dat haar rationele overtuiging ook haar emoties zou bereiken.

Hoofdstuk 6

'Hé, moet jij niet eens naar huis?'

De stem van Wilson haalde Susanna uit haar concentratie. Ze had niet op de tijd gelet, maar het gegeven dat Wilsons nachtdienst was begonnen, leerde haar dat het al na elven moest zijn. Ze ontmoette zijn blik, die naast verwondering iets vaderlijks bevatte. Toen Susanna tien jaar geleden – net vierentwintig jaar en zo groen als gras – bij de politie was komen werken, had hij zich over haar ontfermd. Wegwijs maken, af en toe een luisterend oor, advies zonder dwingend te zijn. Begrip bij heftige gebeurtenissen, waarvan ze er in de afgelopen jaren genoeg had meegemaakt. Wilson liep dertig jaar ervaring op haar voor en nu hij door dat vreselijke ongeval niet langer in de actieve dienst kon, kweet hij zich 's avonds en 's nachts van zijn taak. Susanna was hij echter niet uit het oog verloren.

Ze schudde haar hoofd en streek vermoeid een haarlok uit haar gezicht. 'Even iets afmaken', zei ze. Haar stem was schor en ze realiseerde zich dat het uren geleden was dat ze voor het laatst iets had gedronken. In één beweging schroefde ze de dop van haar waterfles en bracht hem naar haar mond. Het water smaakte lauw en muf, maar ze proefde het amper.

'Die overval?' raadde Wilson.

Susanna knikte. 'Van Raadt zit erbovenop.'

Wilson keek nadrukkelijk om zich heen, maar Susanna deed alsof ze het niet zag. Nee, haar chef was inderdaad niet meer aanwezig op dit late tijdstip, maar zijn fysieke presentie was niet nodig om haar de druk te doen voelen. Na ruim een jaar kreeg ze een nieuwe kans, de leiding over een groot onderzoek. Deze keer mocht ze niet falen.

'Het is al op het nieuws', zei Susanna en met een klik van de muis ververste ze de pagina op haar scherm. De overval werd natuurlijk groot opgepikt door de lokale nieuwsmedia. Het Curaçao Beach Resort was een van de bekendste resorts op het eiland – en een van de mooiste – en zo'n gebeurtenis als deze hakte er bij het personeel en de gasten natuurlijk in.

'En bij ieder ander die momenteel in een dergelijk resort verblijft', had Van Raadt eerder die avond benadrukt. 'Ik begrijp dat er onrust is in andere hotels. Diverse managers hebben al contact opgenomen of we iets naar buiten kunnen brengen om de boel tot bedaren te brengen, maar zolang we niets weten, hebben we ook geen geruststellende woorden.'

Van Raadt had richting de media moeten volstaan met een nietszeggend 'de politie pakt de zaak groot en zeer serieus op' en 'we doen er alles aan om de dader of daders zo snel mogelijk te vinden'. Dat enkelvoud en meervoud deed hij expres, wist Susanna. Iedere getuige die ze hadden gesproken had gerept van twee daders, maar dergelijke kennis maakte onderdeel uit van het onderzoek en mocht dus niet worden verspreid voor er een zorgvuldig mediaplan was gemaakt. Morgenochtend zou Van Raadt meer informatie aan de pers geven en eenieder die meer kon vertellen, oproepen zich te melden bij de politie. Er kon dan ook een signalement van de daders worden verspreid, dat helaas zou uitblinken in gebrekkigheid. Twee mannen, de een rond de één meter negentig en gezet, de ander rond de één meter zeventig en smal van postuur. Beiden donkere ogen en op het moment van de overval gehuld in zwarte, merkloze kleding.

'Het halve eiland dus', concludeerde Wilson kalm toen ze hem deelgenoot maakte van die informatie.

'Yep.' Susanna zoog haar lippen naar binnen en knikte. 'En over de scooter waarop ze zijn gevlucht lopen de meningen uiteen. Die meningen zijn nu min of meer gelijk verdeeld over drie merken, die op zichzelf weer de drie meestverkochte merken op het eiland zijn.'

‘En de buit?’ Wilson was op de punt van een van de verlaten bureaus gaan zitten. ‘Valt daar al iets over te zeggen?’

Susanna rommelde in de papieren op haar bureau. ‘Vier laptops en eenzelfde aantal mobiele telefoons. Een geldkistje met zo’n honderd gulden erin en een horloge van niet al te grote waarde.’ Ze keek Wilson aan. ‘Ik zou me kunnen voorstellen dat ze op meer hadden gehoopt.’

‘Mij lijkt dat waardevolle spullen bij zo’n resort niet achter de receptie liggen, maar om de polsen of halzen van de gasten, of in hun kamers.’ Hij tuitte zijn lippen en dacht na. ‘Al kom ik nooit in dergelijke resorts’, zei hij toen schouderophalend.

Susanna knikte langzaam. ‘Maar hoe vaak is een misdaad nou echt goed uitgedacht? Het is schrikbarend met hoe weinig ze genoegen nemen. Laatst nog, die straatroof bij Mambo Beach.’ Ze had zelf aan die zaak gewerkt. Een Amerikaanse toerist had de schrik van zijn leven gekregen toen hij ineens de loop van een pistool in zijn nek had gevoeld. Hij had zijn portemonnee – inhoud: zeventig gulden – en zijn horloge moeten afstaan. Het was een nepmodel Rolex geweest.

‘Voor geld wordt veel gedaan’, zei Wilson hoofdschuddend. ‘Een paar honderd gulden is soms al een mooie opbrengst.’

Susanna knikte half, maar er was ook goed nieuws. Hoewel een paar zaken eruit sprongen, was het aantal zware misdaden de laatste jaren op Curaçao juist teruggedrongen. Dankzij verhoging van budgetten bij de politie was het eiland veiliger geworden, maar een schokkend nieuwsbericht over een gewapende overval kon die cijfers gevoelsmatig tenietdoen.

'Maar toch is dit anders', zei ze nadenkend. 'Mambo Beach en ook een paar andere zaken, dat waren overvallen gericht op een individu, of twee. Het is bij de zaak op Mambo niet duidelijk of er een plan was, misschien kwam er wel een gelegenheid voorbij en handelde de overvaller min of meer in een opwelling. Maar dan nog is er sprake van een bepaalde kleinschaligheid.' Ze keek Wilson nadenkend aan terwijl ze niet zozeer een gesprek voerde, maar haar eigen gedachten over hem uitstortte. 'Van die kleinschaligheid kun je bepaald niet spreken als je met wapengekletter een van de meest bekende en luxueuze resorts van dit eiland gaat overvallen. Dan weet je zeker dat je de aandacht gaat trekken. En je neemt grote risico's: beveiliging, camerabewaking – de pakkans is een stuk groter dan bij wijze van spreken op een verlaten kruising om halfelf in de avond.'

Wilson had haar relaas zwijgend gevolgd. Nu knikte hij nadenkend. 'Dan moet er wel een bijzondere buit tegenover hebben gestaan.'

Susanna staarde naar haar computerscherm. Daar veranderde niet veel. De forensische sporen die veilig waren gesteld, zouden morgen door haar collega's van de technische recherche en het laboratorium worden geanalyseerd. Ze hoopte dat er iets bruikbaars uit kwam, maar alle getuigen hadden verklaard dat de overvallers handschoenen hadden gedragen. Op vingerafdrukken hoefden ze naar alle waarschijnlijkheid niet te rekenen.

'Waar is Robbie?'

Susanna keek op, gedesoriënteerd. 'Hm?'

'Robbie. Je weet wel, je zoon.'

'O, eh... bij mijn moeder. Ze past tot morgenavond op hem, zodat ik kan werken.'

Wilson knikte begrijpend. Susanna dacht vluchtig aan haar tweejarige zoontje en liet de inmiddels vertrouwde vleug van schuldgevoel over zich heen komen. Schuldgevoel dat ze hier was en niet bij haar kind en schuldgevoel naar haar moeder die zoveel oppaste. Ze gunde haar moeder juist vrije tijd nu haar zesde kind – Susanna's dertien jaar jongere broertje – onlangs het nest had verlaten en ze geen kinderen meer thuis had wonen. Maar ja, wie had kunnen voorzien dat het zo zou lopen? Wie had gedacht dat Nino...

'En Van Raadt heeft je de leiding over dit onderzoek gegeven?'

Het was geen vraag. Wilson leek te kauwen op de woorden. Susanna knikte.

'Waarom?'

'Omdat ik heb gezegd dat ik een nieuwe kans wil.' Een eerlijke kans, dacht ze erachteraan. Wilson gaf geen reactie, aan zijn gezicht was niet te zien of hij haar woorden wel had gehoord.

‘Ik ben er blij mee’, zei ze en het voelde een beetje alsof ze niet alleen hem maar ook zichzelf moest overtuigen. ‘Het is een belangrijke zaak. Moeilijk, ook. Hij weet dat hij een risico neemt.’

Wilson maakte een puffend geluid. ‘Denk je dat?’

‘Dat is zo.’ Susanna glimlachte met strakke lippen. Ze voelde zelf dat haar ogen niet meededen. Ze wás blij met deze kans, dat was niet gelogen. Het zou alleen niet makkelijk worden.

Na een paar tellen keek ze Wilson aan. ‘Ik zal niemand teleurstellen.’

Langzaam kwam hij overeind van het bureau. Susanna zag dat zijn rug hem parten speelde bij de beweging. ‘Succes, Susanna. Maak het niet te laat.’

‘Beloofd’, zei ze, al was het een loze belofte nu het al tegen twaalven liep. Het was immers al laat en haar computer afsluiten was voorlopig niet aan de orde. Ze keek naar het aantekeningenblok naast haar toetsenbord waarop ze in een alleen voor haarzelf leesbaar handschrift de eerste getuigenverklaringen had neergepend. Morgen zouden de belangrijkste getuigen op het bureau een verklaring komen afleggen, maar ervaring leerde dat het goed was om ter plekke, zo kort mogelijk na het voorval, de eerste ervaringen van de slachtoffers – nog vol paniek en adrenaline – op te schrijven. Ze ontcijferde haar eigen handschrift en nam de woorden via haar toetsenbord over op de computer.

‘Susanna?’

Ze had niet gemerkt dat Wilson was blijven staan. Opnieuw keek ze op van haar computerscherm. 'Ja?'

Hij kneep zijn ogen wat samen en leek zijn woorden te wegen. 'Laat je door Van Raadt niets aanpraten', zei hij uiteindelijk. 'Het was niet jouw schuld.'

In het resort was de overval natuurlijk het gesprek van de dag. Nieuwe gasten begonnen erover nog voor ze de naam voor hun reservering hadden genoemd, de reisleiders van de grote touroperators die een bus vol vakantiegangers afleverden, kwamen een voor een naar de receptie. 'Wat erg voor jullie', zei een enkeling, maar de meesten wilden precies weten hoe de overval in z'n werk was gegaan, of de daders al gepakt waren en wat de buit was. Esmée had het nieuws nog niet gelezen, maar ze wist dat de lokale media er groot aandacht aan besteedden, zowel in hun journaals als op hun websites. In de auto onderweg naar het hotel had ze gehoord hoe het bulletin op Dolfijn FM ermee opende.

Haar moeder had gebeld, vanochtend heel vroeg, middag bij haar. 'Ik moet weten dat het goed met je gaat', had ze gezegd, haar stem beverig. Dat wist ze feitelijk al, want Esmée had haar gisteravond nadat het was gebeurd al een berichtje gestuurd. Ze wist niet of het Nederlandse nieuws de overval zou noemen, maar zo ja, dan zou haar moeder de schrik van haar leven krijgen als ze niets van Esmée hoorde. Wapens... Misdaad...

Esmée schudde haar hoofd. Dit was natuurlijk anders.

Ricardo had vanochtend het frontdeskpersoneel bijeengeroepen, ook de mensen die vandaag vrij hadden waren gekomen. Lyna, het hoofd van de hr-afdeling, was er ook bij geweest. 'Veiligheid van het personeel is ons belangrijkste aandachtspunt', had Ricardo benadrukt. 'En we vinden het verschrikkelijk dat die gisteren in het geding is geweest. We gaan er alles aan doen om de veiligheid vanaf nu nog verder te vergroten en we beloven jullie dat met ingang van vandaag de beveiliging wordt opgevoerd.'

Dat klopte, want toen Esmée vanochtend voor zeven uur was gearriveerd, hadden er al twee beveiligers bij de ingang gestaan. Onder de panden van hun donkerblauwe jasjes hadden ze niet erg effectief het wapen aan hun broekriem verborgen.

'Voor de mensen die er gisteren bij waren en voor ieder ander die daar behoefte aan heeft, is er professionele hulp ingeschakeld', had Lyna het van Ricardo overgenomen. 'Het is niet verplicht, maar ik raad jullie ten zeerste aan om in elk geval één keer met een van de hulpverleners te gaan praten. De suites 4 en 6 zijn vrijgehouden, vanaf negen uur zullen er mensen aanwezig zijn.' Ze had haar blik over het groepje laten dwalen. 'Ook al denk je nu dat het wel gaat, een gebeurtenis als deze heeft grote impact. Je kunt er in de komende tijd last van krijgen. Bovendien kan dit trauma een trigger zijn voor eventuele gebeurtenissen uit het verleden, die hierdoor weer worden opgerakeld.' Esmée wist niet of ze het zich verbeeldde dat Lyna haar nu strak aankeek. Ze sloeg haar blik neer en knikte, als om de woorden van haar collega te bekrachtigen.

'Ik denk dat het wel goed is om met iemand te praten', zei Jacintha met een zachte stem. 'Elke keer als ik vannacht mijn ogen dichtdeed, zag ik dat pistool weer.' Ze huiverde zichtbaar. Esmée, die naast haar zat, legde even haar hand op haar onderarm.

'Precies', knikte Lyna en ze keek dankbaar in Jacintha's richting, alsof het meisje met haar opmerking precies het punt had onderstreept dat de hr-manager wilde maken. 'We zullen vandaag al het personeel van de verschillende divisies hier ontvangen en iedereen de mogelijkheid bieden om met een professional te gaan praten, maar aangezien jullie het meest geraakt...' Ze pauzeerde even als om haar eigen woordkeus te evalueren. Toen besloot ze kennelijk dat die ermee door kon. '... het meest geraakt zijn, zou ik willen voorstellen dat de mensen die gisteravond op de frontdesk aanwezig waren, als eerste naar de genoemde suites gaan.' Ze keek op haar horloge. 'Dat kan over vijftien minuten.'

Ricardo nam het woord weer, benadrukte nogmaals hoezeer het hotel zich zou inspannen om de veiligheid te vergroten en vroeg zijn personeel daarna om zeer terughoudend te zijn in het praten met de pers, die al voor de deur van het resort stond. 'De politie heeft ons met klem verzocht geen informatie naar buiten te brengen.' Hij keek even rond, zijn blik een moment streng, daarna zachter. 'Hoewel ik ieders behoefte om te praten over wat er is gebeurd begrijp, hoop ik dat ik op jullie kan rekenen. In deze eerste fase van het politieonderzoek is het van groot belang dat getuigenverklaringen zo zuiver mogelijk zijn en dat er geen daderkennis op straat komt te liggen.'

Daderkennis. Ricardo keek gewichtig bij het woord dat hij ongetwijfeld van de politie had gehoord. Hield je het tegen? Esmée vroeg het zich af. Er waren gisteren mensen geweest die foto's hadden gemaakt, een korte video – de nieuwssites hadden die al in handen. Ze had zichzelf er nog niet toe kunnen brengen erop te klikken.

Na afloop van de bijeenkomst kwam Ricardo naar haar toe. 'Jij ook, Esmée.'

Ze keek hem bevreemd aan. Hij gebaarde vaag in de richting waar de suites zich bevonden. 'Ga praten met de psychologen. Blijf niet rondlopen met wat je hebt gezien. Het kan onder je huid gaan zitten, ook als je het zelf niet doorhebt.'

Esmée gaf geen reactie, geen duidelijke althans. Psychologen, ja, hoeveel had ze er daar al niet van gesproken? Ze hadden haar genezen verklaard, al was van een ziekte nooit sprake geweest.

'Daar kan je later last van krijgen', zei Ricardo. Hij keek haar aan, zijn bruine ogen onderzoekend. 'Laat het me weten als ik iets voor je kan doen.'

Zo'n tragedie verbroederde de boel. Ze knikte. 'Voor jou moet het ook niet makkelijk zijn.'

Hij schudde zijn hoofd als 'nee' op haar vraag, maar ergens ook afwerend. 'Ik heb het niet zelf gezien. Ik denk dat dat uitmaakt. O, sorry.' Zijn blik ging naar zijn telefoon. 'Ik moet deze even nemen.'

Esmée knikte en keek toe hoe Ricardo al bellend wegliep. Daarna zette ze koers naar de receptie. Dezelfde gang als gisteren, de lobby met z'n zandkleurige zitjes en varens in potten, haar hakken die op dezelfde manier klikten tegen het marmer. Hier was er nog niets aan de hand geweest, hier ook niet, en hier... Ze zette nog een stap. Ook alles normaal. En daarna...

Bij de volgende stap beleefde ze alles opnieuw. De stemmen, de bewegingen, de scherven, de doodsangst in de blik van Jacintha, de aanblik van die mannen. Eerst vreemd, zo helemaal in het zwart en helemaal bedekt. En daarna meteen dat alarm in haar hoofd.

Haar telefoon pingde. Haar gedachten kwamen tot een stilstand die welkom was. Ze keek naar het scherm.

Ik lees het net op het nieuws... Wat erg van die overval bij jullie. Hopelijk ben je oké. X

Amanda. Esmée las het bericht twee keer terwijl ze haar mond droog voelde worden. Ze had gisteren niet meer geantwoord. Haar eigen, vreemde, gedachten aan het pakket bezorgden haar nog altijd een ongemakkelijk gevoel. Ze zag het weer voor zich, dat doosje dat zo de rugzak in gleed. Vannacht, tijdens lange doorwaakte uren, was het ook nog voorbijgekomen. Het moest wel toeval zijn. Graaizucht van twee overvallers die hun actie niet echt grondig hadden voorbereid. Wie weet had je geluk als je zo'n pakket meenam en anders gooide je het weg.

Ze moest het alleen nog aan Amanda vertellen.

Met vlugge passen liep ze door. In de beslotenheid van haar kantoor overwoog ze wat te doen. Bellen was beter. Het was natuurlijk overmacht en ze verwachtte niet dat er problemen van zouden komen, maar Amanda zou misschien niet erg blij zijn. Esmée dacht vluchtig aan de voorwaarden van het hotel waarin stond vermeld dat de directie niet aansprakelijk kon worden gesteld voor het vermist raken van eigendommen van gasten. Dat 'vermist raken' werd niet verder gespecificeerd, maar spullen die werden gestolen bij een overval vielen er vast onder. De verzekering zou in elk geval de eigendommen van het hotel vergoeden, en misschien ook wel wat van Amanda was gestolen.

Ze haalde diep adem en tikte op het symbool van het telefoontje. Amanda nam vrijwel meteen op. 'Hallo? Esmée?'

'Ja, hai.'

'Wat erg, van die overval. Echt gruwelijk.' Zelfs door de telefoon kon Esmée het huiveren horen. 'Ik las ook dat er wapens zijn gebruikt.'

'Ja.'

'Ik hoop niet...'

'Alleen om te dreigen', zei Esmée en ze deed haar best om de loop van het pistool niet voor zich te zien. 'Maar het heeft allemaal een grote impact gehad, dat zal je begrijpen.'

'Nou, dat kan ik me voorstellen, ja. Het is maar te hopen dat de politie ze snel te pakken krijgt.'

'Het onderzoek is in volle gang.'

'Is er veel gestolen?'

'Ja, eh...' Esmée haalde diep adem. 'Best wel wat. En het vreemde is dat ze ook jouw pakket hebben meegenomen.'

Zo, dat was eruit. Ze verwachtte al dat Amanda zou zeggen dat dat natuurlijk vervelend was, maar in het licht van de omstandigheden totaal onbelangrijk. Ze bereidde zich al voor op een bedankje voor Amanda's begrip, en het uitspreken van de hoop dat het pakket samen met de rest van de buit zou worden teruggevonden. Tegen beter weten in, natuurlijk.

De stilte aan de andere kant van de lijn duurde opvallend lang. Esmée begon te denken dat de verbinding was weggevallen, toen uiteindelijk Amanda's stem klonk. 'Dat is wel erg vervelend.'

De boodschap was een neutrale vaststelling, maar de toon was veranderd. Vlak, maar met iets eronder. Iets wat Esmée niet helemaal kon duiden, maar wat de haartjes op haar armen automatisch overeind deed staan.

'Dat pakket was belangrijk', zei Amanda nu op diezelfde toon. 'Ik wil het echt terug.'

'Tja, ik...' Esmée wist niet goed wat ze moest zeggen. Ze wilde de laptops en telefoons ook wel terug. Sterker nog, het zou fijn zijn als de hele overval niet was gebeurd. 'De politie doet wat ze kan', zei ze toen en automatisch was haar stem formeler gaan klinken. 'We hebben zeker de hoop dat de gestolen spullen...'

'Je begrijpt het niet. Dat pakket is zo belangrijk dat ik het terug móét hebben.'

'Maar...'

'Het had nooit gestolen mogen worden. Waarom is het niet achter slot en grendel bewaard?'

Esmée deed haar mond open en daarna weer dicht. Uiteindelijk hervond ze haar stem. 'Ik vind het echt heel vervelend, maar...' Maar wat? Ze schudde haar hoofd en begon aan een andere zin. 'Ik heb nergens in jouw berichtje gelezen dat het in de kluis bewaard moest worden. En aan versturen met de post zitten ook grote risico's, zeker op Curaçao. Als het zo belangrijk was...'

'Maar het is toch bezorgd? De post heeft z'n werk gedaan. Het hotel daarentegen...'

'Het was een overval', zei Esmée, geagiteerd nu. 'Mijn medewerkers zijn getraumatiseerd, we zijn beroofd van...' Ze slikte op tijd. '... van allerhande dure spullen. Ik weet zeker dat er alles aan wordt gedaan om het pakket terug te vinden, maar zulke belangrijke spullen niet aangetekend via een niet al te betrouwbaar postbedrijf naar een openbare plek als een hotel laten versturen, getuigt er voor mij niet van dat het pakket van onschatbare waarde was. Bovendien heb je daarover niets tegen mij gezegd.'

'Dat gaat niet in verband met de aard van mijn werk.'

'Je w...' Het gesprek en de situatie waren verre van grappig, maar toch schoot Esmée in een nerveuze lach. 'Werk je voor de geheime dienst of zo?'

'De geheime dienst?' Amanda klonk ineens minder

hard, alsof ze had besloten dat dat geen zin had. 'Was het maar zo spannend. Ik ben maar een simpel ambtenaartje op een simpel ministerietje. Je vertellen wat ik precies doe zou zo saai zijn, dat je in slaap zou vallen voor ik goed en wel was begonnen.'

Esmée gaf geen antwoord. In plaats daarvan staarde ze voor zich uit met het groeiende gevoel dat de vrouw aan de telefoon inderdaad zorgvuldig geheimhield wat ze precies uitvoerde. Geen baan kon zo saai zijn dat je niet wilde vertellen wat je deed, het bagatelliseren ervan was zo'n duidelijke truc dat het niet eens meer oprecht overkwam. Bovendien werd niet elk 'ambtenaartje' op elk 'ministerietje' de wereld rond gestuurd op dienstreizen waarbij pakketten met geheime inhoud betrokken waren.

'Ik wil het toch graag horen', zei ze afgemeten.

'Het doet er niet toe', zei Amanda gejaagd. 'Wat er wel toe doet, is dat we ervoor moeten zorgen dat dat pakket terugkomt.'

O, nu was er ineens een 'we'. Esmée streek vermoeid over haar voorhoofd. 'De politie...'

'Heb je de politie verteld dat het pakket is gestolen?'

'Natuurlijk.' Esmée gaf het woord veel overtuigingskracht mee. 'Anders kunnen ze het ook niet terugvinden.'

Aan de andere kant van de lijn klonk een zucht, met nog iets erbij. Een woord, een vloek, de verbinding was niet goed genoeg om het precies te kunnen duiden. 'Was dat niet goed?' vroeg Esmée. Het lukte haar niet haar vermoeidheid uit haar stem te weren.

'Het is gewoon heel vervelend allemaal', zei Amanda. 'Dat nu uitgerekend dit pakket...'

'Ja', zei Esmée. Gedachten die eerder al bij haar waren opgekomen, kwamen nu hevig terug. 'Als je niet beter wist, zou je nog denken dat ze eropuit waren.'

'Wat?'

Esmée wist dat Amanda haar prima had verstaan en herhaalde haar woorden niet. 'Het is ergens natuurlijk ook wel een vreemd verhaal', zei ze in plaats daarvan. 'In twee jaar tijd is er nog nooit zelfs maar een nietmachine van achter de receptie gestolen en op dezelfde dag dat er voor jou een pakketje komt, wordt het hotel bruut overvallen.'

'Je bedoelt toch niet...'

'Ik bedoel helemaal niets. Het was gewoon een gedachte.' Esmée liet een stilte vallen. Ergens had ze het gevoel dat ze iets had geraakt, maar ze wist niet wat. 'En nu is de inhoud van dat pakket ook nog eens erg geheim. Je zou kunnen denken...'

'O, je werkt tegenwoordig zelf ook bij de politie? Nou, als je het móét weten...' Amanda's stem was scherp. 'In dat pakket zaten spullen van mijn vader, die mijn Amerikaanse familie naar me heeft opgestuurd. Ik heb ze gevraagd het naar Curaçao te sturen omdat dat aanzienlijk scheelt in de verzendkosten en ik hier toch verbleef.' Ze liet een uitdagende stilte vallen, die Esmée niet opvulde. 'Heb je nu je zin? Nu je weet dat een stel gewapende overvallers met een oud dagboek van mijn vader en zijn zegelring rondlopen?'

'Je zei dat het met je werk...'

'Dat zei ik, omdat er geen invoerrechten voor dat pakket betaald zijn.'

'Invoerrechten? Maar er zit niets van waarde...'

'Naast politieagent ben je nu ook douanier.' Amanda klonk cynisch. 'Mijn vader had een aantal zeer waardevolle horloges, waarvan hij er via zijn testament twee aan mij heeft nagelaten. Die zaten ook in dat pakket.'

Esmée kneep haar ogen samen. Amanda had het talent om alles wat ze vertelde met dezelfde overtuigingskracht de wereld in te slingeren, om een paar tellen later iets heel anders te beweren. Ze wist niet meer wat ze moest geloven en wat niet. 'Hoe kom jij eigenlijk aan mijn nummer?' vroeg ze uiteindelijk.

'Je num...' Amanda lachte hoog en nep. 'Nu nog mooier. Dat heb je me zelf gegeven, Esmée. Je geheugenverlies en gebrek aan scherpte gaan kennelijk hand in hand.'

Esmée staarde voor zich uit, twee seconden, drie. Toen nam ze een beslissing. 'Ik zal de politie laten weten dat het pakket persoonlijke spullen bevat', zei ze met een stem die in kilte niet onderdeed voor die van Amanda. 'Bij verdere vragen zullen ze contact met je opnemen. Nogmaals mijn excuses dat het zo is gelopen.' Ze haalde kort en oppervlakkig adem voor ze na haar laatste woorden de verbinding verbrak. 'Tot ziens, Amanda.'

Hoofdstuk 7

ZE VOELDE DE KLAP NOG VOOR ZE HEM HOORDE. VERzengende vlammen schroeiden haar huid, ze deed haar mond open om te schreeuwen, maar geluid kwam er niet. In slow motion rende ze naar de auto, rukte aan het portier. Ze tastte naar een arm, of was het een been? Onder haar handen verkruimelde alles tot zwarte as.

Ineens, een beweging. Een lichaam dat bewoog. Het gezicht draaide zich naar haar, maar het was geen gezicht. Het was een zwart masker, ogen als vuur, letterlijk. Een kreet die vanuit het binnenste van de aarde leek te komen, niets menselijks meer aan. Een gil die...

De gil weerkaatste tegen de muren van de stille kamer

en weerklonk in haar eigen oren. Susanna hijgde zo hard dat haar longen pijn deden. Zweet droop van haar verhitte gezicht terwijl ze tegelijkertijd rilde van de kou. 'Nee', kreunde ze zacht, nog half in de droom. 'Nee...'

Ze slikte, maar het leek of scheermessen haar keel hadden dichtgesnoerd. Ze tastte naast zich, het waterflesje op dezelfde plek als altijd. Gulzig dronk ze enkele slokken. De scheermessen lieten zich verjagen. Daarna leunde ze achterover in de kussens, die koud aanvoelden door het zweet. Langzaam sloot ze haar ogen, maar de slaap had de aftocht al geblazen. Uiteindelijk keek ze op de wekker. 6.23 uur. Ze kon net zo goed opstaan.

Een korte douche, ontbijt in de vorm van sterke koffie. Ze keek in de koelkast, maar vond alleen knijpfruit van Robbie. Ze griste een appel mee die later, achter haar bureau, als beter ontbijt moest dienen. Iets voor zeven uur ging ze de deur uit, de rit naar het bureau duurde op dit tijdstip net geen vijftien minuten.

'Je bent er weer vroeg bij', zei Wilson, die aan het einde van zijn nachtdienst zat.

Susanna knikte met iets van verontschuldiging. 'De zaak hield me te veel bezig om te kunnen slapen.'

Ergens was het niet gelogen. Welke zaak, dat vertelde ze niet. Ze pakte koffie die qua sterkte niet onderdeed voor wat ze thuis zette, maar qua smaak helaas wel. Toch nam ze een tweede kopje, terwijl ze toekeek hoe haar computer tot leven kwam.

Er was een bericht van Van Raadt, een reactie op wat ze

vannacht naar hem had gestuurd. Hij keurde haar plan voor de aanpak van het onderzoek goed, deed twee kleine aanvullingen. De goedkeuring was een formaliteit, maar Susanna gaf zich een moment lang over aan een gevoel van overwinning. Toen opende ze de systemen die ze nodig had. Zoals vaker bij zaken die groot in de media kwamen, was het aantal tips royaal. Ze scande vluchtig de binnengekomen berichten, veelal via medewerkers van de telefoondienst die de gesprekken in het systeem hadden ingevoerd. In Westpunt miste iemand een zwarte scooter – was die misschien gestolen en daarna voor de overval gebruikt? Susanna checkte het merk, maar dat was door geen van de getuigen genoemd. Er had een vrouw gebeld die rond het tijdstip van de overval niet had geweten waar haar man was, en de vele geheimzinnige telefoontjes in aanloop naar de bewuste dag had ze ook al vreemd gevonden. Susanna kneep haar ogen samen. Hier zat mogelijk iets in, of de man hield er een levendige affaire op na, dat kon natuurlijk ook. Ze zette de tip apart en zou die later vandaag door een van de rechercheurs laten natrekken.

'U kunt natuurlijk gebruikmaken van een van onze vergaderzalen.' De hotelmanager schudde eerst Susanna en daarna Santiago de hand. Ricardo, herinnerde Susanna zich van de vorige keer. Dat was zijn naam.

'Wacht, ik loop met u mee.' Ricardo verdween achter de receptie en keerde terug met een pasje. 'Kan ik u koffie of thee aanbieden? Of iets anders?'

'Koffie', zei Susanna op hetzelfde moment dat haar collega Santiago 'thee' zei.

'Beide dus', zei de manager met een glimlach. In het voorbijgaan schoot hij een medewerker aan die beloofde het onmiddellijk in orde te maken. Ze sloegen rechtsaf, een gang in waarop meerdere deuren uitkwamen. Bij de laatste hield de hotelmanager stil. Hij opende de deur met het pasje en ging hun voor de koele ruimte in. 'Dit is mijn telefoonnummer', zei hij en legde zijn visitekaartje op tafel. 'Bel me als ik iets kan doen.'

Susanna knikte, een tikje verwonderd. Zou hij niet meer weten dat hij gisteravond zijn nummer al had gegeven? 'Bedankt', zei ze echter en trok met haar wijsvinger het kaartje naar zich toe. De deur ging open en de koffie en thee werden gebracht. De hotelmanager verliet de ruimte gelijktijdig met de serveerster en Susanna pakte haar telefoon om de eerste te bellen van de getuigen die ze vandaag wilden spreken. Niet zo lang daarna kwam de vrouw binnen die op de website stond vermeld als 'frontdeskmanager'.

'Esmée Achterberg', stelde ze zich voor aan Santiago. Daarna schudde ze ook Susanna de hand. 'Wij hebben elkaar gisteren gesproken, toch?'

'Zeker.' Susanna glimlachte warm. 'Hoe gaat het met je?'

'Ja.' De vrouw knikte een paar keer. 'Het gaat.'

'Beetje geslapen?'

'Nou...' Esmée glimlachte half, maar gaf verder geen

antwoord. 'Koffie?' Ze begon met de kopjes en thermosflessen te redderen. Koffie voor Susanna, thee voor Santiago. Voor zichzelf enige twijfel, toen ging ze ook voor koffie. Susanna volgde de bewegingen met haar blik. Esmée maakte op haar niet zozeer een gespannen indruk, wel wat aangeslagen.

De frontdeskmanager ging zitten. Haar mouwloze blouse van ivoorkleurige zijde viel soepel om haar ranke bovenlijf. Ze was het soort vrouw dat een kokerrok over de taille kon dragen zonder dat er ook maar iets van een buikje te zien was. Susanna streek even over haar eigen, donkerblauwe uniform. Zo'n soort vrouw was ze zelf nooit geweest, en sinds de zwangerschap van Robbie al helemaal niet meer.

Esmée vouwde haar handen voor zich op tafel. Twee gouden armbanden rinkelden tegen elkaar.

'Je hebt gisteren al verteld wat je hebt gezien', zei Susanna. Ze tikte tegen het vel papier voor zich op tafel. Bovenaan stond het logo van de politie gedrukt. 'Wat we vandaag willen doen is die korte verklaring doornemen en verder aanvullen. Hoe meer we weten, hoe beter het is voor het onderzoek. Ik wil je dan ook vragen alles met ons te delen, ook details die misschien onbelangrijk lijken.'

De verklaring die volgde kwam grotendeels overeen met wat de vrouw gisteren ook al had verteld. De laptop en telefoon waren uit haar handen gestolen, ze had van de daders niets anders gezien dan het postuur, de kleding zonder opvallende kenmerken en de bruine ogen. 'De stem van de grootste overvaller was erg laag', voegde ze nog toe. 'En hij schreeuwde hard terwijl hij naast me stond. Zijn ogen gingen ook de hele tijd heen en weer.'

'Alsof hij erg nerveus was?'

'Ja...' De vrouw dacht even na, maar schudde toen haar hoofd. 'Dat weet ik eigenlijk niet. Ik heb alleen zijn ogen gezien.'

Ze koos haar woorden zorgvuldig, viel Susanna op. Het gebeurde dat getuigen van een ongeval of misdrijf hun getuigenissen niet zozeer aandikten, maar wel erg graag compleet wilden maken met allerlei invullingen en conclusies die niet per se onderdeel waren van wat ze daadwerkelijk hadden gezien. Bij Esmée Achterberg leek juist het tegenovergestelde aan de hand te zijn. Het was prettig, haar nadenkende manier van antwoord geven. Nee, ze had in aanloop naar de bewuste dag niets vreemds opgemerkt, geen vreemde mensen, geen opvallende telefoontjes. Er lag achter de receptie doorgaans niets van waarde, en dat was gisteren niet anders geweest. Contant geld was te vinden in een van de restaurants of bars, niet bij de frontdesk. Het gebeurde weleens een enkele keer dat een gast het verblijf cash afrekende, maar dat was gisteren niet het geval geweest en bovendien werd dat geld, als het veel was, naar de kluis gebracht. En nee, de overvallers hadden niet gezegd dat ze de kluis wilden zien. Esmée wist niet of ze van het bestaan ervan op de hoogte waren.

Susanna nam een slok koffie en ging verzitten. Ze bladerde door haar uitgewerkte aantekeningen van gisteren. ‘Hier staat ook dat er een pakket is meegenomen dat voor een gast was bestemd.’ Ze keek op en haakte haar eigen blik aan die van Esmée. Daarin was iets van nervositeit te zien. ‘Ja’, zei de vrouw. ‘Dat pakket was gistermiddag bezorgd voor een van onze gasten.’

Susanna knikte kort. Twee rechercheurs waren momenteel bezig niet alleen de camerabeelden van de overval, maar ook van de uren voorafgaand daaraan te analyseren. Het bezorgmoment van het bewuste pakketje zouden ze vanzelf tegenkomen. ‘Voor wie was het bestemd?’ vroeg ze en ze hield haar pen in de aanslag.

‘Amanda Lewis.’

‘Is het mogelijk dat wij mevrouw Lewis te spreken krijgen?’

‘Mevrouw Lewis is al uitgecheckt en ook van het eiland vertrokken.’

Susanna fronste. ‘Zonder haar pakketje?’

‘Ja. De bezorging had vertraging opgelopen en ze zei dat ze het op een later moment zou ophalen.’

Susanna zag hoe Esmée slikte, haar mond opende en hem toen weer sloot.

‘Is dat gebruikelijk?’ vroeg ze.

‘Wat? Het in ontvangst nemen van pakketjes voor gasten?’

‘Voor gasten die al vertrokken zijn.’

‘Nou ja…’ Esmée friemelde wat met haar vingers. ‘Er zijn eigenlijk nooit gasten die vragen of er na hun vertrek nog iets bezorgd kan worden. Het is wel gebruikelijk om pakketten aan te nemen voor mensen die in het resort verblijven. En mevrouw Lewis zei dat haar pakket al eerder bezorgd had moeten worden.'

'Hm.' Susanna tuitte haar lippen en knikte een paar keer. In het licht van een misdrijf kon alles een gewicht krijgen en het was belangrijk om je niet te laten meeslepen door bijzaken. Maar de vreemde opeenstapeling van eerst een pakket dat werd bezorgd na vertrek van een gast en het gegeven dat het een paar uur later werd geroofd, kon ze niet zomaar naast zich neerleggen. 'Heeft ze bij haar vertrek ook verteld wanneer ze zou terugkomen?'

'Nee...' Weer was er die aarzeling bij Esmée Achterberg. Toen leunde de vrouw wat meer voorover, legde haar onderarmen op tafel en leek een beslissing te hebben genomen. 'Wat ik wel opvallend vond, was dat ze het pakket niet noemde toen ze uitcheckte. Pas een paar dagen later stuurde ze mij een bericht erover.'

Susanna spiegelde Esmées houding door ook voorover te gaan zitten. 'Heeft ze gezegd wat erin zat?'

'Wat persoonlijke spullen, die van haar overleden vader zijn geweest. Hij woonde in Amerika en zijn familie heeft het opgestuurd.'

'Naar haar vakantieadres?'

'Ze was hier voor haar werk. En Curaçao was eh...' Weer een kort moment van aarzeling, dat Esmée soepel wist om te buigen. '... was dichterbij', maakte ze haar zin af.

'Oké.' Susanna glimlachte geruststellend. 'Het lijkt me goed als we even contact opnemen met mevrouw Lewis om naar het hoe en waarom van dat pakket te informeren. Maar het ziet ernaar uit dat de overvallers ervandoor zijn met wat familiefotoboeken.'

'Het lag voor het grijpen', zei Esmée. 'Misschien hebben ze het gewoon meegegrist, ik weet het niet. In elk geval was aan de buitenkant van het doosje niets bijzonders te zien.'

Susanna knikte en sloot het onderwerp af. Ze stelde nog wat andere vragen en helemaal aan het einde, toen Esmée al opstond, vroeg ze om het telefoonnummer van Amanda Lewis. Esmée pakte haar telefoon en liet het nummer zien. Susanna schreef het over op haar papier. Met haar vinger duwde ze de telefoon terug in de richting van Esmée. Even kneep ze haar ogen samen. 'Heb je al een nieuwe?'

'Een nieuwe wat?'

'Telefoon. Je mobiel is gisteren gestolen, toch?'

'O... Nee, dit is mijn privételefoon.'

'Aha.' Susanna glimlachte en deelde haar gedachten niet. 'Vandaar.'

'Ik loop even mee', zei Santiago toen Esmée de ruimte wilde verlaten. Hij haalde de volgende getuige op. Susanna keek hen na, ook nadat de deur al dicht was gevallen. In de ruimte was nog iets van Esmées energie blijven hangen, correct en vriendelijk. Als frontdeskmanager was ze ongetwijfeld de perfecte werkneemster. Susanna keek naar het telefoonnummer op het papier. Ze pakte haar mobiel en toetste het in. Toen ze een fluittoon hoorde, fronste ze. Opnieuw tikte ze het nummer in, maar het resultaat was hetzelfde. In het Papiaments vertelde een vrouwenstem haar dat het gekozen telefoonnummer helaas niet in gebruik was.

Het verhoor leek alle energie uit haar te hebben weggezogen. Zittend achter haar bureau prikte Esmée lusteloos in een salade. Eten was het laatste waar ze aan moest denken, maar het was misschien goed tegen het gevoel van duizeligheid dat zich in haar hoofd had vastgezet sinds het gesprek met de politie. De overvaller zo dicht bij haar, het wapen op haar gericht, de harde, zware stem – ze had het allemaal opnieuw beleefd. In gedachten liet ze telkens een paar zinnen uit het gesprek terugkomen. Ze had het precies verteld zoals het was gebeurd, dacht ze, maar toch was het ergens alsof ze tekortschoot. Alsof ze meer details had moeten geven, beter had moeten opletten. Maar ja, hoe deed je dat in zo'n situatie?

Ze stopte een hap salade in haar mond, kauwde en slikte hem door alsof het karton was. En dan was er nog dat pakketje van Amanda. Ze wilde dat ze dat hele doosje nooit had aangenomen, dat ze nu niet hoefde uit te leggen dat het, ja inderdaad, erg ongebruikelijk was dat een gast na vertrek nog iets liet bezorgen maar dat ze er geen kwaad in had gezien. Nou ja, dat laatste had ze er niet bij gezegd, want daar was niet naar gevraagd. Die ene rechercheur, Susanna, die de leiding leek te hebben, had de indruk gewekt dat het pakket haar interesse had. Esmée dacht even aan haar aanvankelijke aarzeling om het te noemen. Ricardo had liever niet dat dit detail bij de media bekend zou worden. 'Voor je het weet, wordt de indruk gewekt dat het Curaçao Beach Resort allerlei verdachte pakketten aanneemt', had hij gezegd. Dat leek Esmée overdreven, maar toch was die zin door haar hoofd gegaan tijdens het gesprek met de politie.

Toch was ze blij dat ze het had genoemd en dat ze het nummer van Amanda had gegeven. De politie moest maar uitzoeken wat het te betekenen had. Ze kon met haar hand op haar hart zeggen dat ze echt geen weet had van de inhoud van het pakket en al helemaal niet of die iets met de overval te maken had. Dat was sowieso best een absurd idee.

Ze keek op toen haar telefoon een geluidje maakte. In één beweging schoof ze de salade van zich af en pakte haar mobiel. Het berichtje kwam van Jackie.

Wat een horror!!!!, schreef haar halfzusje. *Ik hoop dat het goed gaat, bel me als je tijd hebt!!*

Esmée glimlachte in zichzelf. Een berichtje van Jackie zag er altijd uit alsof er grote rampen plaatsvonden waarbij de hoogste alarmfase en grote spoed gepast waren. De uitroeptekens deden pijn aan je ogen, maar toch miste ze ze inmiddels als Jackie ze in een zeldzaam geval niet gebruikte.

Ze bewoog haar duim naar het telefoonsymbooltje om haar halfzus via WhatsApp te videobellen, maar op dat moment kwam er een oproep binnen van een nummer dat ze niet kende. Antilliaans, zag ze aan de landcode. Ze schoof haar duim over het scherm om op te nemen.

'Met Esmée Achterberg.'

'Met Amanda.'

Esmée fronste. 'Huh, maar ik...'

'Ik heb een ander nummer.'

Esmée haalde de telefoon van haar oor en keek verwonderd naar het scherm, alsof daar een antwoord te vinden was. 'Waarom?' vroeg ze, hoewel ze eigenlijk een vraag wilde stellen over het gegeven dat het om een nummer uit Curaçao ging. Voordat ze dat kon doen, zuchtte Amanda hoorbaar geërgerd. 'Wat maakt het uit? Er is een probleem.'

'O ja?' Esmée deed haar best om met haar toon zoveel mogelijk duidelijk te maken dat ze eigenlijk niet op dit gesprek zat te wachten. Ze vond Amanda opdringerig en voornamelijk met zichzelf bezig, zonder oog voor het gegeven dat de overval grote impact had op de mensen die erbij waren geweest. Esmée had meer te doen met haar medewerkers dan met iemand die haar pakketje kwijt was. De spullen van Amanda's vader waren ongetwijfeld belangrijk, maar ondanks de emotionele waarde waren het uiteindelijk spullen. Spullen die Esmée bovendien niet terug kon toveren, hoe graag Amanda dat ook wilde.

'Een groot probleem', zei Amanda, niet gevoelig voor Esmées toon. 'De horloges.'

'Wat is daarmee?'

'Ze moeten terug.'

'Naar je vaders familie?'

'Nee.' Amanda sprak nu gejaagd en alsof Esmée een kind was dat niet goed had opgelet. 'Niet naar mijn vaders familie. Luister, het is nogal een lang verhaal, maar het komt erop neer dat die horloges niet van mijn vader zijn maar van iemand anders en ze hadden niet naar mij verstuurd moeten worden. Dus nu moeten ze terug.'

Esmée wreef over haar voorhoofd, waarachter het bonkte. 'Nou, dat zal niet gaan', zei ze vermoeid.

'Dat is geen optie.'

'Wat?'

'"Nee". "Nee" is geen optie. Er moet iets gebeuren, want die horloges hebben iemand nogal eh... geïrriteerd. En diegene is niet het soort persoon dat graag geïrriteerd raakt.'

Esmée sloot even haar ogen, terwijl ze zich afvroeg of zo'n soort persoon wel bestond: het soort dat graag geïrriteerd raakte.

'Dus er moet een oplossing komen', zei Amanda. 'Of eigenlijk is die er al.'

'O.' Esmée kon het bijna niet opbrengen om dit gesprek nog verder te voeren. 'Goed om te horen. Dan denk ik dat je...'

'Er komt een nieuw pakket. Jij moet het aannemen.'

De hoofdpijn werd een steek, maar de vermoeidheid was op slag verdwenen. 'Maar...'

'Dan is het probleem opgelost en zijn we overal vanaf.'

We? Esmée schudde haar hoofd. Er was geen 'we'. 'Luister, Amanda. Ik weet niet wat dat gedoe met die horloges te betekenen heeft, maar ik weet wel dat ík er niets mee te maken heb. Ontzettend vervelend dat je in de problemen bent gekomen en ontzettend fijn dat er een oplossing voorhanden is, maar dit resort is geen postkantoor. Na het vorige pakketje heb ik er wel even genoeg van om...'

'Je begrijpt het niet.' Amanda's stem was nu koud en scherp. 'Het was geen vraag.'

Esmée schudde haar hoofd. Haar irritatie won het van het gevoel van onrust dat zich ergens in haar begon te roeren bij de toon van Amanda's stem. 'Misschien niet, maar ik heb wel een antwoord voor je. Ik neem geen enkel pakket meer aan.'

'Dat doe je...'

'Dag, Amanda.' Esmée haalde de telefoon van haar oor en drukte zonder aarzelen op het rode icoontje. Daarna liet ze het toestel met een hardere klap dan nodig neerkomen op het houten blad van haar bureau. Ze haalde diep adem en liet die langzaam ontsnappen terwijl ze probeerde haar hartslag tot bedaren te laten komen. Ze staarde voor zich uit terwijl flarden van het gesprek door haar hoofd gingen. Haar hart bonkte alleen maar harder, vooral van boosheid. Wie dacht dat mens dat ze was? Met haar pakketjes, en haar probleem en die zogenaamde oplossing. Esmée schudde haar hoofd, de hoofdpijn nam wat af.

Met een tikje tegen de muis haalde ze haar computer uit de slaapstand. Ze dwong zichzelf het reserveringssysteem te openen om het te kunnen bijwerken. Iets doen, afleiding zoeken, het gesprek kwijtraken in haar hoofd – dat was nu het beste. Ze had andere dingen om zich druk om te maken. Haar hand trilde licht. Geïrriteerd trok ze hem weg. Ze wilde zich niet laten raken door dat stomme gesprek.

Een korte, droge ping van haar telefoon kondigde een bericht aan. Ze keek naar haar hand die haast automatisch naar het toestel ging. Ergens in haar kwam een gevoel van alarm op. Niet oppakken. Niet openen.

Ze draaide de telefoon om.

Zo werkt het niet, Esmée. Jij hebt een paar mensen heel boos gemaakt. Nu moet je b zeggen. Het nieuwe pakket wordt vanmiddag gebracht. X

Ze haalde diep adem en begon in haar hoofd automatisch al een antwoord te formuleren, toen er een tweede berichtje binnenkwam.

De media zullen vast interesse hebben in het verhaal dat het resort meewerkt aan de roof van dure horloges. Als jij mij in de problemen brengt, kan ik bij jou hetzelfde doen, Esmée, onthoud dat.

Een klopje op de deur. Hij ging meteen open. Susanna Martina stak haar hoofd om de hoek van de deur. 'Heb je een momentje?'

Esmée knikte en probeerde niet te laten merken dat haar hart tegen de binnenkant van haar ribbenkast hamerde. Met één vinger schoof ze haar telefoon van zich af, het scherm naar beneden gedraaid. Haar mond leek gevuld met zand toen ze zei: 'Ja. Uiteraard.'

'Het nummer dat je me gaf, van Amanda Lewis...' De rechercheur keek spijtig. 'Heel vreemd, maar het lijkt niet in gebruik te zijn. Heb je nog een ander nummer?'

Hoofdstuk 8

'Pfff.' Op het kleine telefoonscherm zette Jackie grote ogen op. 'Wat heftig, zeg. En dan zo'n pistool...' Ze huiverde zichtbaar. Esmée knikte een paar keer. Het begon, zo merkte ze, al wat in te slijten. De sporen waarlangs ze het verhaal vertelde wenden al een beetje, de gebeurtenissen deden Jackie misschien huiveren maar haarzelf niet. Ze voelde afkeer, ja, angst ook. Maar haar hart bonsde niet meer alsof ze het opnieuw beleefde, ze schrok niet meer van de beelden op haar netvlies. Dat is normaal, had de psycholoog vandaag gezegd, die gewenning. Maar het betekende niet dat ze het had verwerkt.

Verwerken, ook zo'n woord. Wat was dat nou weer?

Ermee leren leven, dat was mogelijk. Uiteindelijk kon je overal wel mee leren leven. Gebeurtenissen – trauma's eigenlijk – werden een steen in de rivier waar het water omheen stroomde. Ze waren er, ze staken boven het oppervlak uit. Niet te negeren. Maar je leefde er zo'n beetje omheen.

'Ik spreek je snel weer', zei Jackie, negenduizend kilometer verderop op haar Groningse studentenkamer waar de regen tegen het nog donkere raam sloeg. Ze drukte een kus op haar vingers en zwaaide met die hand naar het scherm. Esmée deed hetzelfde. Nog een paar woorden: een fijne avond, ja jij ook, fijne dag, succes met je college. En toen was haar zusje verdwenen.

Het scherm werd zwart en het was vreemd stil, ondanks de vogel die dichtbij een krassend geluid maakte. Bij haar voet schoot een gekko weg tussen de vlonders. Twee lampjes verlichtten de patio. Esmée liet haar telefoon tussen haar handen heen en weer gaan.

Onrustig, zo voelde ze zich. Ze was expres laat naar huis gegaan en had gehoopt dat ze meteen kon slapen, maar eenmaal hier had ze niet eens de moeite genomen om naar bed te gaan. Moe was ze wel, maar in haar hoofd stormde het.

Met haar blote voeten zette ze zich af tegen de vlonder. Langzaam schommelde het bankje heen en weer. Ze staarde naar de lucht, met sterren bezaaid. Het liep tegen enen. Zeven uur 's ochtends in Nederland, Jackie begon nu aan haar dag. Haar moeder ook. Even, een paar seconden, wenste ze dat ze daar was. In haar oude appartementje in Amsterdam-West. Haar roze bank, een beetje verzakt in het midden. Kussens in wilde dessins. Ze kon de stof voelen, de geur van haar huis ruiken. Haar huiskamer was ook haar keuken geweest, haar slaapkamer de enige andere fatsoenlijke ruimte. De badkamer mocht amper een naam hebben. Toch was het een fijn huis, nog steeds vertrouwd in haar hoofd. Ze was er gelukkig geweest met zichzelf, een tijdje met Thiemen, even met Jean. Ze waren nooit officieel bij haar ingetrokken, al had ze bij Jean gedacht dat dat wel zou gebeuren. Het huis was veel te klein, maar daar hadden ze wel een oplossing voor gevonden. Maar ja, koudwatervrees. Bindingsangst.

Als hij was gebleven had ze dit alles niet gehad. Haar leven hier, haar carrière. Nooit eerder had die gedachte haar een gevoel van verlangen bezorgd. Curaçao won het altijd van de gedachte aan wat had kunnen zijn. Ze deed haar best om dat gevoel ook nu op te roepen. Maar er was alleen maar leegte.

Ze had het gedaan, het pakket aannemen. Dan was het opgelost, had Amanda gezegd. Ja zeggen ging tegen haar gevoel in, maar ze koos voor de makkelijke weg. Ook met de politie. Nee, ze wist niet waarom het telefoonnummer niet werkte. De leugen was zomaar haar mond uit gerold. Ze wilde het gewoon niet, de problemen voor het hotel, de problemen met Ricardo, misschien nog meer gedoe met Amanda. Ze wilde eraf. Nog één pakket, had Amanda gezegd. En dan was het klaar.

Esmée hield zich met alles wat ze in zich had vast aan dat idee.

Het pakket was weer gebracht door iemand van de bezorgdienst. Misschien wel dezelfde man, ze wist het niet. Weer een helm op, weer een krabbel op een klembord. Ze had het snel meegenomen naar haar kantoor. Het was wat kleiner dan het vorige pakket. Na wat aarzelen had ze het in de onderste la van haar bureau gestopt. Ze had een bericht gestuurd dat het was aangekomen, maar daarop had ze niets meer gehoord.

Alsof haar gedachten ertoe hadden geleid, pingde op dat moment haar telefoon. Het bericht kwam van Amanda. Esmée liet haar vinger boven haar telefoon zweven. Ze wilde het niet openen, wachtte twee seconden, drie. Toen haalde ze diep adem en opende het toch.

Goed zo. Ik zal een prima review over de service van het hotel achterlaten.

Esmée sloot haar telefoon zonder te antwoorden. Was het cynisch bedoeld? Ongetwijfeld. Ze hoefde geen review. Ze wilde zo snel mogelijk van het pakket af. De verleiding om het open te maken en te zien wat er dan zo bijzonder aan was, had Esmée weerstaan. Ze kende geen nieuwsgierigheid, de enige reden waarom ze – heel vluchtig – had overwogen om de doos open te maken, was dat er dan niet meer gelogen kon worden. Horloges, persoonlijke spullen, een zegelring – Esmée geloofde steeds minder van wat Amanda vertelde. Het doosje was zwaar maar als ze ermee schudde, hoorde ze niets. Het kon net zo goed gevuld zijn met bakstenen.

Het sloeg natuurlijk ook helemaal nergens op, dat van die horloges. Wat had Amanda gezegd? Ze hadden niet verstuurd mogen worden. Als dat zo was, zou een nieuwe zending het probleem niet oplossen. En wie stuurde er nu een horloge op dat van een overleden persoon was geweest om er vervolgens achter te komen dat het niet mocht? Wat betekende dat eigenlijk: niet mogen? Van wie?

Die laatste vraag bleef in haar hoofd zitten. 'Iemand', had Amanda gezegd. Iemand die niet graag geïrriteerd raakt. Het leek er ook niet op dat ze een erg warme band met diegene had. Maar kennelijk had die persoon wel iets over haar te vertellen. Esmée staarde voor zich uit.

'Zo werken ze', had de politie gezegd. 'Ze trekken je langzaam naar zich toe en dan ineens zit je in het web. De weg naar binnen is vrijblijvend, althans, dat denk je. Maar zodra je de drempel over bent, zit je gevangen.'

You can check out any time you like, but you can never leave, zongen de Eagles in haar hoofd.

Zat Amanda ergens in gevangen? Was het pakket van zo'n grote waarde of betekenis dat ze nu 'de verkeerde mensen' boos had gemaakt? Esmée schudde haar hoofd bij haar eigen gedachten. Het kwam door Timo dat ze zo dacht. Amanda had waarschijnlijk slechts gezeur met familie met wie ze geen band had, verre verwanten van haar Amerikaanse vader die ze – wat was het ook alweer? – twaalf keer in haar leven had gezien. Die waarschijnlijk bang waren dat de verloren dochter er met het meest waardevolle deel van de erfenis vandoor ging. Erfenissen gingen immers hand in hand met achterdocht, hebzucht en diepgeworteld wantrouwen tussen familieleden dat in het oog van de mogelijkheid van rijkdom niet langer te onderdrukken was.

Ze haalde diep adem en kwam overeind van de schommelbank. Ze moest nu echt naar bed. Morgen werd ze gewoon weer op haar werk verwacht, wakker, fris, vriendelijk. Dat ging niet met een zware band van vermoeidheid in je hoofd en wallen onder je ogen. Vermoeidheid maakte haar ook altijd zo neerslachtig. Dat pakket zou vast morgen worden opgehaald en dan zou het niet langer voelen als een gewicht op haar schouders, daar moest ze zich aan vasthouden.

Terwijl ze haar tanden poetste keek ze naar haar eigen spiegelbeeld. Haar haar hing piekerig rond haar gezicht en haar huid was vaal. Sinds ze hier woonde was ze altijd gebronsd door de zon, maar de bleekheid had de kleur nu verdrongen. Nog twee dagen, dan was ze vrij. Ze dacht aan het strand, aan snorkelen, aan liggen in de zon, maar zelfs dat kon haar geen vreugde bezorgen.

'Martina!'

Susanna keek op toen de rijzige gestalte van Regilio van Raadt de deuropening vulde. Zijn achternaam verraadde zijn Nederlandse grootvader, in tegenstelling tot zijn voorkomen. Susanna had oude foto's van hem gezien met lange dreadlocks, toen hij net bij de politie werkte. Nu had hij gemillimeterd haar, maar de kroes was nog duidelijk te zien. Ze keek hem aan. Haar baas was het soort persoon dat niets hoefde te doen om een hele zaal stil te krijgen, met zijn brede postuur en vorsende blik. Niet dat er nu een publiek was, Susanna zat in haar eentje te werken in de ruimte die vier bureaus telde.

'Ik heb een update nodig van de vorderingen van het onderzoek', zei De Raadt. 'De media blijven maar vragen stellen en de gouverneur wil ook weten hoe het ervoor staat. Hoe langer de daders vrij rondlopen, hoe slechter het is voor het gevoel van veiligheid op het eiland.'

Susanna vroeg zich af of haar baas werkelijk dacht dat hij haar iets nieuws vertelde. *De gouverneur wil weten*: dat was nog losjes geformuleerd. De gouverneur zat erbovenop en dat gold ook voor het management van het hotel.

'Het toerisme mag hier niet onder lijden', benadrukte De Raadt. Susanna knikte. Het was niet zo dat ze die extra motivatie echt nodig had om de zaak zo snel mogelijk op te lossen.

'Vijf minuten', zei ze. De Raadt knikte en verdween. Susanna klikte op een knop en in de hoek begon de printer te zoemen. Even later liep ze met een stapeltje papier onder haar arm over de gang naar het kantoor van haar baas.

'De daders?' vroeg hij, zonder verdere inleiding. Susanna legde twee papieren neer. 'Dit zijn de tips die we hebben binnengekregen die potentie lijken te hebben. Uiteraard is alles nagebeld, maar de rest is onbruikbaar.'

De Raadt knikte. Niets nieuws, dit ging bij ieder onderzoek zo, zeker wanneer het de media haalde. Hij trok de blaadjes naar zich toe. 'Echte potentie?' vroeg hij.

Susanna wilde dat ze volmondig ja kon antwoorden, maar de gouden tip zat er zeker niet tussen. 'We zijn ermee bezig', antwoordde ze. 'Er is meer recherchewerk nodig.'

'Ik kan een extra rechercheur vrijmaken.'

Ze knikte. 'Dat is zeer welkom.'

'Camerabeelden?' vroeg De Raadt.

Susanna knikte en liet hem een volgende print zien. 'Dit zijn de beste beelden die we hebben kunnen distilleren. Ze zijn al geoptimaliseerd.'

Van Raadt humde wat en liet zijn blik vluchtig over de foto's gaan. Hij had ze al eerder gezien, want Susanna had ze met hem gedeeld zodra ze binnenkwamen. Eén rechercheur uit het team had een paar uur besteed aan inzoomen en elk mogelijk kenmerk, elk detail aan het dossier toevoegen. Nu wisten ze precies de lengte van de beide overvallers – met een opvallend verschil van zo'n twintig centimeter – en het was vastgesteld dat onder de beide bivakmutsen geen of zeer kort haar verscholen ging. Ze bewogen zich beiden soepel, de langste iets minder dan de kleinste. Hun leeftijden waren geschat tussen de twintig en dertig jaar, maar er stond bij dat hiervoor een flinke marge gold, want wat kon je zeggen over iemands leeftijd wanneer diegene van top tot teen onder textiel verborgen ging?

'Er is nog iets', zei Susanna. Ze haalde het volgende papier tevoorschijn, waarop een heldere afdruk van een camerabeeld stond. Ze tikte met haar pen tegen de personen die erop te zien waren. 'Dit zijn de frontdeskmanager, Esmée Achterberg, en een bezorger van FedEx, te zien aan zijn uniform. Dit is...' Ze tikte met haar nagel tegen de tijd boven in het beeld. 'Dit is om zeventien nul zes, tweeënhalf uur voor de overval. Esmée neemt hier een pakket aan voor een gast genaamd Amanda Lewis. Deze gast is drie dagen eerder al vertrokken, maar heeft Esmée gevraagd om het pakketje, dat volgens haar eerder bezorgd had moeten worden, aan te nemen. Het zou dan later worden opgehaald.'

Van Raadt knikte een paar keer kort. 'En?'

'Dit is het pakket dat onderdeel uitmaakt van de buit van de overval.' Ze haalde een ander vel papier tevoorschijn, waarop gespecificeerd stond wat er precies was gestolen, aangevuld met foto's van de apparatuur. 'In eerste instantie was ons idee dat het pakket bijvangst was. Maar er is iets vreemds.' Ze haalde het vel met daarop de geprinte still van het camerabeeld weer tevoorschijn. 'Er is contact geweest met FedEx en er is door hen geen pakket bezorgd bij het Curaçao Beach Resort, althans, niet bestemd voor ene Amanda Lewis. Er is eerder die dag wel een bezorger bij het resort geweest...' ze pakte er een andere geprinte still bij, 'namelijk om elf uur in de ochtend. Dat klopt met de normale route van FedEx, waarbij het gebied Jan Thiel in de ochtend of het eerste deel van de middag wordt aangedaan. En kijk, hier wordt de FedEx-bezorging met een busje gedaan, zoals gebruikelijk. FedEx heeft busjes en kleine vrachtwagens, maar geen pakketbezorgers op motoren.' Ze keek op. 'Dat zou ook weinig efficiënt zijn. Op de beelden is te zien dat de bezorger aankomt en het pakket uit de bergruimte onder het zadel haalt. Daar zouden met moeite misschien twee doosjes in passen.' Ze tikte weer tegen het papier. 'En in het systeem van FedEx is ook niet terug te vinden dat er op dat tijdstip voor een pakket is getekend. Bovendien wordt er al enige tijd gewerkt met digitale handtekeningen, niet met klemborden.'

'Hm', zei Regilio de Raadt met een diep geluid dat uit zijn keel kwam. 'Geen officiële bezorging dus.'

'Daar heeft het alle schijn van. Wellicht met een gestolen of geleend uniform, of er is wel sprake van een daadwerkelijke FedEx-bezorger, die buiten werktijd een klus heeft aangenomen. Het uniform lijkt authentiek te zijn. Dat heeft FedEx bevestigd, voor zover het is te zien op de camerabeelden.'

Susanna keek naar haar baas, die op zijn beurt nadenkend voor zich uit staarde. 'Het natrekken van het pakket, de inhoud en de vertrokken ontvanger ervan is op dit moment een onderzoeksrichting', zei ze toen. 'Het vreemde is alleen dat het telefoonnummer dat Amanda Lewis heeft gebruikt om de frontdeskmanager te contacten, niet langer in gebruik is. Een ander nummer is niet bekend. ID-gegevens zijn opgevraagd bij het hotel.'

'Ja.' Haar baas knikte langzaam. 'En die Esmée Achterberg...'

'Ja?'

'Is zij de toevallige aannemer van dat pakket? Is ze een bekende van mevrouw Lewis? Er moet worden uitgezocht wat haar achtergrond is.'

Susanna knikte kort. 'Daar zijn we al mee bezig.' Ze verzamelde haar papieren en liep naar de deur.

'En Martina?'

In de deuropening draaide ze zich om. 'Ja?'

Regilio de Raadt keek naar haar met samengeknepen ogen.

'Goed werk.'

Ze had halflang, donkerblond haar en grote, blauwe ogen waarmee ze zo verbaasd de wereld in keek dat Esmée zich afvroeg of de vrouw ooit eerder een resort vanbinnen had gezien. 'Ik zoek Esmée', had ze bij de receptie gezegd, aldus Maurice. Geen achternaam of 'de manager', maar alleen 'Esmée'. Ze had het meteen geweten. Met een droge mond maar een zo neutraal mogelijk gezicht was Esmée meegelopen. 'Ah, ja, hallo', had ze gezegd, zo gekunsteld dat ze ervan overtuigd was dat het opviel, maar Maurice en Bianca, een van de oudere collega's, hadden er geen speciale aandacht aan besteed. 'Jij komt voor… Ja, ja, ik weet het. Loop maar even mee.'

Zo snel mogelijk had ze de vrouw meegenomen naar haar kantoor en de deur gesloten. Uit haar bureaula had ze het pakket gehaald en met een hand die trilde had ze het overhandigd. 'Nou', had ze daarna gezegd, met een soort half lachje waarvan ze zelf ook niet goed wist wat het moest uitstralen. 'Dat is dan ook weer opgelost.'

De vrouw – Esmée gokte dat ze rond de vijfentwintig was, maar ze had zo'n gezicht dat zich moeilijk liet inschatten – knikte. Daarna draaide ze zich zonder iets te zeggen om en liep het kantoor uit. Met een stramme beweging liet Esmée zich op haar bureaustoel zakken. Ze klikte wat op de muis. Op haar scherm dansten de letters heen en weer. Er was een mail van Samino Sanchez die ze moest beantwoorden. Ze dwong zichzelf ertoe, haastig ineens, alsof het geen minuut meer kon wachten tot de nieuwe receptionist zou horen hoe laat hij op zijn eerste werkdag werd verwacht. Maar voor ze de aanhef had getypt, ging haar telefoon. Susanna Martina. Esmée schraapte haar keel.

'We hebben de gegevens van mevrouw Lewis uit het systeem van het hotel nodig', zei de vrouw na een korte begroeting.

Esmée aarzelde. Privacy, dat kwam in haar hoofd op. Databescherming. Ze had er drie cursussen over gevolgd. De gevolgen van een datalek – en dat kon ook zijn wanneer een medewerker informatie over de ene gast aan de andere gast verstrekte – waren gigantisch.

'Dit is een lopend politieonderzoek', zei Susanna toen Esmée de stilte liet voortduren. 'We kunnen die gegevens opeisen.'

'Ja.' Esmée knikte een paar keer kort, maar dat kon de rechercheur natuurlijk niet zien. 'Uiteraard. Ik vraag of mijn manager ze zo snel mogelijk stuurt.'

Dat kon ze natuurlijk ook zelf, maar ze wilde dat Ricardo het deed. De rechercheur stelde er verder geen vragen over. 'Prima', zei ze en zei gedag.

Ze kon het beter meteen regelen. Eerst pakte ze de telefoon, maar toen kwam ze overeind. Beter persoonlijk. Ze trof Ricardo in zijn kantoor. Hij was aan de telefoon, maar wuifde haar naar binnen. Het gesprek duurde niet lang en vereiste van zijn kant alleen woorden van één lettergreep. Toen hij ophing, keek hij Esmée aan. 'De recherche belde', viel ze met de deur in huis. 'Ze willen de gegevens van een gast van ons.'

Ricardo fronste licht. Esmée meende een zweem van ongerustheid te zien, maar het was te vluchtig om er de vinger op te leggen. 'Van wie?'

'Amanda Lewis. Degene voor wie het gestolen pakket was bedoeld.'

'Oké.' Ricardo zette zijn duim en wijsvinger aan weerszijden van zijn neusbrug en staarde naar de rand van zijn bureau. 'Ik vraag Joyce om het te doen.'

Esmée knikte. Joyce, de juridisch adviseur. Ze moesten dit precies volgens de regels doen. Ze had geen zin om weer met Amanda te maken te krijgen.

'Dank je wel.' Ze draaide zich om maar Ricardo riep haar terug. 'Esmée?'

'Ja?'

Er was iets veranderd in zijn blik. Het ging te ver om het achterdocht te noemen, maar hij keek waakzaam. 'Wat is dat voor pakket?'

'Dat pakket dat gestolen is.' Esmée keek verwonderd. 'Daar weet je toch van?'

'Ja. Jawel.' Hij knikte nadenkend. 'Maar mij leek dat dat in een opwelling was meegenomen. Het verbaast me dat de recherche er zoveel aandacht aan besteedt.'

'Tja...'

'Hoe zat het nu precies?' Terwijl hij praatte gebaarde Ricardo naar de lege stoel bij zijn bureau. Esmée ging zitten. 'Zij nam contact met jou op over een pakket dat nog bezorgd moest worden en daarna is het gestolen?'

'Ja, zo ging het.' Esmée voelde zich vreemd zenuwachtig, hoewel dit precies het verhaal was. 'Ze heeft me er een berichtje over gestuurd toen ze al weg was. Hier.' Ze pakte haar telefoon en opende de berichten met meer rust dan ze vanbinnen voelde. 'Lees maar.'

Ricardo leunde met beide handen op de tafel terwijl hij de tekst las. Toen pakte hij de iPhone op en draaide die om in zijn hand. 'Is dit je eigen telefoon?'

Esmée knikte. Ricardo keek weifelend. 'Misschien niet belangrijk, maar het is niet zo handig om gasten...'

'Ik heb haar mijn nummer niet gegeven', zei Esmée. 'Ik weet niet hoe ze eraan komt.'

Niet van Leandro, dat had ze al gecheckt. En ook Angeline had het niet gegeven. Er waren nog drie andere collega's, plus Ricardo, die het nummer hadden, maar het was zeer onwaarschijnlijk dat die aan een hun onbekende vrouw het telefoonnummer van een collega hadden doorgegeven.

'Hm.' Ricardo knikte een paar keer en keek weer nadenkend voor zich uit. 'En je weet niet wat er in dat pakket zat?'

'Persoonlijke spullen, heb ik begrepen. Ik heb haar aan de telefoon gesproken om te vertellen dat het pakket bij de overval was verdwenen en toen vertelde ze dat er spullen in zaten die van haar overleden vader waren geweest.'

'Waarom laat ze die hier bezorgen?'

Esmée deed haar mond open om de korte verzendafstand en de niet-betaalde invoerrechten te noemen, maar ze sloot hem toch weer. Het deed niet ter zake en ze geloofde toch al niets meer van dat verhaal. 'Tja...' zei ze nog maar eens. Ze trok alleen even haar wenkbrauwen op. Ricardo deed hetzelfde. Wie lang in het hotelwezen werkte, was nog maar lastig te verbazen met wat gasten allemaal wilden of deden of op hun kamer bewaarden. Vorige maand belde er nog een gast naar de receptie omdat hij bij vertrek iets belangrijks op zijn kamer was vergeten. Esmée had tot dat moment niet geweten dat er opblaaspoppen in de vorm van een hond bestonden. Met een stalen gezicht had Maurice het ding in een doosje gestopt en naar het huisadres van de gast gestuurd. En het aantal mannen van middelbare of oudere leeftijd voor wie zich 'nichtjes' bij de receptie meldden, was ook niet op de vingers van één hand te tellen. Wat spullen die in een doosje bij de receptie werden afgeleverd, waren dan ook verre van bijzonder.

'Toch heeft dit pakket de interesse van de politie', zei Ricardo. 'Dat verbaast me.'

'Misschien is het gewoon een standaardprocedure, omdat het onderdeel is van de buit', zei Esmée. Ze probeerde zo hard om het ongemak dat ze voelde niet te laten merken, dat ze het gevoel had elastiekjes om haar kiezen te hebben die haar glimlach op z'n plek hielden. 'Politieonderzoek betekent ook veel uitsluiten, denk ik.'

Ricardo gebaarde naar haar telefoon. 'Heb je het nummer al doorgegeven?'

'Uiteraard.' Esmée aarzelde een tel, toen nog eentje, en daarna was het moment voorbij om nog te vermelden dat het nummer niet meer werkte.

'Het lijkt me goed om al het contact vanaf nu dan via de politie te laten verlopen', zei Ricardo afrondend. 'Ik weet niet of ze jou nog belt...'

Esmée friemelde wat met haar handen. 'Nee', zei ze toen. 'Nee hoor, dat is wel afgehandeld.'

Het waren die woorden waaraan ze dacht toen ze terugliep naar de receptie. *Het is wel afgehandeld.* Dat was niet gelogen. Het wás afgehandeld.

Hoofdstuk 9

DE WIND DEED HET DAK VAN DE PALAPA RUISEN EN bezorgde Esmée een zweem van kippenvel op haar armen. Ze keek naar de fijne waterdruppeltjes die van haar huid werden geblazen en oplosten in de warme lucht. In het verlengde ervan strekte de zee zich turquoise uit, onderbroken door de witte rimpelingen van de golven. Leandro had zich in de branding geposteerd en was aan de praat geraakt met de man naast hem. Vanaf haar plek op haar bedje kon Esmée hun stemmen horen maar het gesprek niet volgen. Ze leunde achterover en sloot haar ogen. In haar oren zoemde het en haar gedachten lieten zich maar moeilijk tot rust brengen, maar het was fijn om even niets te hoeven. Een dagje ontspannen, had Leandro gezegd, toen ze elkaar vanochtend op Mambo Beach hadden getroffen. Dat hadden ze wel verdiend.

Nou, had Esmée geknikt, zeker. Ze hadden het er uitgebreid over gehad natuurlijk. De overval, doodeng. En waarom? De buit was schamel in verhouding tot het risico en het geweld. Hadden de overvallers het ervoor over? Je ging toch zo voor een paar jaar de gevangenis is als je werd gepakt. Áls je werd gepakt, had Leandro gezegd met zijn vinger in de lucht. 'Want het oplossingspercentage van de misdaden op Curaçao is niet zo hoog dat het je ervan weerhoudt een overval te doen', had hij gezegd alsof hij veel verstand van zaken had. 'En een laptop levert zo een paar honderd gulden op.'

Ze hadden wat zitten rekenen en kwamen op ongeveer tweeduizend gulden aan buit. 'Dat pakket zal niet heel waardevol zijn geweest', had Leandro gezegd en Esmée had, zonder te laten merken dat haar adem stokte, dat beaamd. 'Dat hoeven we er niet bij te rekenen.'

Ze vertrouwde hem wel, dat was het niet. Maar het was gewoon... Ze wilde het klein houden. Leandro zou naar haar luisteren, dat wist ze zeker. Meeleven, tot in detail vragen hoe het precies zat, analyseren, scenario's schetsen. Maar dat wilde ze niet. Ze wilde het achter zich laten. Het ongemak overwinnen of misschien gewoon zo snel mogelijk vergeten.

'Tweeduizend gulden.' Leandro had lang met zijn hoofd geschud. 'Blijkbaar is dat het waard tegenwoordig.

En dan te bedenken dat Bon Futuro geen pretje is.' Hij sprak alsof hij er zelf enige tijd had doorgebracht. 'Het schijnt daar ook steeds erger te worden.'

Esmée kende de verhalen over de beruchte gevangenis alleen van horen zeggen of uit het nieuws. Van een afstandje had ze weleens een glimp van het terrein opgevangen, maar ze kende niemand die er daadwerkelijk binnen was geweest, al geloofde ze zo dat het er geen pretje was.

'Ik weet niet of ze daaraan denken als ze zo'n overval doen', had ze gezegd. 'Ze zullen wel verwachten dat ze de dans ontspringen.'

'Ze kunnen niet verwacht hebben dat ze onder de radar zouden blijven', had Leandro nadenkend toegevoegd. 'Het CBR trekt de aandacht, kijk maar naar hoe groot het in het nieuws is.'

'Sommige mensen kicken daarop.' Esmée had het stellig gezegd, maar vervolgens afgezwakt omdat ze niet over die kennis kon beschikken. 'Althans, dat heb ik weleens gehoord.'

Leandro was een verhaal begonnen over een klasgenoot van vroeger die was opgepakt voor een zedenmisdrijf en die blijkbaar ook grotendeels uit een hang naar de kick had gehandeld. Esmées gedachten waren een beetje afgedreven. Niet voor het eerst was het beeld van dat wapen recht voor haar gezicht weer teruggekomen. De kick, zou dat het zijn?

Ze zette haar gedachten aan het gesprek aan de kant en

pakte haar telefoon. Jackie had een bericht gestuurd dat het slecht weer was in Nederland en dat ze liever op Curaçao wilde zijn, en of ze hier nog advocaten in opleiding zochten. Esmée stuurde smekende handjes terug – haar halfzusje maandenlang op het eiland, dat zou geweldig zijn. Toch dacht ze niet dat Jackie het uiteindelijk zou doen. Met haar rechtenstudie waren er plekken waar ze interessantere stages kon lopen en haar droom om bij een van de grote kantoren aan de slag te gaan, zou meer kans van slagen hebben met een prestigieuze stage in Londen of New York op haar naam. Maar Jackie was sowieso vast van plan om in het voorjaar naar het eiland te komen. Ze spaarde voor het ticket en Esmée had zich voorgenomen om een deel bij te leggen.

Ze beantwoordde het berichtje en sloot haar telefoon af. Vrijwel meteen lichtte het scherm weer op, maar door de zon kon ze zo snel de voorvertoning van het bericht niet zien. Verwachtend dat het van Jackie kwam, opende ze WhatsApp. Het volgende moment miste haar hart een slag. *Nieuw*, was de afzender. De naam waaronder ze Amanda's tweede nummer had opgeslagen. Esmée voelde haar mond droog worden terwijl ze WhatsApp razendsnel weer afsloot, maar het was natuurlijk al te laat. Blauwe vinkjes bij het bericht, Amanda kon zien dat het al meteen na het versturen was gelezen. Ze had gehoopt dat ze eraf was, na dat pakketje. Amanda had nog gestuurd dat het goed was aangekomen, wat Esmée vreemd vond, want dat was slechts twee uur na het ophalen ervan, maar ze had de energie niet gehad om allerlei scenario's te bedenken waarin Amanda toch nog op Curaçao was en er veel meer achter het pakketje stak. Heel resoluut had ze haar eigen gedachten afgekapt, wat, enigszins tot haar eigen verbazing, ook nog was gelukt.

En nu dit. Ze wilde dit niet meer, geen contact, niets. Ze wilde het bericht wissen, doen alsof ze het niet had gekregen. Ze wilde rust. Maar dat ging niet, want Amanda kon zien dat ze het al had geopend.

Met een zucht opende ze uiteindelijk opnieuw WhatsApp en liet haar ogen langzaam over de drie regels gaan. En toen nog eens, en nog eens. En daarna voelde het alsof er, ondanks de zon, ijs door haar aderen ging.

We hebben een hotelkamer nodig. Morgenmiddag om 15 uur, voor twee uur.

Esmée schrok toen er een kind vlak langs haar stoel rende. Bijna liet ze haar telefoon uit haar hand vallen. Het ruisen van de palapa klonk als een storm. Het bericht had al haar zenuweinden geactiveerd en toen de warme wind langs haar ogen streelde, merkte ze dat ze die wijd opengesperd had. Ze knipperde. Haar linkeroog traande. Leandro zat te lachen in de branding. Twee honden speelden in het water. Er rende nog een kind voorbij. Alles was zo... Alles was zoals het moest zijn. En tegelijkertijd had Esmée het gevoel dat ze werd meegezogen in iets waar ze al veel eerder uit had moeten stappen.

Dat tweede pakketje en dan is het klaar – had ze dat echt geloofd?

Ze las het bericht woord voor woord opnieuw. Alles eraan was vreemd. Weer dat 'we'. Wie dan? En wie een kamer voor een of twee uur zocht, had doorgaans maar één, vrij plat doel. Esmée wist vrij zeker dat Amanda's verzoek daarmee niet te maken had. Daarnaast: de kamers in het Curaçao Beach Resort waren uiteraard niet per uur te boeken, daar waren andersoortige hotels voor. Esmée had een vermoeden dat Amanda dat ook wel wist.

Ze liet haar duim een tijdje aarzelend boven het scherm zweven, maar toen ze eenmaal begon te typen, ging het resoluut. *Kamers gaan bij ons per nacht. En het resort zit komende week vol.*

Dat laatste klopte min of meer. Hier en daar was er voor een nachtje een kamer te krijgen omdat verschillende boekingen net niet op elkaar aansloten. Maar Esmée had geen behoefte om dat aan Amanda te vertellen. Ze zag op het scherm hoe Amanda online kwam. *Aan het typen...* Eigenlijk moest ze nu afsluiten, niet in een berichtengesprek terechtkomen. Maar ze deed het niet, ze wachtte af. De mogelijkheid om niet meer te antwoorden was toch al een beetje verkeken.

Het bericht kwam snel. *Het was geen vraag.* Amanda bleef typen. Direct nog een bericht. *Regel dit.*

Esmée fronste. Leandro stond op. Snel ging ze offline, legde haar telefoon weg en keek zo neutraal mogelijk, maar hij kwam haar kant niet op. Lachend schudde hij de hand van zijn gesprekspartner en liep daarna verder de zee in. Esmée keek opzij naar haar mobiel. Het steeds oplichtende scherm verraadde een stroom aan berichtjes.

You owe us, Esmée.

De kamer is belangrijk voor de deal. Geen kamer, geen deal.

Geen deal betekent dat er nog meer mensen boos worden.

De gevolgen zijn groot, Esmée. Denk goed na.

Esmée had het vreemde gevoel dat ze niet zelf degene was die de berichtjes kreeg. Dat ze van een afstandje, van een bepaalde hoogte, naar de persoon keek die de berichtjes binnenkreeg. De vrouw in haar smaragdgroene halterbikini met haar bruine haar in een slordige knot, de vrouw die een zonnebril met een dun, gouden montuur droeg, de vrouw die dacht dat ze een ontspannen stranddag zou beleven – die vrouw die zoveel op haar leek maar naar wie ze toch staarde in de overtuiging dat het wel genoeg was geweest.

Nee, typte die vrouw terug. *Ik heb dat pakket voor je aangenomen, je zei dat het daarmee klaar was. Dat jij mensen boos hebt gemaakt, is niet mijn probleem. Val me niet meer lastig.*

De afstand was plotseling verdwenen. Ze bevond zich weer in haar eigen hoofd, voelde haar eigen vastberadenheid toen ze op *verzenden* drukte. Ze verwachtte al dat Amanda meteen online zou komen en dat gebeurde ook. *Aan het typen...*

Esmée keek naar het scherm, weerstond de verleiding om offline te gaan. Ze zette zich schrap voor het nieuwe berichtje. Het zou vast nog ongezelliger van toon zijn. Amanda had, om wat voor reden dan ook, die kamer nodig en zou niet zomaar afhaken. Esmée las de vorige berichten een paar keer terug. *Geen deal*. Wat voor deal? En hoezo had zij nu ineens mensen boos gemaakt? Het waren allemaal vage woorden. Er was helemaal niemand boos op haar, ze had ook niemand iets beloofd. Het was Amanda die waarschijnlijk beloftes had gedaan die, misschien wel door de overval, niet waren nagekomen. Maar, zo besloot Esmée terwijl Amanda maar bleef typen, dit was het moment om echt de grens te trekken. Nu niet laten meeslepen. Niets laten wijsmaken.

Het bericht was, gezien de tijd dat Amanda aan het typen was geweest, verrassend kort. Er zat een foto bij die door het niet al te beste 3G-internet eerst geblurd doorkwam. Het bericht was wel leesbaar. *Jouw manager vindt dit vast interessant. Herken je dit doosje?*

Met groeiende bezorgdheid wachtte Esmée tot het beeld was geladen. Toen de foto uiteindelijk scherp werd, zag ze dat het nog erger was dan het scenario dat in die paar seconden al in haar hoofd was ontstaan. Het was niet zomaar een foto van Amanda's pakketje in het hotel, of van de bezorger die het kwam brengen. Ze slikte moeizaam toen ze haar eigen kantoor herkende. Esmée begreep oprecht niet hoe de foto genomen kon zijn. Het meisje met de grote ogen moest in werkelijkheid een stuk minder wereldvreemd zijn geweest dan haar blik uitstraalde. Onderschatting, een grote kracht. Esmée staarde naar haar eigen gezicht, vanuit een hoek schuin onder haar gefotografeerd. Haar hand lag om het doosje, het label goed leesbaar. *Amanda Lewis, p/a...* Een andere hand pakte het doosje aan. Precies het moment van de overdracht – ze zou moeilijk kunnen ontkennen dat ze het pakket had aangenomen en ook niet dat het door iemand was opgehaald.

Er kwam een tweede foto binnen. Weer duurde het even voor het beeld was geladen. Daarna had Esmée nog een paar tellen nodig voor haar hersenen hadden verwerkt wat ze zag. Het was hetzelfde pakket, opengescheurd op een tafel. Er waren bundels briefgeld te zien, Antilliaanse guldens. Twee stiletto's en een paar zakjes wit poeder.

Geschrokken staarde ze naar de foto. Als ze nog had getwijfeld dat Amanda zich in een foute wereld bevond, was die twijfel nu wel weg. Ze zoomde in, en weer uit. Het was veel geld, duizenden guldens. De messen waren scherp en dreigend. De drugs...

En dan nog, dacht ze ineens strijdbaar, haar eigen gedachten afkappend. Dan zou Ricardo zien dat er een pakketje was bezorgd en dat ze het aan iemand had gegeven. Ze wist niet wat erin zat en had daar ook niets mee te maken. Bovendien: wie zei dat dat daadwerkelijk de inhoud was geweest op het moment van bezorgen? Er kon wel van alles in dat pakket zijn gestopt op een later moment.

En daarnaast: het was op het bezorgmoment helemaal

niet duidelijk wat het eerste pakket te maken had met de overval, óf het wel te maken had met de overval. Ze kon zeggen dat het aannemen van het tweede pakket een service was naar een gast en...

Het was geen goed verhaal, dat wist ze zelf ook wel. Ze zou ook toegeven dat het niet handig was. Het aan de politie melden. Maar daar zou het bij blijven. Ze had niets strafbaars gedaan. En ook niets dat tegen de regels van het hotel was. Iets wat wel gold als ze Amanda aan een suite zou helpen voor enkele uren, waarvoor natuurlijk niet eens zou worden betaald.

Ze legde haar telefoon op haar borst, het scherm naar beneden. Ondanks haar eigen strijdbare gedachten merkte ze dat het bericht haar meer deed dan ze wilde. Het zette gedachtestromen in gang die ze wilde tegenhouden, het opende deuren die ze gesloten wilde houden. Ze slepen je mee: daar waren de woorden van toen weer, de woorden van de politie. Ze bouwen het op. Een klein klusje, dan nog eentje. Het was veel te bizar om te denken dat Amanda haar probeerde mee te nemen in dit soort zaken. Met één woord kon ze die hele redenering van tafel vegen, één vraag die geen antwoord kende: waarom?

Maar tegelijkertijd was dit precies wat er gebeurde. Eén pakket, nog eentje, een kamer boeken – het wás een opbouw, het werd telkens iets groter, iets moeilijker te verantwoorden. Precies de werkwijze die de politie haar toentertijd had geschetst.

Welbeschouwd was het natuurlijk niet nodig om een

pakket in een hotel te laten bezorgen. Daar waren postkantoren voor en anders kende Amanda vast nog wel iemand op het eiland die het even kon aanpakken. Datzelfde gold voor die hotelkamer. Dat was ook onzin, er waren zoveel plekken waar je ongezien kon afspreken, daar had je geen resort voor nodig. Juist niet, zou je zeggen, want resorts hadden camera's en bewaking en getuigen. De nationale parken – Boka Shete, de Christoffelberg – kenden genoeg plekken waar nooit iemand kwam. Er moest een andere reden zijn waarom het CBR voor Amanda en de mensen voor of met wie ze werkte, ineens van belang was. Maar Esmée zou er niet naar vragen. Zo min mogelijk contact, zo min mogelijk weten, dat wilde ze.

Ze had Amanda natuurlijk niet ingelicht over het feit dat de politie haar gegevens uit het hotelsysteem had opgevraagd, en dat zou ze ook niet doen. Esmée vroeg zich vluchtig af of Amanda dat misschien toch wist. Hadden deze berichten daarmee te maken? Wilde ze Esmée op een of andere manier onder druk zetten? Meeslepen in iets waarvan ze niet wist wat het was en het ook niet wilde weten. Juist niet wilde weten. Ze sloot even haar ogen. Als ze iets had geleerd van Timo, was het dat kennis kwetsbaar maakte. En kwetsbaar wilde ze nooit meer zijn.

Timo. Het was onvermijdelijk dat ze aan hem dacht. De politieagent met zijn geroutineerde blik die zei dat dit was hoe 'ze' werkten. Telkens een nieuw klusje, steeds een stapje verder. Precies datgene waaraan Timo geen weerstand had kunnen bieden. Willen bieden, ook, zo eerlijk moest ze zijn. Hij had visioenen gehad van het grote geld. Die ene klapper maken en er dan uit stappen – hij had dat weleens verteld, al was het in minder duidelijke termen. Voor haar stellige overtuiging dat die klapper niet bestond en het eruit stappen al helemaal niet, was hij doof geweest. Als je meeging in de stroom, zwom je niet ongestraft naar de kant. Er was maar één weg: voorwaarts. En achter elke bocht wachtte weer een opdracht. In het begin wilde je die misschien niet doen, maar gaandeweg vroeg je je niet meer af wat je wilde.

'Aan het einde van die stroom zijn er een paar opties', had een rechercheur eens gezegd. 'Je valt te pletter van een rots of je verdrinkt in de nog veel grotere zee waarin je stroom uitmondt.' Hij had zijn opties niet gespecificeerd, maar Esmée had er zoveel uit opgemaakt dat je ofwel jezelf kapotmaakte in de uitgestrekte wereld van de onderwereld, ofwel die wereld verliet in een doodskist. Of misschien dat je in een cel terechtkwam – maar bij dat laatste was het nog maar de vraag of je die wereld echt had verlaten.

Ze begreep niet waarom Amanda bij haar had aangeklopt, ze begreep ook niet wat erachter zat, met wie Amanda te maken had, welke wereld er aan háár trok, maar, zo besloot ze toen ze haar eigen gedachtestroom dan toch wist af te kappen: ze ging niet mee. Amanda kon haar niets maken.

Ze opende het scherm van haar telefoon weer en typte de woorden snel en resoluut.

Het aannemen van pakketten is een service aan de gasten. Met de inhoud heb ik niets te maken. Ik ga niets voor je doen, laat me met rust.

Verzenden. Telefoon wegleggen. Ze knikte een paar keer om haar gestuurde woorden en haar eigen gedachten kracht bij te zetten. Nu volhouden, haar poot stijf. Amanda kon haar niets maken, aan die gedachte moest ze vasthouden.

Met nietsziende ogen staarde ze uit over de oceaan, maar die had zijn glans verloren. Leandro was klaar met zwemmen en kwam haar kant op. Er kwam een nieuw bericht binnen. Net voor Leandro haar bereikte keek ze naar de inhoud ervan.

Domme beslissing, Esmée. Hele domme beslissing. Ik neem aan dat je begrijpt dat dit niet zonder gevolgen blijft.

Ze legde haar telefoon weg. Niet laten raken, prentte ze zichzelf in. Dreigende taal was het enige wat ze had, en het was niets. Het zou wel stoppen als Amanda merkte dat ze geen succes had. Dan zou ze haar gif op een ander richten.

Leandro schudde het water uit zijn haar. Hij ging op zijn bedje zitten, maar kwam rusteloos meteen weer overeind. 'Ik heb zin in een cocktail', zei hij, reikend naar zijn T-shirt. 'Kom, dan gaan we wat drinken in Willemstad.'

'Cheers.' Leandro stak zijn mojito in de lucht en tikte met zijn glas tegen dat van Esmée. Daarna namen ze allebei een slok en zetten hun glazen naast elkaar op het tafeltje. Ze hadden een terrasje vlak naast het water uitgekozen en Esmée liet haar blik over de bootjes in de Sint Annabaai glijden. Het rinkelende waarschuwingssignaal van de Pontjesbrug overstemde dat van de stemmen op het terras. Het volgende moment sloten de hekken zich en daarna begon de brug te draaien om een doorgang te maken voor een aantal grote jachten die de baai wilden binnenvaren. Niet voor het eerst bedacht Esmée dat de brug, die eigenlijk Koningin Emmabrug heette maar bekender was onder z'n bijnaam, symbool stond voor de mentaliteit van de Cariben. De brug was immers een grote oefening in geduld. Het wegdraaien van het drijvende gevaarte was zeker niet de snelste manier om een brug te openen, maar ach, met haast hoefde je hier op Curaçao sowieso niet aan te komen. Met haar ogen volgde ze de jachten. Verder weg, meer richting de horizon, tekende zich het silhouet van een containerschip af. Als dat straks de baai zou binnenvaren, zou het terras waar ze nu zat, zich een hele tijd in de schaduw bevinden.

Uren kon ze normaal gesproken zo blijven zitten, om zich heen kijken naar de boten op het water en de voorbijtrekkende mensen op straat. Een beetje kletsen met Leandro, genieten van de zon. Maar vandaag was het anders. De berichten van Amanda hadden haar rustelozer gemaakt dan ze wilde. Hoe graag ze zichzelf er ook van wilde overtuigen dat ze het kon loslaten, dat Amanda geen vat op haar had, dat haar berichten uit niets dan loze woorden bestonden – ergens in haar had zich toch een zekere bezorgdheid vastgezet.

Of was het angst?

Ze realiseerde zich dat Leandro de clou van een verhaal vertelde toen hij haar verwachtingsvol grinnikend aankeek. 'En dat zag natuurlijk niemand aankomen, dat snap je.'

Op tijd deed ze mee, lachte ook, knikte als om zijn geestige conclusie te onderschrijven. Ze dwong zichzelf te luisteren toen hij iets anders begon te vertellen. Het voelde oneerlijk, dat ze nu geen echte aandacht voor hem had, maar ook dat ze hem niet vertelde wat er speelde. Voor het eerst sinds het begin van hun vriendschap was er een afstand, ook al was hij zich daarvan niet bewust. Ze had het overwogen, dat wel. Hem te vertellen over het tweede pakketje, de vreemde telefoonnummerwissel van Amanda. De interesse van de politie in de vrouw. Ze kon de opluchting van het delen al bijna voelen, het gewicht van het verhaal zou door twee gaan. Leandro had het talent om alles lichter te maken, om met een ander inzicht te komen, om de angel eruit te trekken en haar achter te laten met de vraag waarom ze er eigenlijk zo'n probleem van had gemaakt.

Maar ze hield haar mond. Als ze het deelde, zadelde ze Leandro op met het gewicht ervan. Dat wilde ze niet, dat móćht ze niet doen.

‘Hé’, zei Leandro en pas toen hij haar onderzoekend aankeek, realiseerde ze zich dat ze weer niet naar zijn verhaal had geluisterd. ‘Waar zit je met je gedachten?’

‘O, eh...’ Ze werd gered doordat er iemand op het hek van de Pontjesbrug klom. Een of andere toerist die een foto wilde maken, zo te zien. ‘Mensen doen echt de gekste dingen’, zei ze en Leandro knikte. Het moment ging voorbij, gelukkig. Leandro stond op en ging naar het toilet. Esmée keek op haar telefoon.

Het was naïef geweest te denken dat ze niets meer zou horen. En ze had het ook niet gedacht, niet echt. Ze had berichten verwacht met dezelfde taal als eerst: of ze wel wist dat er mensen boos waren, dat ze niet zomaar kon stoppen. Berichten die ze rationeel van tafel kon vegen: boze mensen waren haar probleem niet en ze kon wel degelijk stoppen. Het was niet eens stoppen, omdat ze feitelijk nergens aan begonnen was.

Maar dit bericht was anders. Vijf woorden, drie minuten geleden verstuurd. Het symbooltje van een video erbij. Esmée aarzelde tien seconden, twintig. Leandro was nog niet terug. Nog vijf seconden. Toen tikte ze het bericht aan.

Jammer dat het zo moet, dat waren de woorden. Ze opende de video. Het internet was hier beter dan op het strand, dus het filmpje laadde meteen. Esmée staarde naar het scherm, waarop een van de beachvilla’s van het hotel te zien was. Het beeld leek stil te staan, maar onderin liep het balkje van de video mee. De enige beweging kwam van de rimpeling van de golfjes onder de steiger van het huisje. Ze voelde haar keel dik worden, zette zich onbewust schrap voor wat ging komen, alsof ze het al wist voor ze het zag.

Het volgende moment klonk er een knal en vulden zwart en oranje haar scherm. Boven in beeld was een flard van het dak van het huisje te zien, meters boven zijn oorspronkelijke plek. Rook en puin vlogen in het rond, er klonk geschreeuw. Toen stopte de video, woeste vlammen bevroren in haar scherm. Nummer 8, de Amerikanen. Esmée trilde over haar hele lichaam. Als ze maar niet... Als er maar niemand...

'Nog eentje?' Leandro was teruggekeerd en hield zijn lege glas omhoog. Hij keek zoekend om zich heen maar er liep geen ober voorbij. Toen ging hij weer zitten en keek naar Esmée. Ergens vanuit de diepte van haar hersenen kwam een stem omhoog. Niets zeggen. Normaal doen. Ze kón dit niet weten.

'Ja?' vroeg Leandro, wachtend op antwoord. Esmée pakte haar glas. Ze was zelf nog maar halverwege met haar cocktail. Het rietje in haar mond verschafte haar een excuus om niets te hoeven zeggen, maar ze vreesde dat haar gezicht fungeerde als open boek.

'Wat?' Leandro hield zijn hoofd schuin terwijl hij een pinda uit het bakje op tafel pakte. 'Is er iets?'

Esmée voelde zich een vis die per ongeluk op het droge was beland en nu alleen nog maar naar lucht kon happen. Nog maar een slok, het moment van praten even uitstellen. 'Ik ga naar het toilet', zei ze toen het drankje op was. Ze stond haastig op, zigzagde tussen de tafeltjes door naar binnen. De beslotenheid van het toilethokje voelde voor even heel veilig. Ze haalde haar telefoon tevoorschijn en keek opnieuw naar het filmpje, en toen nog eens. Een brandende buikpijn verspreidde zich. Het kon toch niet...

'Nee', prevelde ze zacht voor zich uit. Niemand blies een huisje op omdat iemand van de receptie weigerde een kamer voor twee uurtjes te boeken. Bovendien was het veel te snel. Ze wist niets over ontploffingen, maar zulke dingen hadden toch voorbereiding nodig? Binnenkomen in het hotel, iets – Draden? Een bom? – aanleggen, dat zou toch meer tijd vergen dan de... ze checkte het op haar telefoon, ... dan de vierenzeventig minuten die verstreken waren sinds haar bericht naar Amanda.

Er klopte iemand op de deur. Van schrik liet ze bijna haar telefoon vallen. Er was maar één damestoilet en ze hield het te lang bezet. Vlug stopte ze haar telefoon weg, haalde een hand door haar haar en draaide de deur van het slot. Ze staarde naar de grond toen ze het hokje verliet. Bij het handenwassen liet ze koud water over haar polsen stromen, maar het koelde noch haar huid noch haar verhitte gemoed.

Ze depte zich droog en liep naar buiten. Het was of de ontploffing niet alleen het huisje maar ook Esmée zelf uit het lood had geslagen. Haar benen zwabberden, haar voeten landden niet waar ze ze had gepland. Twee keer moest ze zich vastgrijpen aan een stoel, gelukkig zat er niemand op. Ze haalde diep adem voor ze Leandro bereikte. Een zin, woorden, ze moest iets verzinnen om te zeggen. Iets dat normaal zou zijn, passend in de situatie.

Hij was verdiept in iets op zijn telefoon gelukkig. Ze ging zitten. Hij merkte haar pas na een paar tellen op. Keek omhoog, zijn gezicht bezorgd verwonderd. 'Er is iets aan de hand in het resort. Hier.' Hij liet zijn scherm aan haar zien. 'Iets van een brand, Angelina stuurt dit door.'

Esmée keek naar de foto, genomen van een afstand. Zwarte rook, hier en daar een glimp van een vlam. Ze ademde scherp in. Sloeg haar hand voor haar mond. 'Jeetje', zei ze ontdaan, waarbij emoties die ze zo krampachtig had zitten inhouden nu een legitieme weg naar buiten vonden. 'Maar dat is...'

'Een van de beachvilla's, ja', knikte Leandro. 'Echt verschrikkelijk.'

'Was er iemand?'

'Nee.' Leandro schudde zijn hoofd. 'Angelina schrijft dat het gezin op het strand was.'

De opluchting voelde als koud water op een brandwond waar de vlammen uit sloegen. 'Gelukkig', zuchtte ze, haar blik aan die van Leandro gehaakt. Ze verbrak de verbinding door haar ogen neer te slaan. 'Gelukkig maar.'

'Maar dan nog...' Leandro tikte druk tegen zijn scherm. 'Hoe kan dit nou? Alles wordt toch gecheckt in die huisjes? Technisch en zo?'

Esmée vermeed het om antwoord te geven. 'Laat nog eens zien', zei ze en Leandro toonde haar de foto. Ze keek ernaar, secondelang, terwijl Leandro verder praatte over opladers die in het stopcontact bleven zitten en konden ontploffen. Ze knikte half, hij leek toch al niet erg op haar reactie te letten.

'We moeten erheen', zei Leandro uiteindelijk. 'Kijken of we iets kunnen doen.'

Esmée wist niet wat, maar ze knikte. Haar gevoel was ook sterk. Ze moest ter plekke zijn, zien wat er gebeurde, horen wat er werd gezegd. De beachvilla's waren van hout gemaakt, het huisje zou tot aan de vloer afbranden. Er zou natuurlijk onderzoek worden gedaan.

Als er maar niet...

Nee, niet doordraven nu. Natuurlijk zou er geen boodschap aan haar verscholen zijn op de plek van de brand. Ze verdrong het beeld dat opkwam op haar netvlies. Een half verbrand briefje met haar naam erop, een of andere dreigende boodschap erbij. Het kwam haar voor als veel te amateuristisch en bovendien zou zoiets natuurlijk niet half maar helemaal verbranden.

Haastig betaalde ze de rekening, daarna liepen ze naar hun geparkeerde auto's. Esmée kroop achter het stuur van haar pick-up. 'Tot zo.'

'Rij voorzichtig', zei Leandro, waarna hij instapte en in hoog tempo wegreed. Esmée volgde, maar raakte hem in het drukke verkeer al snel kwijt. Haar blik hield ze op de weg gericht, maar voor haar geestesoog bleef de ontploffing zich maar herhalen. Het dak, meters de lucht in. Brokstukken in de rook. Likkende vlammen. Hoe meer beelden er terugkwamen, hoe meer ze zich misselijk voelde. Ze had gezwegen. Ze had geweigerd.

Het kon niet langer zo. Ze moest de politie alles vertellen. Dan maar Amanda en die 'mensen' – wie het ook waren – boos maken. Dan maar haar baan kwijt, het kon haar niet meer schelen. Ze moest eerlijk zijn, elke bijdrage aan het politieonderzoek leveren die in haar macht lag. Straks, nadat ze bij het resort was geweest, zou ze meteen naar het politiebureau rijden. Of misschien was die rechercheur wel in het hotel.

Gek genoeg voelde ze zich wat kalmer door haar eigen gedachten. Ze had al te lang gezwegen. De gevolgen van haar openheid kon ze dragen, voor de gevolgen van haar zwijgen gold dat niet langer.

Net voor ze Willemstad uit reed, lichtte het scherm van haar telefoon op. Amanda – het verbaasde Esmée al niet meer. Ze opende het bericht, las de inhoud vluchtig met één oog op de weg gericht.

Dit is nog maar het begin. Stoppen is geen optie, Esmée, dat begrijp je nu wel.

Amanda was nog online. Esmée sloot de telefoon af, legde hem in het vakje onder het dashboard. Deed alsof ze er niet naar keek, maar toen het scherm opnieuw de voorvertoning van een bericht liet zien, greep ze de mobiel toch weer. De politie, ging het maar door haar hoofd. De politie zou dit straks allemaal te zien krijgen.

Dit keer was het een foto. Waarschijnlijk dat huisje weer – volledig uitgebrand, of op het moment van de ontploffing. Misschien was zo'n foto wel waardevol voor het onderzoek. Ze tikte tegen het berichtje. Slikte moeizaam.

Het volgende moment was het alsof ze een heel nieuwe wereld in werd gezogen. Alles om haar heen vervaagde. Het klopte niet. Ze moest het verkeerde bericht hebben geopend. Er klonk getoeter toen ze wild tegen het scherm tikte. Ze stuurde terug, naar haar eigen helft, bijna aan de andere kant in de berm. *Nieuw*, het stond er echt. Het kwam van Amanda.

Haar scherm werd nat, pas in tweede instantie besefte ze dat het tranen waren. 'Nee!' riep ze uit, het woord weerkaatste tegen de binnenkant van de auto. 'Nee!'

Het kon niet en tegelijkertijd knalde het in haar gezicht. De foto. De plek, die gevel, de voordeur. De ranke figuur die rommelde aan haar fiets. De grauwe sluier van de Nederlandse herfst hing over het beeld. De foto was vanaf de andere kant van de straat genomen, voor de deur bij dat makelaarskantoor. Jackie waande zich onbespied. Esmée slikte zure gal weg. Riep nogmaals nee, huilde nu hardop.

Na de foto kwam een tekstberichtje binnen. *Nu was het een huisje in Jan Thiel. De volgende keer een huisje in Groningen.*

Ze liet haar telefoon vallen. Er klonk een kreet die deed denken aan een dier in doodsnood, maar die alleen van haarzelf afkomstig kon zijn. Het telefoontje kwam snel daarna. Met een wild gebaar greep Esmée met haar ene hand haar mobiel terwijl ze met haar andere de slingerende pick-up op de weg hield. 'Wat?' vroeg ze schreeuwend toen ze opnam. 'Wat wil je van me?'

Amanda's stem klonk kalm. Er speelde iets geamuseerds doorheen dat Esmée zo mogelijk nog razender maakte. Amanda nam de tijd voor ieder woord.

'Ik neem aan dat je van gedachten bent veranderd?'

Hoofdstuk 10

RECHERCHEUR SUSANNA MARTINA BLEEF MET EEN schok staan toen ze onder haar voet een plank van de vloer hoorde kraken. Ze had nog wel zo zachtjes gedaan, zorgvuldig die andere krakende plank overgeslagen, haar slippers uitgedaan in de huiskamer. Met een ruk keek ze om, maar het leek erop dat ze geluk had. Vanuit het ledikantje in de hoek van de kamer klonk niets dan de gelijkmatige ademhaling van de slapende Robbie. Ze liet haar adem ontsnappen. Bijna had ze een uur werk tenietgedaan met één onoplettendheid.

Terwijl in haar hoofd automatisch de tekst van *Juchi malucu* doorging, gevolgd door *Tin tin tin* en *Cai boca mi jiu* – haar repertoire aan traditionele Antilliaanse wiegeliedjes was met de komst van een slechte slaper als Robbie helemaal afgestoft –, deed ze zo zachtjes mogelijk de deur van de kinderkamer achter zich dicht. Heel even bleef ze nog staan luisteren, maar aan de andere kant ervan bleef het definitief stil. Ze haalde diep adem en rolde met haar schouders, die stijf waren van zo lang in dezelfde houding zitten, haar arm over het ledikant gevouwen, haar hand in die van haar zoontje – zoals altijd met het dubbele gevoel dat ze genoot van hoe klein en kwetsbaar hij nog was, hoe nodig hij haar had, terwijl ze tegelijkertijd wenste dat hij haar bij het in slaap vallen juist iets mínder nodig zou hebben. Een uur, zoals vanavond, was nog aan de korte kant. Met regelmaat bracht ze twee uur of langer door in de kinderkamer en de keren dat ze te vroeg had gepiekt, kon ze ook niet meer op de vingers van één hand tellen. Op de momenten dat ze dacht dat Robbie sliep en voorzichtig haar hand terugtrok, waarna zijn ogen openschoten en hij zenuwachtig begon te huilen, wist ze dat het hele ritueel weer van voren af aan begon.

'Mis je hem nooit?' had Denisha, haar vriendin, laatst gevraagd. Susanna had grote ogen opgezet en haar hoofd geschud. Nee, Nino miste ze niet, nog geen seconde. Maar een mede-ouder zou fijn zijn, een opvoeder die de twee-is-nee-fase zo nu en dan samen met haar het hoofd kon bieden, een partner in crime bij het moeizame slaapritueel. Iemand die er 's nachts ook eens uit ging bij een enge droom of een verloren knuffel. Maar misschien romantiseerde ze de zaak wel. Denisha's wallen deden niet onder voor die van haarzelf en zij lag elke nacht naast de vader van haar kinderen.

Maar Nino... nee. Gek eigenlijk dat ze hem nooit een tel had gemist, ook al was het zijn keus om de relatie van de ene op de andere dag te verbreken. Of misschien had ze hem juist daarom niet gemist. Omdat hij die keus had gemaakt. De keus om toch maar geen gezin te willen, ook al leefde Susanna in de overtuiging dat dat een gezamenlijke wens was geweest. En niet alleen zag hij het gezinsleven ineens niet meer zitten, hij wilde zelfs geen vader meer worden. Beetje laat, had Susanna nog gestameld, zes maanden zwanger. Maar Nino had er geen been in gezien om de draai alsnog te maken, zijn spullen te pakken en hun huis – háár huis, technisch gezien, wat zijn vertrek voor hem eenvoudiger maakte – te verlaten. Drie keer had ze hem nog gezien, daarna had ze gehoord dat hij bij een vrouw op Bonaire was ingetrokken. Robbie had zijn vader nog nooit ontmoet.

'Nou ja, váder...' hoorde ze Denisha in gedachten zeggen. 'Verwekker is een beter woord. Een vader vinden we nog wel voor hem.' En dan lachte ze zo'n veelbetekenend lachje, waarna Susanna een afwerend gezicht opzette, want als ze ergens niet van hield waren het koppelpogingen die doorgaans nogal kansloos uitpakten. Twee keer had ze ingestemd, twee keer had ze nog voor het voorgerecht gezegd dat er een spoedgeval op haar werk was –

het voordeel van een baan als rechercheur.

Ze haalde diep adem en zette haar gedachten van zich af. Robbie liet zich niet meer horen en dus sloop ze naar de woonkamer, in haar kleine gelijkvloerse woning slechts een paar meter bij de kinderkamer vandaan, en sloot ook die deur zorgvuldig achter zich. Toen pas durfde ze weer vrijuit te ademen. In de keuken vulde ze een glas water en dronk het staand bij het aanrecht op. Daarna zette ze het koffiezetapparaat aan. De cafeïne zou nodig zijn om de stapel werk die op haar wachtte te lijf te gaan.

Ze wachtte tot het zwarte vocht was doorgelopen in het kopje en nam het daarna mee naar de tafel in de woonkamer. Met het misplaatste schuldgevoel dat ze niet thuis maar op het bureau moest zijn, startte ze haar laptop op. Alsof er nu op het bureau nog iemand aanwezig was. Alsof het uitmaakte waar ze haar werk deed – áls ze het maar deed.

Alsof ze nog meer motivatie nodig had.

Ze nam te snel een slok van haar koffie, veel te warm nog. Ze zette het kopje weg en begon haar aantekeningen van vandaag in het systeem tot nuttige informatie te verwerken. Smetteloos, dat moest haar onderzoek zijn. Op elk moment toegankelijk voor wie dan ook, op elk moment volledig. Ze scande met haar ogen het dossier dat tot nu toe was opgebouwd en stelde vast dat Van Raadt niet ontevreden zou kunnen zijn.

Die ogen de hele tijd. Als twee loden gewichten voelde ze ze op haar schouders. Hij had haar het vertrouwen gegeven, dat wist ze, maar het was broos en voorwaardelijk. Ze moest ieder draadje van deze zaak in de gaten houden, ieder lijntje onderzoeken, geen enkel detail missen. Nog meer dan anders alles wat voorbijkwam uitrechercheren tot niet één maar twee of desnoods drie keer was aangetoond dat het een doodlopende weg was. Dat dat de driedubbele hoeveelheid tijd kostte van wat er voor zo'n onderzoek stond, was dan maar zo. Eén draadje, dat had ze de vorige keer gemist. Eén lead, verborgen onder wat een heilloze onderzoeksrichting leek. Meer was er niet voor nodig geweest om de boel te doen ontploffen. Letterlijk.

Ze had nog wekenlang de rook geroken, die bleef maar prikken in haar neus. Haar ogen waren branderig geweest. Alsof haar eigen zintuigen haar dagelijks wilden herinneren aan het verraad dat recht onder haar neus had plaatsgevonden.

Ze had het moeten weten toen dat bewijsmateriaal verdween. Niemand kon in het depot, behalve het team dat aan de zaak werkte. Er was onder haar naam getekend en dat klopte, want ze was het depot binnengegaan om het materiaal – een paar telefoons – opnieuw te onderzoeken. Ze meende zich te herinneren dat dat inderdaad op woensdag was geweest, maar haar geheugen had haar in de steek gelaten. Zij was er op maandag geweest, op woensdag was iemand anders onder haar naam naar binnen gegaan, was later gebleken.

Oswald.

Nog steeds had ze er moeite mee wanneer die naam in haar gedachten opdook. De naam stond gelijk aan haar falen. Ze had geen schuld aan het verraad van haar collega-rechercheur, maar wel aan het niet oppikken van de signalen ervan. Ze was simpelweg niet scherp genoeg geweest. Dat een telefoon uit het bewijsmateriaal – het toestel met het meest belastende materiaal erop – was verdwenen, was maar één voorbeeld. Dat er verklaringen waren gewijzigd, had zij als leider van het onderzoek naar twee liquidaties, en daarmee naar een van de drugsbendes op het eiland, moeten zien. Dat op de dag van een belangrijke en zeer geheime arrestatieoperatie het doelwit met de noorderzon vertrokken bleek te zijn, had alle alarmbellen over haar eigen team moeten doen afgaan. Maar ze had die scherpte gemist. Het vertrek van Nino, het alleenstaande-moederschap van een pasgeboren baby, de toekomst die ze had voorzien en die in duigen was gevallen: het was haar zwaar gevallen. Dat was geen excuus, maar wel de verklaring. Ze dacht dat ze kon werken, die idiote drang om maar niet op te geven, om zichzelf te bewijzen, die was als een boemerang in haar gezicht geslagen. Het enige lichtpunt in die hele periode was dat de ontploffing van de politieauto – veroorzaakt door een door Oswald geplaatste bom – geen slachtoffers had gemaakt.

Dat was de avond dat Oswald door de mand was gevallen. Hij was gezien, 's ochtends vroeg, bij die auto. Terwijl hij zich onbespied waande, had Wilson van een afstandje toegekeken en zich afgevraagd wat een rechercheur nu te klussen had aan een van de dienstwagens. Daar hadden ze een contract met een garage voor. Zijn politie-instinct had hem niet in de steek gelaten en uit automatisme had hij enkele foto's gemaakt voor je wist maar nooit. Toen hij de foto aan Susanna had gestuurd, was ineens alles op z'n plek gevallen. Twee minuten voordat de auto was geëxplodeerd, had ze haar collega's eruit gehaald. Geschreeuwd dat ze snel moesten zijn, getrokken aan hun armen. Daarna was de auto ontploft, en daarmee de zaak. En het nieuws.

Belastinggeld, die term viel dan ook altijd in de media. Belastinggeld was verspild, de criminelen gingen vrijuit. Nu klopte dat niet helemaal, want van de vier hoofdverdachten waren er twee veroordeeld tot lange straffen. Maar daar keek niemand meer naar toen die andere twee het stof van hun mouw klopten en als vrije vogels het strijdtoneel verlieten, met dank aan de informatie die ze van Oswald hadden gekocht en zijn succesvolle inspanningen om het onderzoek te saboteren. Twee van de grootste drugshandelaren van het eiland waren door Susanna's vingers geglipt en nog altijd trok haar maag samen bij dat idee. Achteraf was het doodeenvoudig om alle signalen te zien en de rijksrechercheurs, die erbij betrokken waren omdat het een zaak betrof waar agenten een rol in speelden, hadden geen mogelijkheid onbenut gelaten om haar te wijzen op wat ze allemaal had gemist. Er was zelfs nog even sprake geweest van een vermoeden van betrokkenheid, maar toen daar – terecht natuurlijk – geen enkel bewijs voor was gevonden, was die denkrichting doodgelopen. Toch vond Susanna het lastig dat niet alleen de rijksrecherche maar ook Van Raadt de gedachte had gehad dat zij zichzelf aan de criminelen had verkocht. Ze had misschien haar scherpte gemist, maar op haar rechtgeaardheid viel niets af te dingen. Het was het belangrijkste wat ze had als politievrouw.

Officieel waren er voor haar geen gevolgen geweest, maar het vertrouwen van Van Raadt was ze kwijtgeraakt. Nadat ze eerst één en daarna een tweede, derde en vierde onbeduidende zaak toegewezen had gekregen plus een rol als hulpkracht bij een liquidatieonderzoek – waar ze vroeger de leiding zou hebben gehad – wist ze dat het tijd en veel inspanning zou vergen om haar oude positie terug te verdienen. Van Raadt was niet onredelijk maar wel star. En er was natuurlijk die eeuwenoude wetmatigheid over vertrouwen. Het kwam te voet...

Soms dacht ze nog aan Oswald. Oneervol ontslag was het minst erge deel van zijn straf geweest. De tijd die hij nu doorbracht in Bon Futuro leek haar een stuk erger. Ze zag zichzelf niet als haatdragend en ook niet als verbitterd, maar zelfs met grote inspanning slaagde ze er niet in om wat compassie op te brengen voor zijn dagen in de beruchte, bloedhete en vaak gewelddadige gevangenisomgeving.

Haar koffie begon lauw te worden en ze dronk het

kopje snel leeg. De cafeïne deed zijn werk en ze verplaatste haar aandacht van gedachten aan het verleden naar het onderzoeksdossier op haar computer. Alles stond er geordend in: de getuigenverklaringen, het bewijsmateriaal, tips die mogelijk bruikbaar waren maar nog verder uitgezocht moesten worden. En vanmiddag was er weer een nieuw tabblad aan toegevoegd. Die ontploffing. Susanna was ter plekke geweest om met eigen ogen te aanschouwen dat van de kleine, houten villa niets meer over was. Beachvilla nummer 8, de laatste op het rijtje. De mooiste ook, zo had de hotelmanager haar verteld toen hij met duidelijk verdriet op zijn gezicht had toegekeken hoe de laatste resten van het huisje werden geblust. Daarna was er niets dan smeulend, stinkend hout overgebleven. 'De bedrading is vorige maand nog nagekeken', waren de ontredderde woorden van de manager geweest voor hij zich had omgedraaid en weg was gelopen.

Esmée was er ook geweest, gestoken in een strandjurkje met een bikini eronder. 'Ik was vrij', had ze gezegd, al net zo aangeslagen als haar baas. 'Maar Leandro en ik...'

Susanna had eruit opgemaakt dat ze met haar collega op het terras had gezeten toen ze het nieuws hadden gehoord, waarna ze meteen in de auto waren gestapt. Al het personeel was ontdaan geweest, had Susanna gemerkt. De gasten natuurlijk ook. Weer een knauw in het vertrouwen dat het Curaçao Beach Resort, als ze de stroom aan lovende reviews mocht geloven, doorgaans had bij vakantiegangers. De overval had het gevoel van veiligheid al aangetast, en nu zo'n ontploffing.

Concurrentie, krabbelde ze op een blaadje, met een vraagteken erachter. Het aantasten van diens goede naam was een zeer effectieve manier om een concurrent uit te schakelen of die in elk geval gevoelige schade toe te brengen. Er waren diverse vergelijkbare resorts waarmee het CBR om de gunst van de gast vocht. Had het management van een van die resorts besloten het spel niet langer volgens de wetten van de markt te spelen?

Ze liet haar gedachten de vrije loop. Het was een logisch idee, maar tegelijkertijd kon ze het zelf al meteen helemaal lekschieten. Het toerisme had zich sinds de coronadip weer helemaal hersteld en de grote vijfsterrenresorts hadden over gebrek aan gasten niet te klagen. Het Curaçao Beach Resort zat in het hoogseizoen op een zeer lucratieve bezettingsgraad, en dat gold voor vergelijkbare resorts als Papagayo en Chogogo net zo goed. Bovendien waren dit allemaal grote resorts met minstens zo grote investeerders erachter die het spel van de markt speelden zoals het bedoeld was, met concurrentie op prijs en service, niet op smerige manieren om elkaar onderuit te halen. Of het moest gaan om een persoonlijke vete, maar Susanna had moeite te bepalen met wie dan. Ricardo, de hotelmanager, was niet de eigenaar en bezoedeling van de goede naam van het resort zou vervelend voor hem zijn, maar ze kon zich niet voorstellen dat hij er persoonlijk kapot aan zou gaan. Hoger in het management bevonden zich Amerikanen die dit resort, en een aantal andere in het Caribisch gebied, vanuit Miami bestuurden. Ook zij waren slechts onderdeel van de holding, dus het idee van twee resortmanagers die met elkaar een langlopende vete om de gunst van de gast uit te vechten hadden, ging op heel veel gebieden mank. Daar kwam bij dat het dan wel een eenzijdige vete was. Bij geen van de andere luxe resorts was sprake van gebeurtenissen die de goede naam beschadigden.

Susanna onderstreepte het woord dat ze had opgeschreven en tekende er vervolgens een kringeltje omheen, maar dat was niet om het geheel meer nadruk te geven. Morgen zou ze de resortmanager spreken en hem bevragen over deze optie, maar eigenlijk geloofde ze er zelf niet in. Er moest iets anders zijn, een aanwijzing die ze nog niet had opgepikt.

Cover-up. Ook dat woord kwam op haar blaadje terecht, ook dat woord onderstreepte ze nadenkend. Een brand kon heel veel effectief laten verdwijnen, zolang het niet van staal was natuurlijk. Geld, papieren, lichamen, ze had het allemaal smeulend of zwartgeblakerd voorbij zien komen in haar loopbaan. Uiteindelijk waren de contouren misschien nog herkenbaar, maar de details niet. Nog altijd was er een 'slachtoffer X' in een mensenhandelzaak waaraan ze had gewerkt – het lichaam was zo verminkt dat er geen identificatie mogelijk was, uitsluitend dat het om een man ging. DNA-onderzoek, gebitsidentificatie: het had allemaal niets opgeleverd. En het was ook nooit gekoppeld aan een vermissing. Het vermoeden bestond dat het onfortuinlijke slachtoffer een loopjongen was die huis en haard achter zich had gelaten voor een carrière in het criminele circuit, die roemloos was geëindigd in een uitgebrande loods in Sint Willibrordus. Zolang niemand zich voor een verkoold lichaam meldde, zou de identiteit altijd onopgehelderd blijven.

Ze keek weer naar haar papiertje. Een brand als cover-up, het was een logische gedachte. Had er in het huisje iets verscholen gelegen dat niet gevonden mocht worden? Geen lichaam, want dan zouden ze daarvan resten hebben gevonden. Maar er waren nog genoeg andere dingen te bedenken.

Toch was het, bedacht ze na een paar tellen, geen logische manier om eventueel belastend materiaal te verbranden. Een vuurtje op een stille plek was dat wel, of een afgelegen huis of oude schuur die vlam vatte. Maar een accommodatie op een luxe resort trok veel aandacht.

Aan dat laatste woord bleven haar gedachten hangen. De aandacht. Dat was precies wat er gebeurde. Eerst de overval, die breed was uitgemeten in de media. Nu die brand waarvoor hetzelfde zou gelden. Ze wist niet wiens blik ernaar getrokken moest worden of voor wie de waarschuwing gold die ervan uitging, maar de gedachte dat het allemaal draaide om dreiging of vergelding, was de meest logische die ze tot nu toe had gehad.

Er kwam een berichtje binnen op haar telefoon, ze werd uit haar gedachten gehaald toen het scherm oplichtte. Ook al was het al over elven, het appje kwam van Hailey Luciano, een van de rechercheurs uit het team. *Kan ik je bellen?*

Susanna tikte meteen op het telefoonsymbooltje. 'Jij bent nog laat aan het werk', zei ze toen Hailey opnam. Verbaasd daarover was ze niet. Hailey was nu halverwege de twintig en had grote ambities binnen de recherche. Aan welke zaak ze ook werkte, ze ging altijd tot het uiterste.

De jonge rechercheur liet een lachje horen. 'Insgelijks. Kijk even in je mail.'

Susanna klikte Outlook aan en zag het bericht van Hailey. 'De foto', zei haar collega. 'Dit is gevonden in het afgebrande huisje.'

Met opgetrokken wenkbrauwen tikte Susanna de bijlage aan. Op haar scherm verscheen een foto van een geblakerde rechthoek, die nog net herkenbaar was als een naamplaatje dat het hotelpersoneel op hun kleding droeg. Een van de palmbladeren van het CBR-logo was verbrand, de twee andere waren nog te zien. Eronder stond de naam te lezen van de eigenaar van het plaatje. Hoewel de eerste en laatste letters onleesbaar waren, leed het geen enkele twijfel van wie het afkomstig was.

Esmée Achterberg.

'Hm', zei Susanna terwijl haar gedachten zichzelf automatisch in beweging zetten. Er buitelde van alles over elkaar heen. 'Waar is dit precies gevonden?'

'In wat de woonkamer van het huisje was. Die villa's hebben allemaal een kleine woonruimte met wat meubels en een keukenblok, en afhankelijk van het model dan nog twee, drie of vier slaapkamers. En een badkamer natuurlijk. Deze villa was er eentje met vier slaapkamers.'

'En dit lag in de woonkamer', zei Susanna nadenkend.

'Ja, niet ver van waar de bank stond.'

Susanna zoomde in op de foto. 'Maar zou het niet verbrand moeten zijn? Van de meubels zelf is weinig over.'

'Dat hangt ervan af', zei Hailey. 'Het huisje was voorzien van een automatische sprinkler die zichzelf activeerde bij brand. Als het kaartje net in de straal van die sprinkler heeft gelegen, is het mogelijk dat het niet helemaal door de vlammen is verwoest.'

Susanna dacht aan de smeulende hoop zwartgeblakerd hout die van het huisje was overgebleven. 'Goede sprinkler', zei ze met een rimpel in haar neus.

'Uitsluitend vertragend bedoeld', wist Hailey. 'Stel dat de bewoners van zo'n huisje liggen te slapen en er breekt brand uit, dan staat de hele villa in lichterlaaie voordat ze goed en wel hun ogen hebben geopend. De sprinkler geeft een goede kans op ontsnapping.' Ze zweeg even. 'Al zal de ontploffing er in dit geval waarschijnlijk toe hebben geleid dat eventuele aanwezigen geen kans hadden. Het moet een flinke klap zijn geweest.'

Susanna knikte. De brandweer was nog bezig met het onderzoek naar de oorzaak van de brand. Ze verwachtte de resultaten daarvan morgen, maar iedere getuige die ze hadden gehoord, had gerept over een harde knal waarna het dak van de villa de lucht in was geschoten en de rest vrijwel meteen was uitgebrand.

Een te heet geworden oplader, een doorgebrande stroomdraad, een gaslek – ze moest niet uit het oog verliezen dat een ontploffing vele oorzaken kon hebben die allemaal in de categorie 'pech' vielen. Maar, zo bedacht ze toen ze in- en uitzoomde op de foto op haar scherm, de naambadge was op z'n minst een opmerkelijke vondst.

Ze bedankte Hailey, drukte haar collega op het hart om er voor vanavond een eind aan te breien, beloofde hetzelfde te zullen doen, en hing toen op. Daarna keek ze een tijdje naar haar scherm, alleen met haar gedachten. Ze schreef de naam op het papier, omcirkelde die en tikte er nog een paar keer met haar pen tegenaan.

Esmée Achterberg.

De vrouw verscheen voor haar geestesoog. De kreukloze frontdeskmanager. De smetteloze werknemer, een en al gastvrijheid. De vrouw met de grote blauwe ogen die zo helder en vriendelijk de wereld in keken. Helder en vriendelijk... Susanna kneep haar eigen ogen samen. Die woorden waren zeker van toepassing, maar er was meer. Achter die helderheid leek iets verscholen te gaan, de vriendelijkheid was oprecht maar ook wel erg correct. Ze had geprobeerd erdoorheen te prikken, maar was daar op geen enkele manier in geslaagd. Esmée was erg bedreven in haar rol en als er iets schuilging achter wat ze van zichzelf liet zien, dan had ze het goed en vakkundig opgeborgen – bijna alsof ze eraan gewend was dat deel niet te laten zien, alsof het een ingesleten automatisme was waar ze al niet eens meer actief op hoefde te letten. Ze was zo meewerkend en voorkomend, maar, zo vroeg Susanna zich af terwijl ze nog een kringeltje om de toch al omcirkelde naam zette, wat was datgene wat Esmée níét vertelde?

Haar gedachten werden onderbroken door een geluid uit de kinderkamer. Het kostte een paar tellen om van de zaak terug te schakelen naar hier en nu, haar huis, het gehuil van haar zoontje. Ze stond op en liep vlug naar hem toe. Hoe eerder ze zijn huilbui kon smoren, hoe groter de kans dat hij makkelijk verder sliep.

Vlug tilde ze Robbie uit zijn bedje, wiegde hem in haar armen, maakte sussende geluidjes. Hij keek naar haar met zijn grote, bruine ogen. Hij was klaarwakker, stelde ze een tikje moedeloos vast. Ze ging in de schommelstoel zitten, dit zou een lange avond worden.

Terwijl ze haar zoontje wiegde, gleden haar gedachten weer naar de zaak. Dat met dat telefoonnummer van die Amanda kwam opnieuw in haar op. Een pakketje dat wordt bezorgd, een overval, een telefoonnummer dat ineens niet meer blijkt te bestaan – toeval? Het kon. Het was mogelijk dat er toevallig een pakketje voor Amanda was bezorgd, en daarna toevallig geroofd. Dat het nummer van diezelfde Amanda daarna toevallig was afgesloten. Dat er toevallig een naamkaartje was gevonden. Dat er toevallig een kreukloze frontdeskmanager betrokken was.

Allemaal mogelijk, maar ze geloofde er niet in. Als er een zwart-wit dier in de wei staat dat lijkt op een koe, is het meestal geen zebra, zo leerde een van haar mentoren haar ooit. Die man had diezelfde wijsheid al dertig jaar bij de politie in Utrecht gepredikt en had zich niet genoodzaakt gevoeld hem aan te passen aan de omstandigheden op de Antillen, waar de weilandjes met zwart-witte koeien die het Nederlandse landschap kenmerkten, volledig ontbraken. 'Jullie snappen hem', had hij alleen maar gezegd.

Het duurde nog een tijd voor Susanna kon opstaan. Toen het moment aanbrak dat Robbie diep in slaap was en ze hem eindelijk in zijn bedje kon terugleggen, had ze in haar hoofd het gesprek al heel vaak gevoerd. De vragen die ze wilde stellen, had ze geformuleerd. Ze trok het lakentje van haar kind op tot aan zijn schoudertjes, aaide hem over zijn bolletje en sloot zachtjes de deur.

Aan tafel wekte ze haar computer weer tot leven. Susanna keek op de klok en rekende snel uit dat het in Nederland bijna halfnegen in de ochtend was. 'Nou,' mompelde ze voor zich uit terwijl ze haar telefoon naar zich toe trok, 'dan barsten ze bij de politie in Amsterdam vast van de energie om een paar vragen te beantwoorden.'

Hoofdstuk 11

Het klokje in het dashboard wees iets na negen uur in de avond aan toen Esmée de motor van haar pick-up startte en het terrein van het resort af reed. Alles aan haar rook naar brand, van haar haren tot haar teenslippers, en ze vreesde dat de geur ook na het douchen nog lang zou blijven hangen. Of misschien zou die vooral in haar herinnering blijven. De kracht van geur bij herinneringen was immers vele malen groter dan wat ogen of oren je vertelden.

Al logen haar ogen ook niet. Het beeld van het afgebrande huisje, tot voor kort de parel van de beachvilla's, de oase die bovenaan de website prijkte, het ultieme vakantieparadijs – dát huisje was tot niets dan een stapel zwartgeblakerd, sissend en stinkend hout vergaan met hier en daar het geraamte van een bank of bed. Een ontploffing, dat hadden alle gasten die het hadden zien gebeuren al gezegd. De brandweercommandant had bevestigd dat de enorme brand en rookontwikkeling ook goed in die richting konden wijzen. Er waren video's van net na de ontploffing opgedoken, die door de politie geanalyseerd zouden worden. Die ene video die aan alle speculatie een einde zou maken, drukte als een loden gewicht op al Esmées organen. Ze had hem moeten laten zien aan de politie, natuurlijk. In plaats daarvan had ze hem in paniek verwijderd.

Waarom? Dat ene woord bleef maar door haar hoofd gaan en het bleef maar onbeantwoord. Waarom zij? Waarom Jackie? Waarom het resort? Waarom de overval? Waarom de ontploffing? Waarom het geweld? Dezelfde vragen gingen door en door, als een centrifuge waarvan ze de uitknop niet kon vinden. Misschien zou ze het nog wel aan de politie hebben verteld, op dit punt. Als het alleen haarzelf betrof: zelfs als ze de politie, of het hotelmanagement, niet kon overtuigen van het feit dat ze niets met al die vreselijke gebeurtenissen te maken had, zou ze dat accepteren. Ontslag nemen, ontslagen worden, desnoods Curaçao verlaten – het voelde nu als een luxe om die optie nog te hebben. Sinds die foto was alles veranderd.

Jackie, de ontploffing, de beelden wisselden elkaar zo

snel af dat ze uiteindelijk in elkaar overliepen. De foto van Jackie was recent genomen, met die goudblonde plukken in haar haar. Stukje eraf. Ze had een selfie gestuurd vanuit de kappersstoel, allemaal van die folietjes op haar hoofd. *Contact met Mars!!!*

Die rode voordeur, de ring in de muur waar Jackie altijd haar fietsslot aan vastmaakte sinds haar vorige fiets was gestolen. En die ervoor ook.

Ze had van alles op Amanda afgevuurd aan de telefoon. Waarom Jackie? Wat had zij ermee te maken? Waar ging dit in vredesnaam allemaal om? Wat had Esmée er zelf mee te maken? 'Ik ken jou niet!' had ze geroepen, geschreeuwd. 'Jij kent mij niet! Als je iets van het hotel wil...'

Amanda had niet geantwoord. Midden in een zin van Esmée was de verbinding verbroken. Niet lang daarna had Amanda nog een bericht gestuurd met een herhaling van de suite die ze geboekt wilde hebben. Een tweede bericht was een minuut of vijf later gekomen.

Als de politie hiervan weet, weten wij haar te vinden.

Esmée hoefde niet te vragen wie 'haar' was. Met trillende vingers had ze nadat ze bij de afgebrande villa was geweest in de beslotenheid van haar eigen kantoor ingelogd in het systeem. De kamer in orde gemaakt. Geboekt op de naam die Amanda had doorgegeven, met de identiteitsbewijzen die ze ook had gestuurd en waarvan Esmée vermoedde dat die vals waren. Een kamer boeken voor twee uur ging niet, het systeem liet dat simpelweg niet toe. Ze had er een nacht van gemaakt. Nog steeds ongebruikelijk, in een resort als het CBR bleven mensen doorgaans voor de duur van een hele vakantie. Maar een nacht zou geen vragen oproepen. Boekingen werden niet gecontroleerd. Ze kon zeggen dat deze telefonisch was binnengekomen, dat het paspoort bij het inchecken was gescand. Ze kende het systeem goed genoeg om te weten dat het niet traceerbaar was of een paspoort via de scanner of via het uploaden van een pdf aan de gastgegevens was toegevoegd.

Ze schudde haar hoofd terwijl ze voorrang verleende aan een politieauto, de zoveelste. Waarom hád ze dit soort gedachten? Waarom moest zij nu denken als een schuldige, als iemand die iets te verbergen had? Wat had ze in vredesnaam gedaan?

Niets, dat wist ze zeker. Dat met die pakketjes was op geen enkele manier strafbaar. Amanda en wie het ook was met wie ze werkte, hadden niets om haar onder druk te zetten. Ze had niemand iets beloofd, nergens aan meegewerkt. En dan nu ineens die foto... Ze had Jackie een berichtje gestuurd – niets bijzonders, gewoon informeren hoe het ging. Jackie had niet geantwoord. Esmée herinnerde zich iets over een tentamen, maar toch maakte het gebrek aan een antwoord haar onrustig. Als ze dacht aan de foto kneep er iets samen in haar borst. Schuldgevoel, al wist ze niet waaraan ze schuldig was.

Ze had er alsnog aan gedacht, de politie. Alles vertellen, inclusief de dreigementen aan het adres van haar halfzusje. Vragen om bescherming, dat kon, de politie deed dat toch vaker? Maar ze durfde het niet. Ze was ervan overtuigd dat Amanda het meteen zou weten als ze met de politie praatte. Dat zij en de mensen met wie ze samenwerkte, hun dreigementen zouden uitvoeren nog voor de politie ook maar iets van bescherming had georganiseerd – als de politie het al serieus genoeg nam om bescherming te regelen.

Maar waar eindigde dit? Nu was het een kamer, maar wat kwam hierna? De naïviteit te denken dat het vanzelf zou stoppen, verdween als ze ook maar even aan Timo dacht. Ze wist niet waarvan ze onderdeel was geworden, ze wist ook niet of haar situatie en die van hem op elkaar leken, maar ze wist wel dat dit soort dingen niet zomaar voorbijgingen.

Ze drukte haar gedachten weg. Die maakten haar alleen maar nog nerveuzer dan ze al was. Ze moest hierover nadenken, maar niet nu. Niet met het verbrande strandhuis en de foto van Jackie op haar netvlies. Eerst tot rust komen. Misschien straks even Jackie bellen om te horen of alles goed was. Pas als ze dat zeker wist, kon ze verder denken. Ze geloofde niet dat wat er nu gebeurde met haar persoonlijk te maken had. Het moest iets met het hotel zijn – en zij was blijkbaar het doelwit van Amanda en haar organisatie geworden. Het had net zo goed Leandro kunnen zijn, of Angeline. Of misschien kwam het juist doordat ze uit Nederland kwam. De afstand maakte dat ze nog banger was dat Jackie iets overkwam, vanuit hier kon ze haar niet beschermen. Ze pakten je waar je kwetsbaar was, natuurlijk.

Ze stuurde de auto door de straten van Willemstad. De cafeetjes waren open, op straat was een dansfeest aan de gang. Ze staarde ernaar als door melkglas. Het gebeurde voor haar ogen, maar het kwam niet binnen. Het idee om zorgeloos feest te kunnen vieren kwam haar onwerkelijk voor, al had ze tot voor kort zelf niet anders gedaan.

De drukte maakte plaats voor de rustige straatjes in haar eigen buurt. Er was nog een plek vrij op de parkeerplaats. Ze zette de auto er vooruit in, stapte uit en struikelde bijna in haar haast om thuis te komen. Ze verlangde naar de stilte, de beslotenheid van haar eigen muren. Uit haar tas haalde ze alvast de sleutel tevoorschijn. Nog één bocht, de laatste hoek, en dan...

Ze wist niet of de persoon van links of rechts kwam. Haar hart sprong zo hard omhoog dat ze een gil niet kon onderdrukken. Snel wilde ze een verontschuldiging maken en doorlopen, maar het volgende moment werd haar arm vastgegrepen. 'Esmée', zei een stem die ze inmiddels veel te goed kende. Met een ruk stond ze stil. Haar hart, toch al niet tot bedaren gekomen, begon wild te bonken. Ze probeerde haar arm los te trekken, maar de hand gaf niet toe. 'Blijf staan', zei Amanda. 'En wees stil.'

Ineens verdween de hand, maar Esmée verroerde zich nog altijd niet. Haar lichaam leek in ijs te veranderen in nabijheid van deze vrouw. 'Wat wil je?' vroeg ze, bijna fluisterend.

Amanda staarde alleen maar. Onschendbaar, zoals ze daar stond. Woorden leken op haar af te ketsen als op de gevel waar ze tegenaan leunde. De openheid en interesse in haar blik van hun avond aan de bar waren allang verdwenen. Er was iets voor in de plaats gekomen dat natuurlijker voor haar leek te zijn. Iets onheilspellends, en geringschattends.

'Is de kamer geregeld?' vroeg ze met een zachte, maar ferme stem. Bij haar leek iedere vorm van nervositeit te ontbreken, iedere vorm van stress. Misschien was het juist wel die kalmte die angstaanjagend was. Zij bepaalde wat er gebeurde, ze had de volledige controle. Esmée had gewild dat ze de moed had om door te lopen, om afgemeten mee te delen dat ze niet van plan was om nog langer te doen wat haar werd opgedragen. Om gedecideerd de deur te sluiten, zowel letterlijk als figuurlijk.

'Leuk zusje heb je', zei Amanda terwijl ze haar nagels bestudeerde.

Die vier woorden deden Esmée bijna ontploffen. Een golf van woede, van angst, van frustratie trok door haar heen. 'Waarom?' vroeg ze, tranen in haar ogen, wanhoop in haar stem. 'Waarom zij? En waarom... ik?'

Amanda hield haar hoofd schuin, tuitte haar lippen en blies toen haar adem uit. Haar gezichtsuitdrukking deed denken aan die van een moeder die een onwillige peuter voor de zoveelste keer de regels moest uitleggen. 'Al die vragen...' zuchtte ze.

'Ja, al die vragen! Natuurlijk al die vragen!' Hoe onkreukbaarder Amanda zich gedroeg, des te gefrustreerder Esmée raakte. 'Ik heb jou niets misdaan. Jou... jullie... Ik weet niet eens wie jullie zijn!'

Amanda trok een beetje met haar mond alsof ze iets tussen haar tanden heen en weer liet gaan. Met haar linkerhand duwde ze haar zwarte, steile haar over haar schouder naar achteren. Al die tijd keek ze naar Esmée, maar zonder enig teken dat ze haar opmerking had gehoord of de intentie had erop te reageren. Esmée staarde haar aan. Amanda was zelfs met hakken aan bijna een halve kop kleiner dan zij, maar dat leek haar niet te deren. Esmée vroeg zich af of Amanda wel alleen was. Ze keek om zich heen, een beweging die Amanda een lachje ontlokte dat niet erg gemeend leek. 'We slaan je heus niet in elkaar, hoor', zei ze met iets van minachting. Bij Esmée kwam de vreemde gedachte op dat dat juist zou voelen als een opluchting. Een paar rake klappen, een bloedneus, blauwe plekken – ze zou blij zijn als het daarmee afgedaan was.

'Wat wil je?' vroeg ze nog maar weer eens. 'Ik weet niet wat je denkt, maar ik kan niets voor je doen. Ik ben niet...' Crimineel, dat was het woord dat ze nu kon zeggen, maar ze slikte het in. 'Aan mij heb je niets', zei ze daarom maar.

Op Amanda's gezicht verscheen weer die zweem van ongeduld. Ze schudde lichtjes met haar hoofd maar het was alsof ze daarmee reageerde op een gedachte, niet op wat Esmée zei. Uiteindelijk duwde ze haar tong tegen haar lippen, opende haar mond en vroeg: 'Denk jij ook weleens: wat zou Timo hebben gedaan?'

De naam kwam zo onverwacht dat Esmée het gevoel had dat die met een klap op haar hoofd landde. 'Timo?' Ze keek vertwijfeld terug. 'Ti...'

'Ja, Timo.' Amanda maakte haar ogen groot en toen weer klein. Ze wachtte een paar tellen. De irritatie verzwaarde haar stem toen ze uiteindelijk zei: '*My God*, Esmée, je broer was een stuk sneller van begrip dan jij.'

Dat slapen, dat zou nog een probleem worden, bedacht Susanna toen ze al ruim een uur van de ene op de andere zij had gedraaid – het nadeel van de avonduren gebruiken voor werk dat haar opslokte, dacht ze enigszins laconiek toen ze op haar telefoon zag dat het al bijna vijf uur in de ochtend was. Door het openstaande raam waaide een briesje dat het citroengele gordijn deed opbollen. Voor haar huis stond een lantaarnpaal die z'n lichtstraal naar binnen wierp als het gordijn even plaatsmaakte. De spijlen van het traliehek voor het raam – ze had te vaak aan inbraakzaken gewerkt om op de begane grond zonder traliehekken te kunnen slapen – zorgden voor langgerekte schaduwen op de vloer. Ergens dichtbij blafte een hond, vanuit de verte reageerden de zwerfhonden. In haar hoofd ging een naam rond.

Timo Achterberg. Zesentwintig jaar en vier maanden oud toen op 9 oktober drie jaar geleden drie kogels – twee in de hartstreek, één in de buik – een einde aan zijn leven maakten. Zwaargewond was hij na de liquidatie gevonden op een industrieterrein in Amsterdam-Noord. In het ziekenhuis was hij overleden. 'Doorzeefd', zo had het gestaan in het krantenbericht dat ze op internet had gelezen. 'Duidelijke zaak', waren de woorden geweest van de rechercheur die ze na wat doorverbinden aan de telefoon had gekregen. 'Hij was ook al enige tijd bekend in ons systeem.'

De rechercheur, die Wim Jonassen heette, was aan een opsomming begonnen. Eerst wat kruimelwerk, waarvoor Timo een paar keer voor de rechter had gestaan. Daarna was hij betrokken geweest bij serieuzere zaken en kwam hij regelmatig in politieonderzoeken voor. Zijn naam was ook vaak genoemd bij een grote drugsvondst in de haven van Antwerpen, maar zijn rol was niet duidelijk geworden. Was hij smokkelaar, handelaar, loopjongen? Dat laatste niet, daar was de rechercheur duidelijk over geweest. Zijn positie moest, zeker richting het einde van zijn leven, hoger in de organisatie worden gezocht, maar zeker niet in de hoogste regionen.

'En de liquidatie?' had Susanna gevraagd.

'Mogelijk een verband met die onderschepping', was het antwoord van Wim Jonassen geweest. 'Het onderzoek heeft geleid in de richting van de mocro's en het is aannemelijk dat de partij deels vanuit die hoek was voorgefinancierd. De grootste financiële klap viel daar dus ook en je weet misschien wel dat de mocromaffia erom bekendstaat dat het geweld niet wordt geschuwd.'

'Waar wel', had Susanna met een zucht gezegd. 'Hier op Curaçao krijgen we ons deel ook.'

'Klopt, maar de mocromaffia is uitzonderlijk gewelddadig. Het aantal liquidaties neemt hand over hand toe en we gaan ervan uit dat ook Timo Achterberg daarvan het slachtoffer is geworden. Of nou ja, slachtoffer...' Het was duidelijk dat de rechercheur niet overliep van medeleven met de broer van Esmée. 'Als je, zoals hij, wil meedoen met de grote jongens, krijg je ook te maken met de bijbehorende grote risico's. Als de partij cocaïne niet was onderschept, heb je het over een straatwaarde van zo'n acht miljoen euro, waarvan het grootste deel van de winst in de zakken was verdwenen van de groep waartoe ook Timo Achterberg behoorde. Maar als het fout gaat, blijft dat niet zonder gevolgen.'

'Iemand moet bloeden.'

'Precies. En waarom hij... tja, dat is de vraag.' De man had een geluid gemaakt dat van alles kon betekenen. 'Het onderzoek liep al snel dood. Het vermoeden bestaat dat de moordenaar of moordenaars naar het buitenland zijn verdwenen. Huurlingen, uiteraard.'

Susanna had geknikt. Het was een bekende manier van werken bij liquidaties.

'En hoe zit het met zijn familie?' had ze gevraagd.

Daar kon de rechercheur kort over zijn. 'Voor zover wij weten waren die het contact met hem al een tijdje kwijt. Althans, het soort contact waarbij je nog invloed op iemand hebt.'

‘Geen betrokkenheid?’

‘Nee, dat lijkt me sterk. Voor zover wij dat konden nagaan, waren er in het gezin geen problemen die ertoe hebben geleid dat hij van het rechte pad af is gedreven.’ In de stilte die volgde, had Susanna gehoord dat er aan de andere kant van de lijn op een toetsenbord werd getikt. ‘Wat is de voorliggende zaak bij jullie?’

‘Een overval op een resort, kort daarna gevolgd door mogelijke brandstichting.’

Wim Jonassen had tussen zijn tanden gefloten. ‘Enig idee van het motief?’

‘Lastig te zeggen. We weten ook niet of de twee zaken gerelateerd zijn, maar als in zo’n luxe hotel de ene dag een overval wordt gepleegd en een paar dagen later ontploft er een beachvilla, dan is een verband de moeite van het onderzoek waard.’

‘Logisch’, vond de Nederlandse rechercheur. ‘En wat is de band met Timo Achterberg?’

‘Zijn zus Esmée is werkneemster van het hotel.’ Susanna had besloten haar informatie beknopt te houden. ‘Er zijn een paar onderzoekslijnen die nagelopen moeten worden en daarvoor is het noodzakelijk om achtergrondinformatie over haar te hebben.’

‘Hm.’ Er was een korte stilte gevallen, alsof de rechercheur zijn woorden woog. ‘Ik heb destijds de gesprekken met haar en haar moeder gevoerd en laat ik het zo zeggen: bij ons is er nooit enige aanwijzing geweest dat er sprake was van betrokkenheid bij de activiteiten van haar broer.’

'Maar?' vroeg Susanna, die had aangevoeld dat de zin niet helemaal eindigde bij dat laatste woord.

'Er waren destijds wel een paar bijzonderheden, maar die hadden niets met de familie te maken.'

Susanna ging wat meer rechtop zitten. 'Wat dan?'

'Er is bij de politie een tijdlang waardevolle informatie binnengekomen over bepaalde personen die zich met smokkel en handel bezighielden, en vooral met een grote witwasoperatie. Naar aanleiding daarvan zijn diverse arrestaties gedaan en daar zijn veroordelingen uit voortgekomen. Als je de lijnen van die informatie terug volgt, is het een waarschijnlijk scenario dat deze bij Timo Achterberg vandaan komt.'

'Dus hij heeft met de politie gepraat?'

'Niet als getuige, maar er is in een aantal onderzoeken sprake geweest van anoniem verkregen informatie. Pas nadat Timo geliquideerd was, hebben we kunnen vaststellen dat het gaat om specifieke informatie waarvan slechts een klein aantal personen op de hoogte was. En vooral de combinatie van de feiten die zijn genoemd, maakt dat je bij hem uitkomt. Maar bij de politie heeft hij zich nooit met zijn identiteit bekendgemaakt.' De politieman haalde diep adem. 'En we kunnen het hem niet meer vragen.'

'Maar als...'

'Als dat zo is, heeft hij er in elk geval aan bijgedragen dat een paar zeer grote jongens uiteindelijk veroordeeld zijn. En dat zal binnen zijn kringen niet in goede aarde zijn gevallen.'

'Waarom zou hij zoiets gedaan kunnen hebben, denk je?'

'Tja...' Rechercheur Jonassen dacht even na. 'Het zou kunnen dat hij plotseling had besloten om de wereld een mooiere plek te maken en de grote criminelen achter slot en grendel te krijgen.'

'Wat denk je?' had Susanna gevraagd, die hem ongemerkt was gaan tutoyeren. 'Is dat een realistisch scenario?'

'Ik heb mijn twijfels, maar het valt niet uit te sluiten. Iemand kan altijd in gewetensnood komen, zelfs na jaren in de onderwereld.'

'Maar...'

'Maar waarschijnlijker is dat er voor Timo gewin te behalen viel als hij zijn bazen of concurrenten uitschakelde. Met de informatie die hij had, was dat voor hem niet zo moeilijk. Maar je weet zelf ook wel dat in de onderwereld de allerzwaarste straf staat op verklikken bij de politie.'

'Liquidatie.'

'Precies. Misschien had hij zelf wel grotere ambities en vond hij dat de bazen te veel geld kregen voor te weinig werk.' Hij had een lachje laten horen. 'Die bendes zijn wat dat betreft soms net normale bedrijven.'

Susanna had ook geglimlacht. 'En ook daar is vaak een werknemer te vinden die uiteindelijk voor eigen gewin gaat.'

'Zo is het. En of Timo Achterberg ook die persoon is geweest... wie zal het zeggen.'

Susanna had Wim Jonassen bedankt voor zijn tijd en daarna had ze de verbinding verbroken. Ze was op internet gaan zoeken naar informatie over de liquidatie en was gestuit op een aantal nieuwsberichten waarin alleen de feiten werden vermeld. In twee achtergrondartikelen was verder ingegaan op het geweld in de Amsterdamse onderwereld en de met name jonge slachtoffers die daarbij vielen. Jonge – voornamelijk – jongens die op het verkeerde pad waren geraakt en voor een schijntje bereid waren zware misdrijven te plegen. Zelfs moord werd niet geschuwd, en dat voor een paar duizend euro. De beweegredenen van deze jongens waren soms te banaal voor woorden: een paar dure sneakers kon al reden zijn om een misdrijf te begaan waar twintig jaar gevangenisstraf op stond, of zelfs meer. De politie had de handen er vol aan. Susanna had zich na het lezen van het artikel wat moedeloos gevoeld. Het bestrijden van de misdaad en daarmee het veiliger maken van de wereld was haar grootste drijfkracht. Het was de reden dat ze als achtjarige had aangekondigd dat ze bij de politie zou gaan werken – nou ja, dat, en het gegeven dat ze de uniformen zo mooi vond – en het was wat haar elke dag weer motiveerde. Ergens in haar hoofd zweefde ook de overtuiging dat een deel van de mensen die met de politie in aanraking kwamen, juist daardoor het rechte pad weer vond. Er liepen genoeg begeleidingsprogramma's om mensen nadat ze met de politie in aanraking waren gekomen niet zomaar de straat op te sturen, maar te helpen aan een opleiding, werk, een sociaal netwerk en een vangnet. De meetbaarheid van de resultaten stond regelmatig ter discussie, maar toch geloofde Susanna er heilig in dat dat soort projecten voorkwam dat, veelal, jongeren die voor relatief kleine vergrijpen werden opgepakt, verder afgleden. Maar als deze jongens er geen been in zagen om alle grenzen over te gaan voor een paar schoenen, was het bestrijden van misdaad dan geen onbegonnen werk? Voor diezelfde schoenen moesten ze in een restaurant, winkel of fabriek heel wat langer werken. En door een moreel kompas werden ze niet gehinderd.

Maar, zo bedacht ze terwijl ze zich op haar andere zij draaide, ze moest zich niet uit het veld laten slaan door dit soort gedachten. Je kon niet bij de politie werken zonder de overtuiging dat er meer goed dan kwaad in de wereld was, anders raakte je binnen de kortste keren verzuurd. En niemand was alleen maar slecht. Misschien was dat het meest fascinerende aan misdaad. Automatisch dacht ze weer aan Timo Achterberg. Er moest een moment zijn geweest waarop hij had besloten, al dan niet vrijwillig, dat er geen weg meer terug was. De misdaad, en met name de drugswereld, verlaten werd ingewikkelder bij elke stap die je zette. Er werd weleens geroepen dat er twee mogelijkheden waren: in de cel of in een kist. Hoewel dat wel erg kort door de bocht was, school er zeker een kern van waarheid in. Hoe kon een jongen die uit een gezin kwam waar – zoals rechercheur Jonassen het had gezegd – geen problemen waren die zijn gang naar de criminaliteit enigszins konden verklaren, toch dood eindigen op een industrieterrein met diverse kogels in zijn lichaam? Zoiets ging niet van de ene op de andere dag.

Susanna haalde diep adem. Bij ieder politieonderzoek was het de vraag waar wel en waar geen aandacht naartoe moest gaan. Er kwamen altijd lijntjes bij die veelbelovend leken en die uiteindelijk doodliepen en er waren altijd de bijna onzichtbare draadjes die makkelijk werden overgeslagen maar waar je, als je eraan trok, ineens de meest waardevolle informatie vandaan haalde. Ze wist niet goed waarom, maar ergens had ze het idee dat ze het draadje van Timo, en daarmee van Esmée, niet zomaar moest overslaan. Er was niets aan Esmée waaraan ze in het gesprek had getwijfeld: ze was vriendelijk, correct en leek zeker. Geen extreme nervositeit, geen onwaarheden. En toch... Timo was geen kruimeldief geweest en naamplaatjes doken niet zomaar op op plekken waar net een explosie had plaatsgevonden. Als ze in haar hoofd probeerde het plaatje compleet te maken, zag ze nu voornamelijk nog een heleboel potloodkrassen die op geen enkele manier met elkaar verbonden waren en die tegelijkertijd niet te ontwarren vielen. Maar ze had sterk het gevoel dat twee van die krassen verbonden waren en dat ze, als ze lang genoeg zou doorgaan met ontwarren, haar eigen onderzoek vooruit zou helpen. Morgenochtend zou ze Esmée bellen, nam ze zich voor terwijl de klok op haar telefoon versprong naar 5.15 uur. Een gesprek voeren.

Timo noemen, haar reactie peilen. Misschien het naamplaatje ter sprake brengen. De losse krassen bij elkaar brengen.

Ze sloot haar ogen en voelde zich rustiger. Langzaam kwam de slaap opzetten en net voor de klok naar 5.30 uur versprong, werd ze door het duister meegevoerd voor het korte deel van de nacht dat nog restte.

Hoofdstuk 12

'TOT ZOVER DE UPDATE OVER HET ONDERZOEK.' Ricardo keek de tafel rond. 'Zijn er vragen?'

Esmée staarde naar de pen die ze al de hele tijd tussen haar vingers liet rondgaan. Ze voelde zich duizelig, maar dat kwam niet door de bespreking die nu op z'n einde liep. Daarvan was sowieso de helft aan haar voorbijgegaan. Het was een wonder dat het slaapgebrek niet aan haar te zien was. Na het bezoek van Amanda gisteravond had de adrenaline door haar lijf gegierd en had ze haar nachtrust vaarwel kunnen zeggen. Als Amanda in hoogsteigen persoon was verschenen om haar bang te maken – en Esmée kon geen andere reden bedenken –

dan was dat behoorlijk goed gelukt.

Haar mond voelde kurkdroog en ze had kramp in haar kaken door haar pogingen een zo normaal mogelijk gezicht te trekken. Juist nu moest ze niets anders doen dan anders. Gewoon op haar werk verschijnen, doen wat ze altijd deed. Doen wat de anderen deden. Niets laten merken, niet opvallen, gewoon luisteren – de hele tijd had ze dat in haar hoofd laten rondgaan. Maar wat was eigenlijk een normaal gezicht? Ze had naar Leandro gegluurd en naar Lyna, die beiden met een mengeling van betrokkenheid en bezorgdheid Ricardo's verhaal hadden aangehoord. Zo moest ze ook kijken, al had ze het idee dat hoe harder ze dat probeerde, hoe vreemder haar uitdrukking was.

Toch leek het erop dat Ricardo niets aan haar had gemerkt. Hij had zijn verhaal gedaan, kalm, geruststellend voor zover daarvan sprake kon zijn. Een paar keer had hij haar ook aangekeken en dan had ze haar blik niet neergeslagen. Het verhaal was ondanks de ruis in haar hoofd toch binnengekomen. De ontploffing van de villa, zo had Ricardo gezegd, had natuurlijk veel emoties losgemaakt en had voor angst gezorgd bij de gasten en medewerkers van het hotel. De overige beachvilla's waren onmiddellijk ontruimd, de gasten waren ondergebracht in suites. Het installatiebedrijf was gekomen om alle bedradingen en technische installaties van de villa's te controleren en pas daarna, een uurtje voor het begin van de vergadering, waren de gasten teruggekeerd naar de villa's. 'Zij krijgen allemaal compensatie in de vorm van het terugstorten van een deel van hun verblijfskosten', had Ricardo ook nog vermeld.

'Maar is de veiligheid nu gegarandeerd?' Dat had Lyna gevraagd. 'Is het zeker dat de ontploffing is veroorzaakt door de bedrading of een technische installatie?'

'Nog niet, maar het is de meestvoorkomende oorzaak van explosies, vandaar dat we die mogelijkheid alvast wilden wegnemen. Een andere oorzaak zou een oververhitte accu of oplader kunnen zijn, maar het onderzoek van de brandweer loopt nog.'

'En opzet?' Die vraag was ook van Lyna gekomen en was door Ricardo beantwoord met de mededeling dat de politie uiteraard ook betrokken was. 'Zeker zo kort na de overval', had hij erbij gezegd. Esmée had haar adem ingehouden, maar wat de bevindingen van de politie tot nu toe waren, had Ricardo niet vermeld. Ze vermoedde dat hij meer wist dan hij liet blijken. Misschien had de politie hem wel gezegd dat hij voorlopig spaarzaam moest zijn met wat hij deelde. Dat het politieonderzoek zich ook naar binnen richtte, viel te verwachten. Ze haalde diep adem en hoopte dat niemand merkte hoe ze trilde.

'Goed, dan laten we het hierbij voor vandaag.' Ricardo klapte zijn laptop dicht. De computer was de hele vergadering lang ongebruikt gebleven. Esmée verzamelde de papieren die ze had meegenomen en die eveneens nutteloos waren, maar ze was blij dat ze iets had om zich een houding te geven. Het was of ze voortdurend van een afstandje naar zichzelf keek. Ze moest zo normaal mogelijk doen en alleen al daardoor had ze het idee dat ze rondliep met een grote pijl boven haar hoofd. Rationeel wist ze wel dat Ricardo niet zou beginnen over een hotelkamer die maar voor één nacht was geboekt, maar haar zenuwen stonden telkens tot het uiterste gespannen voor het moment dat ze erop zou worden aangesproken. Terwijl ze nu nog een simpel antwoord had: telefonische boeking, de gast wil het zo. Ze wist nog niet hoe ze het achteraf ging doen. De hoop dat de gast, wie het ook was, voor de kamer zou betalen, zou vast ijdel zijn. Misschien moest ze zelf betalen, had ze al bedacht. Met contant geld, zodat het niet op haar bankrekening terug te voeren zou zijn. Als het nodig was, zou ze dat doen. Het geld interesseerde haar niet, ze zou alles doen om Jackie veilig te laten zijn. Maar de gedachte aan wat er hierna volgde, bracht een tsunami aan angst in haar teweeg. Nu was het een kamer, maar daar zou het vast niet bij blijven.

Ze deed alsof ze werd gebeld, zodat ze een praatje met Lyna kon ontlopen. Halverwege de lobby haalde ze haar telefoon pas van haar oor. 'Goedemiddag', zei ze toen ze een van de nieuwe beveiligers passeerde. Wat was zijn naam ook alweer? Het was iets met een J. Ze liep door. Het schoot haar te binnen. Juremi. Bijna twee meter lang en niet extreem breed, maar zijn postuur verraadde toch zijn kracht. Ricardo had met ingang van vandaag het aantal portiers opgehoogd van twee naar vier, waarvan de helft van een gespecialiseerd beveiligingsbedrijf kwam, maar dat wist alleen een klein deel van het hotelpersoneel. De gasten zagen geen verschil, alle portiers droegen hetzelfde uniform en heetten iedereen welkom. Maar twee van de vier hielden zich bezig met de analyse van iedereen die naar buiten en, vooral, naar binnen liep. Hoe gedroegen ze zich? Waren het atypische hotelgasten? Bij ook maar de geringste dreiging van gevaar zou het tweetal ingrijpen – eerst door de betreffende personen te vragen mee te lopen naar een speciaal kamertje waar een gesprek plaatsvond, of waar ze werden gefouilleerd. Mocht de situatie echter razendsnel uit de hand lopen, dan waren de beveiligers voldoende bewapend om er korte metten mee te maken. Zo had Ricardo dat letterlijk gezegd: korte metten. Hij had niet uitgelegd wat dat precies betekende.

Jacintha voelde zich veiliger, had ze meteen gezegd. 'We staan achter de receptie toch in de frontlinie', had ze erbij opgemerkt. Maurice had haar bijval gegeven, net als Bianca. Alleen Samino, de nieuwe kracht, had niets gezegd, maar het was dan ook zijn eerste dag. Hij had alleen opgemerkt dat er veel aan de hand was bij zijn nieuwe werkgever, iets wat lastig te ontkennen viel. Esmée had natuurlijk ook benadrukt dat haar gevoel van veiligheid meteen vergroot was, en ze wilde ook dat het waar was.

Ze keek vluchtig om toen ze bijna bij haar kantoor was. Juremi had zijn plek bij de entree weer ingenomen. Esmée voelde zich niet veiliger, ze voelde zich vooral bekeken.

Normaal doen, hield ze zichzelf voor, al begon ze steeds minder te weten hoe je dat deed. Ze draaide zich weer om en opende de deur van haar kantoor. Toen ze naar binnen liep, had ze het gevoel dat de ogen van de beveiliger in haar rug brandden.

Met een zachte klik sloot ze haar deur. In de beslotenheid van haar eigen plek had ze eindelijk het gevoel dat ze weer adem kon halen. De stilte was prettig, al was het in haar hoofd verre van stil. Ze ging achter haar bureau zitten en klapte haar laptop open, maar zag niets van wat er op het scherm gebeurde. Het leek of er cirkels voor haar ogen draaiden –trucjes van haar hersenen, haar ogen, door het voor zich uit staren. In haar hoofd bevond zich een bol wol zonder begin, zonder eind. Hij rolde van een berg, botste tegen uitsteeksels, raakte uit koers, knalde hard tegen de rotswand, maakte een vrije val die, hoewel hij plaatsvond in haar hoofd, resoneerde in haar buik. Ze zag weer die donkerbruine ogen voor zich. De vrolijkheid was eruit verdwenen – die was vast al die tijd nep geweest. Nu was er hardheid geweest, en kou. In haar oren weerklonk de naam die alles in een ander daglicht had gezet.

Timo.

Ze had vannacht als een gek zitten zoeken op internet. Alles wat over de zaak bekend was, alles over de moord. Ze dacht dat ze ieder detail al kende, maar nu moest ze toegeven dat ze eigenlijk niet zoveel wist van de bende waarbij Timo was aangesloten. Dat ze in drugs handelden, ja, en dat ze die drugs zelf uit Zuid-Amerika naar

Europa haalden. Dat ze een grote organisatie waren met wijde vertakkingen en dat Timo zich met meer, veel meer, had beziggehouden dan dealen op straat. Of eigenlijk had hij zich daarmee helemaal niet beziggehouden. Wel met smokkel, en witwassen, het grotere werk.

Die ene journalist van *Het Parool*, Paul Vugts, was er helemaal in gedoken. Diverse artikelen van zijn hand had ze vannacht zitten herlezen. Over de verschillende oorlogen in de Amsterdamse onderwereld en hoe die steeds gewelddadiger werden. Over jonge jongens met grote ambities, jammer genoeg in de onderwereld. Over drugsbaronnen met heldenstatus en bijbehorende verering. Het waren ontluisterende artikelen geweest die, zo herinnerde ze zich, destijds het nodige stof hadden doen opwaaien. Zelfs in de gemeenteraad waren er vragen gesteld, maar dat had nergens toe geleid. De politie zat er al bovenop, dat geloofde ze. Ze had zelf gezien hoe hard de recherche aan de liquidatiezaak had gewerkt, maar de daders waren niet gepakt. Naar het buitenland verdwenen, met het verdiende geld. Het was een koude, harde waarheid, maar wel eentje die ze onder ogen moest zien.

Ze had destijds nog met Vugts gesproken, alles verteld over Timo. Het persoonlijke verhaal. Haar broer was twee jaar jonger geweest en sinds hij dood was, zag ze hem zo vaak voor zich als zevenjarige – helblond haar, altijd een bal aan zijn voet. Zij was negen en in het weekend, voor hun moeder wakker was, speelden ze samen dat haar bed een boot was en de vloerbedekking een zee vol haaien. Ze fietsten samen naar school en later, toen het in de gangen van de middelbare niet cool was om al te amicaal op familie te reageren, hadden ze elkaar in het voorbijgaan alleen toegeknikt. Maar 's middags thuis had hij haar vaak genoeg om advies gevraagd. Tot hij dat niet meer deed. Tot hij een leven had waar ze niets van afwist.

Waar ging het fout?

Die vraag had ze zichzelf zo vaak gesteld dat hij sleets voelde in haar hoofd. Hij landde meteen in een ingesleten paadje waar de geijkte antwoorden zich aandienden. De scheiding, ja, die had erin gehakt, maar dat kon niet de verklaring zijn. Het was alles tegelijk. Een moeilijk jaar op de basisschool, een schooladvies dat tegenviel – misschien daardoor, wie zou het zeggen, aan Timo's geestelijke vermogens kon het bijna niet liggen – en daarna een vriendje met een stiekem plan, en nog eentje. Beetje stelen, meer niet, Timo had zijn schouders opgehaald toen hij een keer was gesnapt. Hun moeder was in alle staten, hun vader ook, maar Timo was er met een berisping en een gesprek met Bureau Halt van afgekomen.

De hoop van haar ouders dat hij daarna weer op het rechte pad zat, bleek helaas geen waarheid te worden. Timo was ongrijpbaar. De grote blauwe ogen waarmee hij op zijn twaalfde nog kinderlijk onschuldig kon kijken, hadden hun ouders lange tijd een ander verhaal voorgeschoteld. De blonde haren, zacht als die van een kleuter. Ze hadden de hele situatie totaal onderschat, had haar moeder vaak gezegd. Ze voelde zich schuldig, maar er was geen schuld. Het was gewoon wat er gebeurde, recht onder je ogen. Dat hadden ze later bij Halt ook wel gezegd, maar zo'n geruststelling nam dat schuldgevoel natuurlijk niet weg.

Via de twee vriendjes ontmoette Timo de rest. Oudere vrienden, Timo vond het interessant om 'erbij' te horen, bij de jongens die zoveel cooler waren dan hij. Twee hadden er al een scooter, allemaal rookten ze sigaretten. Hij na verloop van tijd ook. Ze waren ook zoveel cooler dan de kinderachtige etters die hem buitensloten in de klas. Regelen we voor je, hadden zijn nieuwe maten gezegd. Esmée wist nog altijd niet wat er precies was gebeurd, maar feit was dat er daarna niet meer was gepest. Timo was in aanzien gestegen en als je terugdacht, was dat het mechanisme dat overal aan ten grondslag had gelegen. Als de groep je aanzien verschafte, had de groep de macht.

De stap van het kruimelwerk naar het grote werk was snel gegaan, veel sneller dan haar ouders, en ook zijzelf, zich hadden gerealiseerd. Het was geen kwestie van jaren, van ingrijpen, van kleine gevangenisstraffen, van bijsturen. Het was een kwestie van uit het zicht verdwijnen en geen idee hebben waar Timo 's avonds naartoe was. Tot hij gewoon nachtenlang wegbleef en bij terugkomst nergens antwoord op gaf. Haar ouders hadden bij zoveel instanties aangeklopt, maar ook hun mogelijkheden waren beperkt, zeker nadat Timo achttien was geworden.

Esmée wreef met haar handen over haar voorhoofd. De cirkels verdwenen en maakten plaats voor een ander beeld. Dat van Amanda, opnieuw. Ze dacht dat ze inmiddels het verhaal in haar hoofd rond had, voor zover daarvan sprake kon zijn. Timo's weg naar, zoals ze het dan maar noemde, de ondergang. In de media circuleerden destijds namen die betrokken waren niet alleen bij zijn liquidatie, maar bij al het bloedvergieten in de onderwereld – meer dan een voornaam en een letter van de achternaam kende Esmée niet. Een foto in de krant met een zwart balkje erover, een enkeling die eens werd opgepakt. Geen Amanda, al ging ze er inmiddels van uit dat dat geen echte naam was. Sowieso geen vrouwen, er werd er niet één genoemd.

Ze had nog gevraagd of Amanda haar broer persoonlijk had gekend – dat had ineens belangrijk geleken. Een antwoord op die vraag was er niet gekomen. 'Je kan je beter druk maken om je zusje', had Amanda geantwoord en de kou in haar blik had zich nog wat verdiept. 'Voor je haar ook nog kwijtraakt.'

Esmée had voor zich gezien hoe ze uithaalde met haar hand en Amanda in het gezicht sloeg. Of hoe ze krabde met haar nagels en een oog raakte. Raar hoe je hersenen meegingen in zo'n fantasie, in haar oren had ze zelfs al een rauwe kreet van pijn gehoord. Maar ze had niets gezegd, niets gedaan. Daar gewoon gestaan, met grote ogen en een razend hart.

'Regel die kamer', had Amanda gezegd. 'Doe wat ik zeg. Dan vallen er geen onnodige slachtoffers.'

Daarna had ze zich omgedraaid en was ze ingestapt in

een auto die al die tijd achter haar geparkeerd had gestaan, maar die Esmée daarvoor niet had opgemerkt. Een zwarte Mercedes. De aanblik had haar niet veel gedaan. Hooguit bevestigd dat haar gevoel haar zelden bedroog.

Met ronkende motor had de auto de straat verlaten. Esmée had zich naar binnen gehaast, de deur met een klap achter zich dichtgeslagen en nog eens extra aangeduwd, dubbel op slot gedraaid. Ze had de luiken gesloten gehouden en pas na een tijdje, toen haar hart enigszins was bedaard, had ze de deur naar de patio geopend. Daar was ze heel lang blijven zitten tot ze uiteindelijk naar bed was gegaan. Van slapen was niet veel gekomen en nu, terwijl ze eigenlijk haar energie nodig had om haar werk naar behoren te doen, zat ze met een zwaar gevoel achter haar bureau.

Naar huis, dat had ze overwogen. Een ticket boeken naar Amsterdam, misschien al voor vandaag of morgen. Stiekem naar Hato vertrekken of zich door Leandro laten afzetten. Ze konden haar toch niet de hele dag volgen? In minder dan tien uur was ze in Amsterdam en nog eens twee uur later in Groningen. Als ze maar naast Jackie stond, als ze er maar voor kon zorgen dat haar zusje binnenbleef tot het gevaar was geweken. Ze had ook visioenen gehad van hoe ze naar het politiebureau zouden gaan en zouden weigeren te vertrekken voor Jackie beveiligd werd. Binnen, zittend in een verhoorkamer, was je toch veilig?

Maar ze was bang dat de politie zo niet werkte. Het was

geen kwestie van het bureau binnenstappen en de eisen stellen. Voor persoonsbeveiliging bestond natuurlijk een heel traject en ze wist het niet zeker, maar ze had het vermoeden dat de dreiging wel heel groot moest zijn voor je echt een beveiliger kreeg, of meerdere. Een extra surveillance, dat zouden ze misschien wel toezeggen, een politieauto die door de straat reed. Maar dat was niet genoeg.

Ze kon het zelf doen, daar had ze ook nog aan gedacht. Elke minuut van de dag bij haar zusje zijn, haar intrek nemen in Jackies studentenkamer. Dan moest ze open kaart spelen, maar oké, dat kon. Alleen wist ze niet tegen wie ze het opnam. Of eigenlijk wist ze het wel, dat maakte het alleen maar enger. Ze wist dat ze voor deze mensen geen partij zou zijn. Niet fysiek, niet in aantal, niet in wapens.

Het besef dat ze Jackie niet kon beschermen, had de angst als hete olie door haar aderen doen gaan. Het enige wat ze nu kon doen, was het opvolgen van al die eisen. En hopen dat het op een dag stopte.

Dat laatste, daar had ze geen vertrouwen in. Het stopte niet zomaar. Ze moest iets doen, uitvinden met wie ze te maken had, en waarom ze haar hadden uitgekozen. Met Timo's criminele activiteiten had ze nooit iets te maken gehad. Ze had geen informatie, geen contacten. Ze kon niets betekenen, maar de criminelen leken daar anders over te denken. Met haar werk in het hotel was ze vast interessant om kamers te boeken of pakketjes aan te nemen, maar het eiland telde talloze hotelmedewerkers en ze waren vast niet door stom toeval bij haar uitgekomen. Ze moest op een of andere manier duidelijk maken dat zij en Timo niet hetzelfde waren. Dat ze niet zou meewerken, zoals haar broer. Dat de criminaliteit zijn keuze was geweest, niet iets wat in het DNA van de familie zat.

Ze schrok op uit haar gedachten toen haar ringtone hard door haar kantoor klonk. *Nieuw*. Ze sloot haar ogen en hoewel alles in haar zich verzette, nam ze toch op.

'Kijk in je berichten', klonk Amanda's stem. 'Deze persoon heeft een kamer geboekt.'

Esmée haalde de telefoon van haar oor en zette de luidspreker aan. Er was inderdaad een bericht van Amanda gekomen dat een foto van een opengeslagen paspoort bevatte en de datum van twee weken geleden.

'Ik snap het niet', zei ze. Ze voelde zich vreemd. Al haar zintuigen stonden op scherp, de filters waren weg. Geluid kwam binnen als pijnlijke scheuten in haar oren, waardoor ze enorm alert was. Tegelijkertijd was het op een tegenstrijdige manier ook alsof ze door enorme vermoeidheid werd verzwolgen.

Amanda's stem klonk ongeduldig. 'Vorige maand, de eh... de 12e tot en met de 22e, verbleef hij in het hotel, samen met zijn vrouw. Dat paspoort stuur ik je nu. Zet ze in het systeem en bevestig dat zij hier te gast waren als iemand ernaar vraagt.'

'Iemand?'

'Esmée...' Het ongeduld zwol aan. 'Het zou echt helpen als je niet de hele tijd die vragen zou stellen. Doe het gewoon. Hou je aan de afspraak.'

Daarna werd de verbinding verbroken. Esmée voelde hoe iets zwaars in haar buik zakte en haar misselijk maakte. Het verzet was er nog steeds, vanbinnen. Alles in haar schreeuwde nee. Stoppen hiermee, weigeren te doen wat haar werd opgedragen. Maar haar vingers beroerden het toetsenbord al en zochten in het reserveringssysteem naar de genoemde data. Er was een stel geweest dat precies tussen die twee dagen een kamer had gehad. Ze kon het veranderen. Hun namen verwijderen, de nieuwe namen toevoegen. Als een van de receptiemedewerkers dat deed, zou er een melding binnenkomen bij haar. Maar als ze het zelf deed, kon het zonder dat iemand het merkte.

Ze haalde diep adem en keek naar haar telefoonscherm toen Amanda een tweede foto stuurde. Opnieuw een paspoort, deze keer van een vrouw. De namen zeiden Esmée niets. Ze googelde ze, maar natuurlijk leverden ze geen bruikbare hits op. Deze mensen bestonden niet, althans, niet onder de namen van de doorgestuurde paspoorten.

Nog één blik wierp ze naar buiten, op de binnentuin. Gasten liepen met meeneembekers met koffie of het eerste biertje van de dag. Ze droegen zwemkleding of kleurige zomershirts, er klonken kinderstemmen. Ze tikte de namen over, controleerde de spelling twee keer. Uploadde de foto's van de paspoorten in het systeem en maakte de pasfoto onherkenbaar, zodat de identiteitsbewijzen geen enkele afwijking vertoonden met alle andere paspoorten die in het systeem waren opgeslagen. Ze klikte op de groene knop. Er verscheen een draaiend rondje in beeld. Verwerken. Het systeem gaf een vinkje. Ze stuurde Amanda een bericht dat het geregeld was, maar daarop kwam geen reactie. Ze sloot het systeem af en opende haar e-mail. Normaal was haar mailbox opgeruimd en bijgewerkt, maar nu waren er tientallen ongelezen berichten. Ze keek naar de afzenders en de onderwerpen. Dagelijkse zaken, maar ze kwamen haar ineens vreemd voor. Iets uit een ander leven. Ze opende de bovenste mail, waarin een reisorganisatie een verzoek deed voor het vastleggen van een groot aantal kamers in april. Ze moest zich ertoe zetten, sloot even haar ogen, dwong zichzelf om haar dagelijks werk te doen. Net toen ze op *beantwoorden* had gedrukt en wilde gaan typen, ging de deur van haar kantoor open.

'Esmée?' Rechercheur Susanna Martina keek haar aan. 'Heb je even tijd?'

De rechercheur stond al in de kamer, geflankeerd door een jongere collega. Esmée knikte, ze had ook niet het idee dat de vraag daadwerkelijk als vraag was bedoeld. Ze stond op, stak haar hand uit, schudde die van de twee rechercheurs en voelde zich tegelijkertijd een beetje belachelijk. Bekeken, ook. Susanna Martina glimlachte en Esmée vroeg zich af of de blik in haar ogen geruststellend bedoeld was. Er sprak eerder waakzaamheid uit.

'Dit is mijn collega Hailey Luciano', zei Susanna. 'Zij werkt ook aan de zaak.'

Esmée vroeg zich af of daarmee de overval werd

bedoeld of de afgebrande villa of dat het nu als één zaak werd behandeld. Maar ze zei niets, bood in plaats daarvan koffie aan.

Beide rechercheurs sloegen af. 'We zijn zo weer weg, hoor', zei Susanna. 'We willen alleen een paar dingen bij jou checken.'

Esmée ging zitten, Susanna ook, Hailey bleef staan omdat er maar twee stoelen waren. 'Wacht, ik haal wel even...' zei Esmée, maar de jonge rechercheur stak haar hand op. 'Doe geen moeite.'

'We proberen in kaart te brengen wie er allemaal toegang hebben gehad tot de beachvilla', zei Susanna. 'Vooral in de dagen en uren voorafgaand aan de ontploffing. Ik heb begrepen dat jij die dag vrij was?'

'Ja.' Het voelde als een opluchting dat ze dat kon zeggen. 'Ik was met mijn collega Leandro op Mambo Beach en daarna op het terras van Iguana. Dat is...'

'Ik ken het.' Susanna knikte. 'En de dag ervoor heb je gewerkt?'

'Ja. Het was druk, dus ik heb lang achter de receptie gestaan en daarna heb ik hier op kantoor gewerkt.' Ze praatte te veel. Gewoon ja zeggen was beter. Ze had het gevoel dat de rechercheur met haar scherpe blik dwars door haar heen keek. Heel even stelde ze zich voor dat ze gewoon zou zeggen wat er aan de hand was. Hoe het zou voelen om haar loodzware last te delen. Hoe de blik dan misschien wel zou veranderen. Ze kon de opluchting al bijna voelen. Niet meer op haar woorden hoeven letten, niet bang hoeven zijn dat ze zich zou verspreken – het voelde als een luxe die ver buiten haar bereik lag. Verlost zijn van de angst was ook zo'n luxe. Zou die verdwijnen als ze Susanna Martina zou vertellen wat er echt speelde? Zou de rechercheur Jackies veiligheid kunnen garanderen? In de stilte die nu was gevallen, deed Esmée haar mond al open. De woorden lagen op haar tong, klaar om uitgesproken te worden. Ze haalde diep adem, maar liet het moment voorbijgaan. Het kon niet. Ze kon Jackies leven niet in handen van de politie leggen. Wat als het fout ging?

Terwijl een zwaar gevoel zich door Esmées borst verspreidde, nam Susanna het woord weer. 'Wanneer ben jij voor het laatst in die beachvilla geweest?'

De vraag overviel haar. Ze kwam niet vaak in de suites en villa's, had daar zelden iets te zoeken. 'Vorige maand?' zei ze als gok. 'Het kan ook langer geleden zijn.'

Er veranderde iets in de blik. De waakzaamheid nam toe. Esmée kreeg het verontrustende gevoel dat ze iets verkeerds had gezegd. 'Hoe...' begon ze, maar ze maakte de vraag niet af.

'Misschien kan je ons ergens mee helpen', zei Susanna nu. Ze ging verzitten en maakte haar tas open. Er kwam een mapje met wat papieren uit. 'Veel is door de brand natuurlijk verwoest, maar in de villa zijn een paar dingen gevonden die onze aandacht hebben. En een van die dingen...' Ze zocht tussen de papieren, tot ze er een velletje uit pakte en dat over het bureau naar Esmée schoof. Die voelde haar hart in haar keel bonzen toen ze haar hand uitstak en het vel verder naar zich toe trok. Het was een printje van een kleurenfoto, zag ze. Daarna hadden haar hersenen een paar tellen nodig voor ze het plaatje konden verwerken.

'Wat is dit?' vroeg ze, hoewel ze het antwoord wist. 'Hoe...' Ja, hoe? Hoe kwam het dat ze nu staarde naar een half verbrand bordje met haar naam erop?

'Dit is gevonden in de afgebrande villa', zei Susanna neutraal. 'We vermoeden dat het in het bereik van de sprinkler heeft gelegen en daardoor niet helemaal is verbrand.'

Esmée voelde zich als verstijfd. 'Maar ik ben er al weken niet meer geweest', zei ze uiteindelijk met een stem die hoog en piepend klonk. 'En ik heb...' Ze wist niet hoe ze die zin moest afmaken, dus sloot ze haar mond maar weer.

'Kan het zijn dat deze badge er al weken ligt?' Dat was Hailey Luciano, de andere rechercheur. 'Dat je hem de laatste keer verloren bent?'

Esmée keek haar aan. De vrouw had amandelvormige ogen, heel opvallend. Ze bleef haar blik erop gericht houden terwijl ze probeerde haar gedachten te ordenen, maar in haar hoofd was niets dan chaos. 'Ik weet het echt niet', zei ze uiteindelijk maar.

'Wij hebben erover zitten piekeren', zei Susanna op een soort vertrouwelijke toon. Daarna liet ze even een stilte vallen, alsof ze moest nadenken wat haar gedachten hierover ook alweer waren geweest. Esmée keek op naar de rechercheur en wachtte tot die verder zou praten. Susanna kneep eerst haar ogen wat samen en deed toen haar mond weer open. 'Als de badge al langere tijd in de villa lag, zou die misschien wel door de housekeeping opgeruimd zijn. Of nou ja, misschien… dat lijkt ons erg logisch. Dus is het aannemelijk dat hij er nog maar kort lag. Misschien nog maar een dag of zelfs minder. We hebben de gasten van de villa gevraagd of zij een badge hebben gezien, maar dat was niet het geval.' Ze tikte met haar vinger tegen de overige papieren en liet Esmée het bovenste blaadje zien. 'Op deze tekening staat precies waar de sprinklers hingen en wat de plekken zijn waar het water terecht is gekomen. Afgaand op de plattegrond moet de badge op de vloer hebben gelegen, op de tafel of op het keukenblok.'

Ze verbond geen conclusie aan haar woorden, maar Esmée hoorde de betekenis er precies in. De badge moest gelegen hebben op plekken waar de gasten hem natuurlijk gezien zouden hebben. Haast automatisch ging haar hand naar haar borst, waar ze precies zo'n badge droeg als het verbrande exemplaar op de foto.

'Wie heeft er toegang tot dit soort badges?' vroeg Susanna.

Esmée keek haar aan. 'Iedereen die hier werkt, krijgt er twee met z'n eigen naam. En de voorraad…' Ze beet op haar lip. 'Ik weet eigenlijk niet waar die ligt. Bij HR, vermoed ik.'

'Dus jij hebt deze en dan heb je er nog eentje.'

'Ja, ik...' Ze opende haar bureaula en haalde er zo'n zelfde exemplaar uit, dat ze aan de rechercheur overhandigde. 'Hier is de tweede.'

Het voelde als een opluchting dat ze het ding kon laten zien. 'Ik gebruik hem nooit, hij ligt hier als reserve.'

Susanna draaide de badge rond in haar handen. Daarna opende ze de sluiting aan de achterkant en klapte hem open. Het strookje papier met daarop Esmées naam dwarrelde op de grond. 'Aha', zei de rechercheur een paar keer. Esmée wilde iets zeggen, benadrukken dat het makkelijk was om een andere naam in een badge te stoppen. Een kwestie van printen en knippen. Maar ze zei niets. De rechercheur kon haar eigen conclusies trekken.

'Dus we weten niet hoe de badge daar kwam', zei de politievrouw met een gezicht dat niet te peilen was. Esmée gaf geen antwoord. 'Toch?' vroeg de rechercheur. Esmée schudde moeizaam met haar hoofd.

Ze zag beide rechercheurs een blik met elkaar wisselen en daarna stond Susanna op. Hailey, die tegen de muur geleund had gestaan, kwam in beweging. 'Bedankt voor je tijd', zei Susanna. Esmée knikte. Het voelde of de beide vrouwen de ruimte helemaal in beslag namen. Alsof er geen ruimte meer was voor haar om te ademen.

Bij de deur draaide Susanna zich om. 'O, Esmée?'

'Ja?'

'Als er iets is dat wij moeten weten, kunnen we erop vertrouwen dat je ons dat vertelt, toch?'

Esmée sloeg haar blik neer, maar richtte hem meteen weer op. Het beeld van hoe ze de politie alles zou vertellen kwam terug in haar hoofd. Niets liever, zei ze in gedachten, maar ze hield haar mond. Ze humde wat, knikte, perste er een glimlachje uit. Ze voelde zich naakt en doorzichtig, maar Susanna leek haar te geloven.

De rechercheurs trokken de deur achter zich dicht en Esmée leunde achterover in haar stoel. Met haar handen streek ze door haar haar. Ze haalde een paar keer diep adem tot het gevoel dat haar longen zouden scheuren langzaam afnam. Er werd op de deur geklopt. Haar hartslag schoot meteen weer omhoog, maar het was Samino. 'Sorry dat ik stoor...'

Esmée glimlachte naar hem, maar dat moest er vreemd en onnatuurlijk uitzien. Haar nieuwe collega leek het niet te merken.

'Dit is bezorgd.' Samino hield een dikke envelop omhoog. 'Het verzoek was om het aan jou te geven.'

Haar mond werd droog. Stress die pas net begon af te nemen, leek nu delen van haar hersenen maar gewoon af te sluiten. Freeze, dat leek haar reactie te zijn op alles wat er gebeurde, geen fight, ook geen flight. Dat had ze van zichzelf niet geweten.

'Dank je wel', zei ze stijf en met klamme handen pakte ze de envelop aan. Samino draaide zich om en wilde de deur al sluiten, maar Esmée riep hem terug. 'Wie eh... wie kwam dit bezorgen?'

Ze moest dat niet vragen, maar het was essentieel dat

ze het wist. Haar collega keek aarzelend. 'Ik denk FedEx', zei hij. 'Maar een van de portiers heeft het aangepakt.'

Esmée knikte. 'Oké. Ja. Dank je wel.'

Samino sloot de deur en Esmée haalde haar trillende handen door haar haar. Ze liet haar adem ontsnappen en zoog meteen nieuwe lucht naar binnen. FedEx was vandaag allang geweest. Ze wurmde haar trillende vinger onder het randje van de envelop en scheurde hem open. Ze aarzelde voor ze erin keek en toen ze dat uiteindelijk toch deed, gooide ze de envelop op haar bureau alsof die plotseling gloeiend heet was geworden.

Hoofdstuk 13

'Ik wil dit geld niet.' Esmée moest haar best doen om niet te schreeuwen in de telefoon. 'Stuur het me niet, en al helemaal niet op mijn werk.'

'Nou, nou.' Amanda klonk onaangedaan. 'Het is gewoon een beloning voor wat je hebt gedaan.'

'Ik wil geen beloning.'

'Natuurlijk wel. Jij doet dingen, je krijgt geld.' Amanda lachte, al klonk het niet erg gemeend. 'Dat is een eeuwenoud principe. Het heet arbeid.'

Esmée gromde toen ze zei: 'Dan neem ik ontslag.'

Amanda ging er niet op in. 'Dat geld is gewoon voor jou, van ons. Geen discussie.'

Esmée haalde diep adem. Alles in haar wilde protesteren, schreeuwen, maar uiteindelijk deed ze het niet. Ze duwde de envelop bij zich vandaan. 'Ga je mij nog vertellen wie "jullie" eigenlijk zijn?' zei ze toen.

Amanda zweeg een tijdje. 'Wat is dat toch met jou?' zei ze uiteindelijk.

'Wat?' vroeg Esmée. Ze voelde zich opgejaagd en opstandig. 'Ik word gedwongen dingen te doen die ik niet wil, jullie bedreigen mijn zusje zonder dat ik weet waarom of door wie. Wie ben jij, om te beginnen?'

Amanda leek even te aarzelen, maar toen zei ze: 'Amanda Lewis.'

'Je echte naam, bedoel ik.'

'Waarom zou dat niet mijn echte naam zijn?'

Esmée gaf geen antwoord.

'Oké', zei Amanda onverschillig. 'Jij je zin. Het is niet mijn echte naam. Beter om zo min mogelijk te weten.'

'Ik wil zoveel mogelijk weten.' Esmée voelde zich strijdbaar. 'Hoe kende je Timo?'

'Ik kende hem niet.'

'Je liegt.'

'Nee hoor. Hij was een kennis van een kennis, je weet hoe die dingen gaan. Nooit ontmoet.'

'Maar hij...' Esmée zuchtte diep en gefrustreerd. 'Dit heeft allemaal met hem te maken.'

Amanda gaf geen antwoord. Tegen beter weten in praatte Esmée verder. 'Die overval, die jullie in scène hebben gezet. Het afgebrande huisje, mijn naamkaartje daar.

Waarom al die...' Ze zocht een woord. 'Waarom al die moeite?' zei ze uiteindelijk.

'We wilden je aandacht.'

'Mijn a...'

'En dat is gelukt.'

'Maar waarom ik? Ik ben niet mijn broer. Ik heb nooit iets te maken gehad met wat hij... deed. Waarom laten jullie mij niet gewoon met rust? En mijn zusje?'

Amanda maakte afkeurende geluidjes. 'Weer die vragen. We helpen elkaar, Esmée. Jij regelt dingen voor ons, wij zorgen voor jou. Het is wederzijds, snap je.'

'Niets is wederzijds.' Esmée kneep haar ogen samen. Ze schoof de envelop nu heen en weer met haar vinger. Onderweg van het resort naar huis kwam ze altijd langs een opvang voor zwerfdieren. Ze had overwogen om uit te stappen en de envelop daar in de brievenbus te doen. Het enige wat haar ervan had weerhouden, was de angst dat het geld op een of andere manier gemerkt was en dat ze de vrijwilligers ermee in de problemen zou brengen.

'Hoe dan ook', ging Amanda opgeruimd verder. 'We weten zeker dat Timo het zo gewild zou hebben.'

'Wat?' Esmée voelde de woede weer in zich oplaaien. 'Waag het niet om...'

'Dat is toch een mooi idee? Nadat hij ons helaas was ontvallen, wisten we waar we moesten zijn. En tot nu toe is gebleken dat hij gelijk heeft gehad. Hij regelde zijn zaakjes altijd goed en voor jou geldt hetzelfde.'

'Maar ik...'

'Je moet het zo zien: je kan het werk voortzetten dat jouw broer niet heeft kunnen afmaken. Dat is toch iets moois?'

Esmée gaf nu maar helemaal geen antwoord meer. Dat leek Amanda ook niet te verwachten, want ze begon over iets anders. 'Je moet even iets voor ons regelen in het hotel. We hebben gegevens nodig, het is belangrijk. Ik laat je nog weten wat precies.' Daarna, na een korte groet, verbrak ze de verbinding. De plotselinge stilte veroorzaakte een zoem in Esmées oren, onderbroken door het ritmisch bonken van haar hart. De woorden galmden na. Niet die over de gegevens, maar die over Timo.

Je kan het werk voortzetten...

Esmée had nog nooit zoiets onzinnigs gehoord. En ook: een kennis van een kennis? Wat betekende dat überhaupt? En waarom zou Amanda haar aandacht willen als ze slechts een vage kennis was? Ze schudde met haar hoofd als antwoord op haar eigen vraag. Er was geen enkele rationele reden waarom Amanda haar aandacht, en haar medewerking, wilde – met Timo's activiteiten in de onderwereld had Esmée nooit iets te maken gehad.

Ze pakte de envelop en draaide hem rond in haar handen zonder hem echt te zien. Er zat tweeduizend gulden in. Veel geld, maar niet voor criminelen. De enige reden dat ze het had gekregen, was haar medeplichtig maken. Haar betalen voor haar zogenaamde werkzaamheden zou haar medewerking rechtvaardigen, althans, ze vermoedde dat dat de redenering was die erachter zat. Zodat ze vanaf nu konden zeggen: maar je wilde zelf meedoen.

Dat wilde ze natuurlijk niet, maar dat eerlijkheid en ratio geen rol speelden, had ze inmiddels wel begrepen. Voor de criminelen kwam het goed uit dat zij dingen regelde in het hotel en dus hadden ze hun eigen aanname dat zij net zo was als haar broer, als de waarheid bestempeld. Dat het geen zin had om te ontkennen of te weigeren, of uit te leggen dat zij niet zo beïnvloedbaar was als haar broer, was een frustratie die haar vanbinnen leek op te eten. Ze had amper geweten wat hij allemaal deed binnen het criminele circuit, juist omdat ze van zijn activiteiten al lang geleden afstand had genomen. Automatisch had dat betekend dat er ook afstand van hém was geweest, ook al had ze dat niet gewild.

Ze haalde diep adem en dacht na over die jaren waarin ze wist dat het niet goed ging met haar broer, maar ze hem niet echt had kunnen bereiken. Ze wist niet wat hij deed of met wie hij omging. Later had ze de foto's uit zijn telefoon bekeken en had ze voornamelijk onbekende gezichten gezien. Ook al wist ze niet wie die mensen waren, ze had een enorme afkeer gevoeld. Dit was 'het circuit', dit waren de mensen die zijn ondergang hadden gezien en misschien wel veroorzaakt.

Uiteindelijk stond ze op en pakte haar laptop uit de kast. Voor het eerst sinds lange tijd logde ze in op Timo's digitale opslagruimte. Het was raar en onwerkelijk om het mailadres in te typen: *timo.achterberg*, dan het apenstaartje. Een alledaagse handeling.

Zijn iCloud opende zich en ze klikte op de map met foto's. Wanneer begon je met iemand digitaal uit te wissen? Het was een vraag die soms in haar opkwam, maar die ze altijd onbeantwoord liet. Timo had een Instagram-account gehad en hij zat op Snapchat. Met dat eerste deed hij niet zoveel – af en toe een foto van een landschap of een auto die hij mooi vond. Het tweede, zijn Snapchat, was na zijn overlijden natuurlijk snel opgedroogd. De politie had het berichtenverkeer doorgespit, maar het meeste had, zoals binnen de app gebruikelijk was, zichzelf al verwijderd. Het account bestond nog, maar Timo's mobiele telefoon lag ergens in een depot van de politie.

Zijn iCloud was een ander verhaal. Ze kon de opslagruimte afsluiten en al Timo's opgeslagen materiaal verwijderen, maar ze had het nooit gedaan. Zijn iCloud was persoonlijker dan de social media en voerde haar terug in de tijd. Er stonden nog foto's in van tien jaar en zelfs langer geleden. Foto's van haar en Timo, al werden die schaarser naarmate de tijd vorderde. Hoe dichter de tijd bij zijn dood kwam, hoe onbekender de mensen op de foto's. Waren het vrienden? Latere vijanden? Ze ging er eigenlijk van uit dat de mensen op die foto's relatief onbeduidend waren in het criminele circuit. Met de grote jongens zou ze hem niet aantreffen, die lieten zich natuurlijk niet fotograferen.

Het was meer dan een jaar geleden dat ze voor het laatst had ingelogd, zag ze. Op een of andere manier stemde haar dat triest. Er kwam niets meer bij, dat was misschien wel een van de moeilijkste dingen aan verlies. Op een dag stopte het verhaal, de foto's, de belevenissen, alles. Dan was het allemaal verteld, allemaal al eens bekeken. In het begin, net nadat Timo was overleden, was ze er al doorheen gegaan. Op zoek naar iets wat er niet meer was en misschien ook wel op zoek naar waar het fout ging, al had ze het antwoord op die vraag niet in zijn foto's gevonden. Maar na verloop van tijd deed het alleen maar te veel pijn en had ze niet meer gekeken.

Nu scrolde ze door de plaatjes en probeerde haar gevoel uit te schakelen. Ze keek niet naar Timo en ze dacht niet aan hoe ze hem miste. In plaats daarvan richtte ze zich alleen maar op wat er nog meer op de foto's te zien was. *Wíe* er nog meer te zien was. Ze had nooit zoveel aandacht aan die anderen besteed, omdat ze die mensen niet kende en ze wist dat de politie er juist wel met veel aandacht naar had gekeken. Nu ging ze ze een voor een langs, gezicht voor gezicht. Had ze hen de laatste tijd ergens gezien, voor of nadat ze Amanda had ontmoet? Ze zag een foto waar Timo met een vrouw van ongeveer Amanda's postuur op stond. Ze droeg een petje, waardoor haar gezicht niet zo goed te zien was. Timo had zijn arm losjes om de schouders van de vrouw geslagen en ze keken allebei lachend in de richting van de camera. Esmée zoomde in op de foto. Ze kneep haar ogen samen, maar schudde uiteindelijk haar hoofd. Niet Amanda.

Ze ging verder. Er waren foto's van Timo met een onbekende man – lang, smal postuur, lichte huid en dik, donkerblond haar. Ze zoomde ook in op zijn gezicht, maar wist niet goed wat ze dacht te vinden. Hij was in elk geval een stukje jonger dan Timo, ze schatte hem begin twintig. De man kwam een paar keer terug op foto's in verschillende settings en in verschillende weken. Gewoon een vriend, of iemand van de criminele bende? Hoe kon je dat ooit weten? En wat moest ze met die informatie?

De vrouw die wat op Amanda leek zag ze niet meer en er waren ook geen andere vrouwen op de foto's te vinden. Misschien was het toch waar dat Amanda Timo nooit had ontmoet, al kon je dat niet met zekerheid afleiden uit het ontbreken van foto's. Uiteindelijk sloot ze de iCloud van haar broer weer af, teleurgesteld, ook al had ze niet geweten wat ze hoopte te vinden. Het was alsof ze haar handen in een doos vol watten stak, waarin misschien wel of misschien niet iets van waarde verstopt zat. Gefrustreerd sloot ze haar laptop af en gaf een duw tegen de gewraakte envelop, die op de vloer viel. Daar gaf ze er nog een schop tegenaan met haar voet. Er schoof een bankbiljet uit, dat als stil teken van de chaos waarin ze terecht was gekomen op de vloer bleef liggen, tot het uiteindelijk vertroebelde door de tranen die in haar ogen opwelden.

'Ken jij deze mensen?' Ricardo legde een papier op haar bureau en bleef op een afstandje staan kijken. Esmée had minder dan een seconde nodig om de twee geprinte paspoorten te herkennen.

'Nee', zei ze en ze schoof het papier terug zijn kant op.

Ze slikte, maar haar mond was droog. 'Hoezo?'

Ricardo haalde kort zijn schouders op. 'De politie informeerde naar hen. Ze zijn hier blijkbaar te gast geweest ten tijde van een misdrijf op Aruba.'

Esmée liet niet merken dat ze schrok. 'O?'

'Ja, iets met een drugstransport, geloof ik. Maar als ze hier waren, waren ze niet op Aruba.'

'Nee', zei Esmée. Ricardo haalde zijn hand door zijn haar. Het viel haar op dat hij er afgetobd uitzag.

'Ik was even bang dat het volgende zich alweer zou aandienen', zei hij met een zucht. 'Maar gelukkig hebben we hier als hotel niets mee te maken.'

'Nee', zei Esmée nog maar een keer.

'Heb jij die mensen hier ook echt gezien op eh...' Ricardo keek even in zijn telefoon, '20 september?'

Esmée stokte. Ze sloeg haar blik neer en deed alsof ze de paspoorten nog eens goed bekeek. Toen keek ze weer op en knikte. 'Ja. Volgens mij wel. Aardige mensen.'

Het liegen ging haar ook steeds makkelijker af. Ricardo knikte een paar keer. 'Oké. Ik zie je straks bij de meeting. Ik mail je zo nog even de update van het check-outproject door, Robert en Alison hebben hun feedback gestuurd.'

'O ja', zei Esmée. 'Ja, oké. Ik ben benieuwd.'

Ze keek toe hoe Ricardo haar kantoor verliet en pas toen de deur gesloten was, durfde ze haar adem te laten ontsnappen. Haar gedachten buitelden over elkaar en ze deed geen moeite die te ordenen. Dat Amanda niet voor de lol had gevraagd de paspoorten in het systeem in te voeren, kwam niet meer als een verrassing.

Haar kantoor voelde ineens benauwd. Ze stond op en keek naar buiten, waar de bankjes onder de grote palmbomen stonden. Ineens had ze een verlangen om daar te zijn, in de schaduw van een palmboom, weg van de benauwende muren van haar kantoor. Ze pakte haar telefoon en zonnebril en liep met vlugge passen het kantoor uit, langs de receptie. Ze wilde net naar buiten stappen, toen ze haar naam hoorde.

'Ben je druk?' vroeg Leandro toen ze zich omdraaide. Esmée aarzelde even. 'Nee', zei ze toen zo ontspannen mogelijk. 'Ik wilde koffie gaan halen.'

'Ik dacht: ik stel je even voor aan mijn neef.'

Nu pas zag Esmée dat er een man achter hem stond. 'Mijn achterneef, eigenlijk', zei Leandro.

'O.' Esmée keek verwonderd toen ze de man herkende als Juremi. 'We hebben al kennisgemaakt. Ik wist alleen niet dat jullie familie van elkaar waren.'

'Juremi is de zoon van de nicht van mijn moeder', zei Leandro. 'Hij heeft een tijdje in Nederland gewerkt en is net terug op Curaçao. Wat een toeval hè, dat hij nu net hier is geplaatst vanuit het bureau waarvoor hij werkt.'

Esmée knikte, al was het tegenkomen van familie van Leandro niet per se heel toevallig. Hij had een onvoorstelbaar grote familie. De keren dat ze in restaurants of op het strand verwanten van hem hadden getroffen, kon ze niet meer tellen op de vingers van één hand.

'Je gaat het hier vast naar je zin hebben', zei ze tegen

Juremi, waarna haar telefoon ging en ze, enigszins dankbaar voor het excuus, verder liep. Het telefoontje handelde ze snel af. Daarna haalde ze bij Angeline een meeneembeker koffie en begon aan een wandeling over het resort, omdat ze te rusteloos was om te gaan zitten. Ze keek naar de gasten die ronddobberden in het zwembad, zwaaide even naar haar collega Jessica die op de badmeestersstoel de boel in de gaten hield. Vervolgens nam ze het pad dat slingerend door de tuin voerde. Links en rechts bloeiden bloemen in alle kleuren, de lucht rook zoet en een beetje aards. Het gras was heldergroen, met dank aan de vele sprinklers. Op een bankje zat een gast een boek te lezen, Esmée knikte hem toe toen hij opkeek.

Overal waren vogels en als ze voor zich uit keek, was de zee te zien. De omgeving zou rustgevend moeten zijn, maar rust leek in haar niet meer te bestaan. Haar hart klopte alleen nog maar sneller dan normaal, ze vermoedde dat dat zelfs tijdens haar slaap doorging. Ze voelde zich alert, alsof er voortdurend dreiging om haar heen was en misschien was dat ook wel zo. De stress maakte haar misselijk en ze zou vast geen koffie moeten drinken, maar toch werd ze op een vreemde, dubbele manier geplaagd door een extreme vermoeidheid waar ze zonder cafeïne niet van afkwam. Misschien was dat ook doordat ze vannacht opnieuw maar drie uur had geslapen, en niet aan één stuk door.

Esmée verliet het tuinpad en sloeg linksaf, zonder nadenken had ze de route naar de beachvilla's genomen.

De zee was nu dichterbij en ze rook het zout, de typische lucht van de oceaan. Ze bleef staan en keek naar de huisjes. Zeven in totaal, de resten van de achtste villa waren door een geblindeerd hekwerk aan het zicht onttrokken. Erachter waren medewerkers van een sloopbedrijf bezig de zwartgeblakerde overblijfselen af te voeren, zag ze toen ze dichterbij kwam en mannen met verbrand hout zag lopen. Ze hoorde het geluid van een elektrische zaag, een man riep iets naar een collega. Ze dacht vluchtig aan haar badge en hoe die daar terecht was gekomen. De villa's waren beveiligd met goede sloten, zonder pasje kreeg je de deuren niet zomaar open. Niet dat ze verwachtte dat criminelen zich door een gesloten deur lieten tegenhouden, maar toch kwam er een gedachte bij haar op die er tot nu toe niet was geweest.

Wat als het gevaar van binnenuit kwam? Hoe goed kon ze haar collega's eigenlijk vertrouwen?

Ze schudde haar hoofd en liet haar eigen gedachte meteen weer los. Als ze zo ging denken, maakte ze zichzelf gek. Het had geen zin. Zelfs als er iemand binnen het hotel meewerkte, dan was dat slechts een klein schakeltje in een veel groter geheel. Een organisatie die maar weinig middelen zou schuwen om het grotere, gevaarlijke doel te bereiken. Mensen tegen wie ze niet was opgewassen en in haar eentje ook nooit opgewassen zou zijn.

Haar eigen gedachte verzwaarde haar gevoel nog verder. Ze liep weg bij de huisjes en nam plaats op een leeg bankje in de tuin. Daar pakte ze haar telefoon en stuurde een berichtje naar Jackie. Het liefst zou ze dat elke minuut van de dag doen, gewoon checken of haar zusje antwoordde en of het goed met haar ging.

Hoe is het?

Ze wachtte even. Jackie kwam online, supersnel, zoals Esmée van haar gewend was. Het was vier uur 's middags in Nederland, waarschijnlijk was haar zusje op de universiteit.

Hé sis!!! schreef ze terug. *Goed hier! En met jou?*

Esmée voelde zich opgelucht. Jackie reageerde meteen en alles leek normaal. Voor nu was ze veilig.

Goed, antwoordde ze. *Nog plannen vandaag?*

Meteen begon Jackie weer te typen. *Dit raad je nooit!! Ik heb een date. EEN DATE!!!*

Esmée glimlachte om de hysterische uitroeptekens. *Vertel,* schreef ze terug. *Ik wil er alles over horen.*

Jackie had met grote regelmaat een date en verwachtte daar altijd een hoop van, maar in de praktijk viel de jongen in kwestie vaak tegen, omdat Jackie er een hoog verwachtingspatroon op na hield. Een verkeerde opmerking over een bepaalde maatschappelijke kwestie kon voor haar al genoeg zijn om af te knappen, net als wanneer de man niet, zoals zijzelf, grote ambities en dromen voor de toekomst koesterde.

Er kwam een berichtje terug en Esmées ogen vlogen over de tekst. *Ik ken hem sinds woensdag, uit de kroeg, weer eens iets anders dan via Tinder hè. We raakten aan de praat en hij vroeg me mee uit. Officieel mee uit!! Dat doet niemand meer!! Dus heb ik ja gezegd en nu gaan we zaterdag uit eten.*

Hij liet er geen gras over groeien, stelde Esmée vast. Vandaag was het donderdag.

Leuk, schreef ze terug. *Vertel eens wat meer. Wat doet hij voor studie enz.*

Weer begon Jackie meteen te typen. *Geschiedenis,* stuurde ze. *Maar hij heeft eerst economie gedaan en gereisd, dus hij is iets ouder dan ik, ik denk iets van vijfentwintig. Tenminste geen broekie!!*

Esmée knipperde een paar keer. Haar zusje zei niets vreemds, maar toch zaten de berichten haar niet helemaal lekker. Elke keer als Jackie buitenkwam, voelde het voor Esmée alsof ze een soort doelwit was, zichtbaar, grijpbaar. Maar Esmée kon haar moeilijk vragen om binnen te blijven.

Hij is knap, stuurde Jackie, en ze had er een gezichtje met hartjes op de plek van de ogen bij gezet. *Wacht, ik stuur je een foto!!*

Haar zusje ging offline en Esmée wachtte. Er kwam ondertussen een berichtje binnen van Nina. Sommige dingen voelden aan alsof ze uit een ander leven stamden. Kletsen met haar vriendin of met haar moeder, zorgeloos berichtjes uitwisselen met Jackie. Ze opende het bericht van Nina en stuurde een snel antwoord: ja, het ging goed, druk in het hotel, alles weer rustig na het gedoe met de overval en brand. Ze stelde zich Nina voor, druk met haar gezin, haar werk. Wat als ze haar de waarheid zou vertellen?

Ze schudde kort haar hoofd en zag dat Jackie een foto stuurde. Vlug opende ze die. Het was een screenshot van een Instagrampagina van een man die Dennis heette, er stond geen achternaam bij. Zijn Instagramnaam was zijn voornaam andersom en het jaartal 1997 erbij. Zijn geboortejaar? Dat moest haast wel, waarom zou je anders zo'n jaartal bij je naam zetten.

Esmée zoomde in op de foto, maar het gezicht van Dennis ging deels schuil achter een petje. Op het oog was hij zeker knap, maar er was iets in zijn gezicht dat haar blik eraan deed haken. Hij had iets dat haar bekend voorkwam. Ze kon alleen niet thuisbrengen wat het was en of het te maken had met iemand die ze had ontmoet.

Ze realiseerde zich dat Jackie op een reactie wachtte en stuurde een hartje terug. Haar zusje begon weer te typen, maar ze verliet WhatsApp en ging naar de app van Instagram, waar ze Dennis opzocht met zijn profielnaam. Hij had bijna driehonderd volgers en volgde zelf een veelvoud daarvan. Ze scrolde door zijn foto's. Hij was fanatiek in de sportschool en hing graag om de schouders van vrienden, waarbij hij zijn duim opstak naar de fotograaf. Ze scrolde verder en slikte moeizaam. Was het de vorm van zijn ogen? De opvallend lichtbruine kleur? Zijn neus die een tikje scheef stond of de boogjes van zijn wenkbrauwen? Ze wist zeker dat ze zijn gezicht eerder had gezien.

Plotseling begon haar hand te trillen. Ze zette haar koffie naast zich neer en hield haar telefoon met beide handen vast. Er kwam een beeld in haar hoofd op van niet alleen het gezicht maar ook de plek waar ze het had gezien. Het scherm van haar laptop, thuis, aan haar eettafel. Niet zo lang geleden.

Met een duim die nog heviger begon te trillen, opende ze de browser op haar telefoon. Ze typte het webadres in en daarna de gebruikersnaam en het wachtwoord dat ze uit haar hoofd kende. Ze tikte de foto's aan en scrolde, en scrolde. Ineens zag ze ook de foto weer voor zich. Timo aan de linkerkant en aan de rechterkant, met de arm om zijn schouders, recht in de camera kijkend, brede glimlach...

Dennis.

Vanaf het scherm van haar telefoon staarde hij haar aan. De foto was drieënhalf jaar geleden gemaakt, ergens in Amsterdam. Ze herkende niet de plek, wel de bouwstijl. De zon scheen, de bomen stonden in bloei. Het leek of twee vrienden zorgeloos met elkaar optrokken – een snapshot van een fijne dag, een herinnering voor een later moment. Maar Timo zat, zo was later gereconstrueerd, toen al flink in de problemen. En Dennis, of wat zijn naam ook echt was, was niet zomaar een vriend, want zomaar goede vrienden had hij in die tijd niet gehad. Hij ging niet meer om met mensen van buiten de criminele bende, Esmée had hem toen vaak drie, vier of vijf weken achter elkaar niet gesproken. Hun moeder soms nog wel langer.

Dennis. Ze zoomde in, likte langs haar kurkdroge lippen, probeerde te slikken maar er was niets. Haar wangen voelden aan alsof ze in brand stonden en haar hoofd bonkte. Ze opende WhatsApp en keek weer naar de foto. Angst deed haar maag samenknijpen tot ze zo misselijk was dat ze gal moest wegslikken.

Op dat moment nam ze haar beslissing.

Het kon niet langer doorgaan. De reden dat ze meewerkte, was om haar zusje te beschermen. Alles zou ze doen om Jackie veilig te laten zijn. Na Timo wist ze dat mensen monsters konden zijn, tot meer in staat dan je in je gruwelijkste gedachten kon bedenken. Na Timo was ze nooit meer naïef geweest en dat zou ze ook nu niet zijn. Als Amanda en de organisatie waar zij deel van uitmaakte zeiden dat Jackie in gevaar was, dan was dat zo. Esmée geloofde niet in loze dreigementen en niet in losse flodders. Eén kogel zou genoeg zijn, één steek van een mes. Dan zou ze na haar broer ook haar zusje verliezen.

Ze gaf liever haar eigen leven dan dat ze dat zou laten gebeuren. En ze was bereid het te doen. Ze was bereid te sterven voor haar zusje, nu, vandaag nog, nu meteen. Maar de beangstigende gedachte dat het zo niet werkte, legde haar lam. Ook al zou ze zichzelf opofferen, haar werk, haar waardigheid, haar integriteit en zelfs haar hele leven, nooit zou ze Jackie kunnen beschermen. Omdat het nooit genoeg zou zijn voor Amanda, voor de organisatie, voor de criminelen die Timo's leven al hadden afgenomen toen hij er nog was en die uiteindelijk de trekker hadden overgehaald toen zijn leven allang was uitgehold en afgenomen. Zij kenden geen genoeg. En ze kenden ook geen grens.

Ze moest het onder ogen zien. Ze moest aan zichzelf toegeven dat ze het niet in de hand had. Hoe graag ze ook haar zusje wilde beschermen, ze had hier geen controle meer over. Zelfs als ze alles deed wat er van haar werd gevraagd, zelfs als ze naar Nederland zou gaan en de hele dag naast haar zusje zou staan, zou Jackie niet veilig zijn. Dat was een gedachte die de angst als koude golven door haar lichaam joeg.

Ze stond met een ruk op en gooide daarbij haar koffie om. Vlug pakte ze de beker van de grond en met grote passen liep ze terug naar haar kantoor. Ze passeerde Juremi die haar verwonderd aankeek, maar ze had geen tijd voor hem. Met een plof viel de deur achter haar in het slot. Vastbesloten zocht ze het nummer op. De laatste zweem van twijfel die nog ergens als een wolkje door haar hoofd zweefde, bande ze uit haar gedachten. Met een resolute beweging drukte ze op het telefoonsymbool. Er werd al snel opgenomen. Aan de andere kant van de lijn klonk een vrouwenstem.

Esmée schraapte haar keel. 'Kunnen we praten? Nu?'

Hoofdstuk 14

SUSANNA MARTINA DEED HAAR BEST OM DE VERWONdering uit haar blik te bannen toen de jonge vrouw plaatsnam achter haar bureau in haar kantoor. De ruimte was inmiddels bekend terrein. Ze hadden hier al eerder gesprekken gevoerd, waarbij Esmée Achterberg weliswaar antwoord had gegeven op de vragen maar tegelijkertijd terughoudend was geweest. Nee, ze kwam bijna nooit in de strandhuisjes. Nee, ze wist niet hoe haar naamkaartje was opgedoken in het huisje dat was afgebrand. Hoewel ze haar onwetendheid overtuigend bracht, had Susanna de schok in haar blik gezien. En die ging verder dan verbazing. Toch had ze er op dat moment niets over gezegd. Na wat ze had ontdekt over de broer van Esmée, wilde ze eerst dieper in de achtergrond van de vrouw duiken voor ze haar ermee confronteerde. Alleen had dat tot nu toe niets opgeleverd. Geen mens had een honderd procent schoon blazoen, maar Esmée Achterberg leek een heel eind in de buurt te komen. Het gevoel dat Esmée bij lange na niet het achterste van haar tong liet zien gecombineerd met het telefoontje van nu bijna een halfuur geleden, maakte dat ze met opgetrokken wenkbrauwen naar de vrouw keek. Het maakte ook dat ze zowel Hailey als Santiago had gevraagd haar te vergezellen. 'Je had gebeld', zei ze nu, terwijl Esmée met haar hand over haar bureau streek alsof er kruimels lagen, maar het blad was schoon.

'Ja.' De jonge vrouw slikte zichtbaar. 'Ik eh...' Ze zat rechtop, haar stem klonk helder, maar nu leek er toch iets van aarzeling toe te slaan.

'Je klonk bezorgd aan de telefoon.'

Esmée liet een lachje zien dat niet gemeend was. Ze staarde naar haar telefoon die voor haar lag en streek een plukje haar dat uit haar strakke knot was losgeraakt, achter haar oor. 'Bezorgd', herhaalde ze. 'Ja, ik ben zeker bezorgd.' Ze sloeg haar blik op naar Susanna en keek daarna naar de andere twee rechercheurs. 'Ik heb niet alles aan jullie verteld. En ik denk dat het tijd is om dat nu wel te doen.'

Susanna gaf geen antwoord. In plaats daarvan leunde ze voorover in haar stoel en keek Esmée aan. Die schraapte haar keel opnieuw en leek, nu het moment daar was, te zoeken naar woorden. Of misschien meer naar een begin. 'Gaat dit over het naamkaartje?' probeerde Susanna haar op weg te helpen.

'Eh…' Esmée keek nerveus. Toen knikte ze en dacht nog even na voor ze begon te praten. 'Onder andere, ja. Het naamkaartje is in het huisje geplaatst om mij een waarschuwing te geven. Om mij te laten zien waartoe ze in staat zijn en dat dit nog maar het begin is van wat er allemaal kan gebeuren. Het was de bedoeling dat ik er bang van zou worden.'

Susanna knikte een paar keer en probeerde intussen de woorden van Esmée op de juiste manier te plaatsen. '"Ze"?' vroeg ze.

'Amanda en haar organisatie. Of organisatie…' Ze haalde kort haar schouders op. 'Hoe zeg je dat? Bende? Criminelen?'

'De vrouw van het pakketje', zei Susanna. 'Misschien is het goed dat je bij het begin begint, zodat wij je kunnen volgen. Begrijp ik hieruit dat jij Amanda al kende?'

'Nee', zei Esmée snel en ze schudde krachtig met haar hoofd. 'Nee, ik kende haar niet tot ze incheckte in het resort. En we 's avonds aan de bar aan de praat raakten.' Wat volgde was een verhaal over een berichtje, een pakket en schaamteloze chantage. Esmée liet de berichten lezen die Amanda vanaf verschillende telefoonnummers had gestuurd en daarna liet ze zien dat haar zusje in Nederland kennelijk was benaderd door een voor haar onbekende man die direct aan hun broer Timo te linken was.

'Timo?' zei Susanna. Ze liet niet merken dat ze het verhaal van Esmées broer al kende, omdat ze het van haarzelf wilde horen. Esmée knikte en dacht even na voor ze kort over het criminele verleden van haar broer vertelde. 'Maar ik weet nog niet wat dat hiermee te maken heeft', zei ze daarna. 'Op een of andere manier is alles terug te voeren op hem, maar wat hij heeft gedaan of wie hij boos heeft gemaakt... ik heb geen idee. Het enige wat ik weet, is dat er bij mij en Jackie niets te halen is. Het enige wat ik kan bedenken, is dat ze redeneren dat het een familiekwestie is. Als Timo crimineel is, dan zal ik het ook wel zijn.' Ze haalde haar schouders op. 'Tja, dan is het misschien te verklaren dat ze bij mij uitkomen.'

'En jij kan iets betekenen doordat je in het hotel werkt', zei Susanna. 'Dat kan waardevol zijn. Zoals het invoeren van die paspoorten of het boeken van een kamer waar ze zich ongezien kunnen terugtrekken.'

'Tja...' Esmée keek aarzelend. 'Eerlijk gezegd heb ik meer het idee dat ze dat aan mij vragen omdat ze me medeplichtig willen maken aan iets. Dat ze, als ik ermee wil stoppen, kunnen zeggen: maar je hebt dit en dit al gedaan, dat is strafbaar.' Ze staarde even naar haar handen. 'Zo is het met mijn broer ook gegaan. Ze trekken je er langzaam in, tot het punt dat je niet terug kan omdat je al te veel hebt gedaan of te veel weet.'

Susanna knikte met samengeknepen ogen. Nu Esmée

had besloten eerlijk te zijn, leek het ook of ze haar reserves had laten varen. De stijve gereserveerdheid en de bijna feilloze correctheid waren verdwenen, in plaats daarvan was haar ongerustheid van haar gezicht af te lezen.

'Daar zou je best gelijk in kunnen hebben', zei ze als antwoord op wat Esmée had gezegd. 'En je zei dat ze nu creditcardgegevens willen?'

'Ja.' Esmée knikte een paar keer en beet op haar lip. In haar ogen blonken tranen, Susanna vermoedde dat die van bezorgdheid waren. 'Op hetzelfde moment dat mijn zusje in Nederland een date heeft met een van hun mensen, moet ik een envelop met creditcardgegevens en de bijbehorende paspoorten overhandigen in Shete Boka. Zo niet, dan zal Jackie iets ergs overkomen tijdens haar date.'

Susanna schudde zachtjes met haar hoofd. De criminelen schuwden blijkbaar echt geen enkel middel om Esmée onder druk te zetten. 'En wanneer willen ze die gegevens hebben?'

'Morgen, om drie uur 's middags, dan is het in Nederland acht uur 's avonds. Jackie is dan met een man die zij kent als Dennis, maar die in het echt vast anders heet.'

Meteen begonnen er in Susanna's hoofd allerlei radertjes te draaien, terwijl Hailey het gesprek met Esmée even overnam. Hoe gruwelijk het dreigement ook was, het was voor de politie ook een moment om te zien met wie ze te maken hadden. Als Esmée een plaats en een tijd kreeg en... Ze beet op haar onderlip terwijl ze nadacht. Er was in Shete Boka wel wat begroeiing, maar uit haar hoofd wist ze niet of dat genoeg zou zijn. Ze zouden moeten bekijken of het voor agenten mogelijk was zich op de parkeerplaats te verstoppen zonder gezien te worden. Als dat mogelijk was, zou de politie waardevolle informatie kunnen verzamelen over de organisatie waar Esmée mee te maken had.

Maar aan de andere kant, zelfs als het mogelijk was om in Shete Boka uit het zicht te blijven, het was niet honderd procent te garanderen dat de agenten niet gezien zouden worden. En honderd procent garantie op veiligheid was wel nodig voor het zusje van Esmée. Zelfs het allerkleinste kansje dat de overdracht van de creditcardgegevens mis zou lopen, konden ze niet riskeren. Niet als er een mensenleven op het spel stond.

Susanna liet haar gedachten voor nu los en concentreerde zich weer op het gesprek. Esmée vertelde over haar broer en hoe hij op het verkeerde pad was geraakt. Een paar keer blonken er tranen in haar ogen, die ze met een resoluut gebaar wegveegde. 'Het is misschien gek,' zei ze uiteindelijk, 'maar dit voelt ergens ook als iets wat ik nog voor Timo kan doen. Naar de politie gaan nu het nog niet te laat is. Soms denk ik: had hij dat maar gedaan.'

Er viel een stilte, die Susanna uiteindelijk opvulde. 'Je hebt een goede keuze gemaakt', zei ze. 'En we gaan alles doen om jou en je zusje te beschermen. Ik ga nu terug naar het bureau en jouw verklaring verwerken in het dossier. Daarna overleg ik met mijn leidinggevende over de volgende stap die we gaan nemen en hoe we de politie in Nederland hierbij kunnen betrekken.'

Ze zag aan Esmées gezicht dat die op meer had gehoopt, maar Susanna kon nu op eigen houtje geen toezeggingen doen. 'Ik neem snel contact op', beloofde ze. 'Sowieso vandaag nog.'

'Wat als ze doorgaan over die creditcardgegevens?'

'Doe wat je anders ook zou doen', zei Susanna. Het laatste wat er nu mocht gebeuren, was dat er achterdocht ontstond. 'Zou je zonder ons ja hebben gezegd?'

Esmée knikte. 'Anders doen zij Jackie iets aan.'

'Dan zeg je nu ook ja. Laat hen vertellen wat ze van je verlangen en op welke manier ze het willen uitvoeren.'

Esmée knikte, stond op en liep met hen mee naar de deur. Daar schudde Susanna haar de hand, gevolgd door Hailey en Santiago. Met haar twee collega's liep Susanna de lobby in, langs de receptie naar buiten. Ze stapten in de politieauto die ze naast het hotel op de parkeerplaats hadden gezet. Santiago ging achter het stuur zitten, Susanna deed het raam open. Ze voelde de wind langs haar gezicht strijken toen ze terugreden naar het bureau.

Esmée liet haar hoofd in haar handen rusten terwijl in gedachten het gesprek met de recherche nog eens voorbijkwam. Toen ze eenmaal was begonnen met praten, waren de woorden makkelijk gekomen. Bij elke zin voelde ze zich op een vreemde manier lichter maar ook zwaarder. Rationeel wist ze dat ze er goed aan deed om met de politie te praten, maar het betekende ook dat de controle door haar vingers was geglipt. Jackies lot had ze, vrij letterlijk, in de handen van de politie gelegd. Ze durfde er nog steeds niet op te vertrouwen dat dat haar zusje juist zou redden.

Het geluid van haar ringtoon haalde haar uit haar gedachten. *Nieuw,* stond er in het scherm. Alles in haar wilde de oproep wegdrukken, maar ze nam toch op.

'Wat deed de politie bij jou?' vroeg Amanda zonder begroeting.

Esmée voelde haar hart in haar keel schieten. Ze had expres gevraagd of Susanna naar haar werk kon komen, omdat dat paste bij de werkwijze die de politie eerder had toegepast. Zou ze zelf naar het bureau gaan of vragen of de recherche bij haar thuis kon komen, dan zou dat Amanda en de mensen die hier op Curaçao alles in de gaten hielden meteen opvallen.

'O...' zei ze, zoekend naar het antwoord dat ze eerder had bedacht. De mogelijkheid dat Amanda zou weten van Susanna's bezoek was al door haar hoofd gegaan, maar de plausibele reactie die ze toen had bedacht, was lastiger te geven nu ze de vrouw daadwerkelijk aan de telefoon had. 'Wat denk je zelf?' zei ze toen en schraapte haar keel. 'Ze zijn nog steeds bezig met het onderzoek naar de overval en de ontploffing van het huisje.'

'Wat wilden ze?'

'Informatie. Weten waarom mijn naamkaartje daar lag.'

'Wat heb je gezegd?'

'Dat ik het niet weet, net als de vorige keer. Daar is ook geen woord van gelogen, want ik ben niet in dat huisje geweest en ik heb al helemaal geen badge verloren.'

'Hm', antwoordde Amanda nadenkend, om daarna van onderwerp te veranderen. 'Ik ga je nu vertellen wat je te doen staat. Let goed op, want ik zeg het maar één keer.'

Esmée gaf geen antwoord. Amanda liet een korte stilte vallen, tot ze op zakelijke toon weer begon te praten: 'Morgen vind je op je deurmat een USB-stick in een verder lege envelop. Op die stick zet je de gegevens van honderd creditcards van tien k en hoger, in euro's, en in de envelop lever je ons prints van de paspoorten die erbij horen.'

Tien k en hoger. Het leek veel om een limiet van tienduizend euro op een creditcard te hebben, maar het Curaçao Beach Resort ontving vele gasten voor wie dat gold. 'Oké', beloofde Esmée.

'Morgen om drie uur 's middags overhandig je ons de envelop met daarin de paspoorten en de USB-stick. Als alles in orde is, zal jouw zusje niets overkomen. Maar je kunt ervan uitgaan dat wij precies weten waar ze is en met wie.'

De informatie was niet nieuw. Voor het eerst had Esmée het gevoel dat ze een klein voorsprongetje had door haar wetenschap dat Dennis en Timo elkaar hadden gekend.

'Mooi zo.' Amanda klonk tevreden en er was ook iets van verwondering in haar stem, waarschijnlijk door de manier waarop Esmée meewerkte. Het voelde raar om gewoon ja te zeggen op wat het grootste datalek in de geschiedenis van het CBR zou zijn, als het doorging op de manier waarop Amanda het wilde. Maar de rechercheur had gezegd dat ze het moest doen.

'En hoe gaat het verder?' vroeg Esmée. 'Ik kan die envelop moeilijk hier op mijn bureau laten liggen.'

'Hoe je ervoor zorgt dat niemand het ziet, is jouw probleem, niet het mijne', zei Amanda koeltjes. 'Jij zorgt ervoor dat je om kwart over twee in de auto stapt en naar het Shete Boka-park rijdt. De precieze locatie krijg je door zodra je bij de ingang bent.'

De vraag of het niet erg druk zou zijn bij het park kwam in Esmée op, maar ze stelde hem niet. 'Oké', zei ze alleen maar. Het voelde gek om aan de ene kant met de politie in gesprek te zijn en aan de andere kant te beloven een grote financiële misdaad te plegen, omdat diezelfde politie had gezegd dat ze moest doen wat ze anders ook had gedaan.

'Mooi', zei Amanda opgewekt. 'Dan is dat geregeld. Het spreekt voor zich dat als het fout loopt, als jij niet levert wat je hebt beloofd of als de politie hier lucht van krijgt, je jouw zusje niet meer terugziet. Maar dat had je vast al begrepen.'

Esmée deed haar mond open om antwoord te geven, maar kreeg niet meer dan een gehum over haar lippen. Amanda verbrak de verbinding zonder afscheid te nemen.

Esmée hield haar telefoon in haar handen en zocht het nummer op van de rechercheur. Met bonkend hart luisterde ze naar hoe de telefoon overging.

'Een arrestatieteam met ondersteuning, extra manschappen ter plaatse, dan moet het lukken.' Agent Stephen McWells keek heen en weer tussen Susanna Martina en Regilio van Raadt. Als leider van het arrestatieteam had hij zich het afgelopen halfuur opgeworpen als warm pleitbezorger van inzet van datzelfde team bij de overdracht van de envelop die Esmée Achterberg aan haar contact binnen de criminele bende had beloofd. 'Alleen op dat moment, om drie uur in de middag, weten we waar ze zijn', benadrukte Stephen nog maar eens, met zijn vinger tikkend tegen de kaart van het Shete Boka National Park. 'Zo'n kans krijgen we niet snel nog een keer.'

'Maar we kunnen het risico met het meisje in Nederland niet nemen', zei Susanna. 'Zodra het arrestatieteam in het zicht komt, is er de kans dat iemand de mensen in Nederland inseint en dat de man in wiens gezelschap zij zal verkeren, in actie komt om uit te voeren wat hem ongetwijfeld is opgedragen. Mijn voorstel is om ons kruit droog te houden tot we zeker weten dat Jackie veilig is, en dan pas over te gaan tot arrestaties.'

'Arrestaties van wie?' vroeg Stephen. Hij keek haar recht aan. Susanna had vaak genoeg in dit soort strategische overleggen met hem gezeten om gewend te zijn aan zijn directe manier van communiceren. Iets waar ze hem om waardeerde: Stephen zei precies wat hij dacht en je wist wat je aan hem had. 'Als het moment van overhandiging voorbij is, staan we met lege handen. Letterlijk. Dan zijn alle vogels gevlogen.'

'Maar de tracker zal ons vertellen waarnaartoe.' Susanna had voorgesteld de USB-stick waar Esmée de gegevens op moest laden, uit te rusten met een minuscuul kleine gps-tracker. Een plan dat Stephen, specialist in operationele politieacties, niet toejuichte.

'Maar dan ben je je moment van heterdaad kwijt', zei hij. 'Dat is hoe dan ook het beste en het sterkste moment om toe te slaan.'

Hoewel Susanna dat met hem eens was, moest ze de veiligheid van Jackie Achterberg voor de zaak laten gaan. Vanaf het moment dat ze Esmée had gesproken, nu drie uur geleden, tot vlak voor het overleg met Stephen en haar baas, had ze de tijd gebruikt om onderzoek te doen naar de bende die mogelijk achter de chantage van Esmée zat. De naam Amanda Lewis kwam in de systemen uiteraard niet voor, dat had ze al eerder vastgesteld. Maar de werkwijze die de criminelen hadden laten zien, paste bij een bende die eerder was opgerold. Ook al wist de recherche zo goed als zeker dat die bende was gelieerd aan een man die Gustavo Zeefuik – in de media bekend als Gustavo Z. – heette, hij was tot nu toe de dans altijd ontsprongen.

'Zeefuik laat zich niet zomaar pakken', zei Regilio van Raadt nu. 'Zelfs als we met wapengekletter aanwezig zijn in het park, hebben we hem niet. Hij zal daar zelf niet zijn.'

'En dan verraden we onszelf', zei Susanna, die merkte dat haar chef op haar hand was. 'We hebben maar één keer de kans om ons kenbaar te maken en vanaf dat moment zal de bende uit zijn op wraak richting Esmée, en dus op haar zusje, en zich bovendien voorlopig niet meer laten zien.'

'Maar die Lewis zal waarschijnlijk in dat park aanwezig zijn', bracht Stephen daartegen in. 'Als we die kunnen pakken, hebben we een belangrijke pion die ons naar hogergeplaatste figuren kan leiden. Voor het meisje in Nederland kan bescherming worden aangevraagd.'

'Maar we kunnen niet waterdicht maken dat we de zaak daarmee in één klap tot een einde brengen. En daarmee vergroten we het risico voor Jackie Achterberg, en ook voor Esmée, tot een onacceptabel niveau. We kunnen hen niet tot in lengte van dagen beveiligen.'

Stephen deed er met een ontevreden gehum het zwijgen toe. Eerder had hij al duidelijk gemaakt dat hij Susanna's sympathie en begrip voor Esmée niet geheel deelde. 'Ze had onmiddellijk aan de bel moeten trekken, dan was de zaak in de kiem gesmoord', had hij gezegd. 'Het is al veel te ver gekomen.'

'Misschien, maar nu moeten we werken met de feiten zoals die op tafel liggen', zei Regilio van Raadt. 'En ik ben het met Susanna eens. Het gevaar voor het meisje in Nederland is te groot. Elk procent risico is er een te veel.'

'Een tracker is vrijwel onzichtbaar weg te werken in de stick', zei Susanna, die haar research op dit gebied had gedaan. 'Het hoeft geen groot of ingewikkeld apparaat te zijn, een kleine chip is al genoeg. Die kan worden geplaatst in de schacht. Alleen wie de stick openmaakt en precies weet hoe de elektronica er normaal gesproken uitziet, zou, met een geoefend oog, kunnen zien dat er een klein chipje is geplaatst dat niet in zo'n stick thuishoort.'

'En dan?' vroeg Van Raadt. 'Hebben we de vervolgstappen in kaart?'

'Dat zijn uiteraard aannames', zei Susanna. 'Maar de verwachting is dat de USB-stick wordt meegenomen naar het huis van een van de bendeleden of een loods of bedrijf van waaruit zij werken. Daar zullen de gegevens worden overgeladen op een computer of laptop, waarna de stick zal worden vernietigd. Onze inschatting is dat hier een tijdspanne van minder dan twaalf uur mee gemoeid zal zijn.'

'En dus is de tracker dan nutteloos', zei Stephen McWells.

'Maar die zal ons wel een locatie geven waar we kunnen posten', bracht Susanna daartegen in. 'Ik ben van mening dat we in deze zaak voor de lange adem moeten kiezen.'

Stephen haalde diep adem. 'Met het risico dat we uiteindelijk met lege handen staan.'

'Daar heb je gelijk in.' Susanna knikte en ook al klonk haar antwoord voor een buitenstaander misschien gelaten, in die zin zat ook de frustratie opgesloten die ze net als Stephen heus wel voelde. 'Maar als we in Shete Boka aanwezig zijn is er ook de kans dat we alleen een loopjongen pakken, terwijl we tegelijkertijd de veiligheid van het meisje in Nederland in gevaar brengen. Dat moeten we niet doen.'

'Goed.' Van Raadt keek afrondend van de een naar de ander. 'Susanna, ik stel voor dat je met de collega's van de digitale recherche contact opneemt om het plan voor de tracker verder uit te werken. Bij het moment van de overdracht zullen wij, om het risico voor het zusje in Nederland zo laag mogelijk te houden, niet aanwezig zijn. Wij zullen ons moeten baseren op de informatie die we door middel van de tracker kunnen verzamelen, en moeten ons dan beraden op de vervolgstappen. Ik zal deze aanpak met de officier bespreken en toestemming vragen voor het gebruik van de tracker.' Hij keek Susanna aan. 'Maar dat lijkt me een formaliteit.'

Susanna maakte een stapeltje van haar papieren en stond op. 'Ik geef aan het einde van de middag een update.' Ze knikte eerst haar baas en daarna haar collega toe en stapte met snelle passen het kantoor uit. In plaats van naar haar werkplek liep ze naar het trappenhuis, waar ze de trap naar boven nam. Daar klopte ze op de openstaande deur van haar collega Paulina, die net met een boogje het klokhuis van een appel in de prullenbak gooide. 'Suus', zei Paulina toen ze opkeek. 'Wat kan ik voor je doen?'

'Ik heb een tracker nodig.'

'Wat voor tracker?'

'Eentje die in een USB-stick geplaatst kan worden.' Susanna rommelde tussen haar papieren en schoof het juiste blaadje naar haar collega. 'Kunnen wij zoiets voor morgenmiddag in een USB-stick plaatsen?'

Paulina had minder dan twee seconden nodig. 'Dat komt wel goed', zei ze, precies zoals Susanna van haar gewend was. Paulina Krul werkte op de kop af tien jaar bij de digitale afdeling van de recherche op Curaçao en wist alles van de opsporingsmiddelen die die afdeling ter beschikking stonden. Van het kraken van databases tot het ontgrendelen van berichtenverkeer – Paulina deed het. En ook de grote variëteit in trackers, van auto's tot telefoons tot personen, kende voor haar geen geheimen.

'Heb je de USB-stick voor mij?' vroeg Paulina. 'Dan breng ik het in orde.'

'Die krijg ik morgen.' Susanna keek nadenkend. 'Is die tracker echt maar een paar millimeter groot?'

'Ja, zelfs als je de stick openmaakt, zie je hem niet zomaar zitten.'

'En is hij op te sporen met apparatuur?'

'Dat wel.' Paulina typte iets in op haar toetsenbord en draaide haar scherm vervolgens naar Susanna. 'Kijk, dit is een soortgelijke tracker, al is die van ons nog wat kleiner. Er zit natuurlijk een gps-zendertje in, anders zou hij niet functioneren. Als je de USB-stick uitleest met gps-apparatuur, is het mogelijk dat die een signaal opvangt.'

'Hoe groot is die kans?'

'Tja...' Paulina woog haar woorden. 'Ik zou niet willen zeggen dat die kans enorm is, want je hebt hier wel zeer goed afgestelde apparatuur voor nodig. Het is geen gps-signaal dat je met elke hobbyscanner oppikt.'

'Maar als het gebeurt, weten ze dat we een tracker hebben geplaatst', zei Susanna.

'Dat er is een tracker in zit', verbeterde Paulina haar. 'Niet dat de politie dat heeft gedaan. Er zijn ook USB-sticks waar gps in zit als je ze koopt. Als een soort extra optie.'

'Maar ze zullen het vermoeden.'

Paulina dacht na en knikte toen langzaam. 'Dat klopt. Het is een kwestie van de risico's tegen elkaar afwegen.'

Susanna bedankte haar en liep terug naar Van Raadt om met hem over het risico te overleggen dat de criminelen de USB-stick zouden uitlezen. Haar baas was aan de telefoon, maar hing net op toen ze binnenkwam. In korte bewoordingen vertelde ze hem wat Paulina had gezegd. 'Ik heb net toestemming van de officier gekregen voor de tracker', zei hij. 'Dus dat is alvast goed nieuws. En wat betreft het risico...' Hij dacht na. 'Ik ben net als jij van mening dat onze aanwezigheid in het Shete Boka-park een groot risico met zich meebrengt, dat we niet moeten nemen. Maar dit...' Hij tuitte zijn lippen en wreef over zijn voorhoofd. 'Ik zal het met de officier bespreken, maar elke operatie brengt gevaren met zich mee en ik zou zeggen dat het risico in dit geval verantwoord is.'

Susanna knikte een paar keer. Liever had ze gehad dat

er geen enkel risico was, maar ze wist dat haar baas gelijk had. Bij elke vorm van opsporing moesten afwegingen worden gemaakt en als ieder gevaar uitgesloten moest worden, kwamen er maar weinig operaties van de grond.

'Ik neem contact op met de politie in Groningen zodat zij paraat staan, mocht het op een of andere manier toch mislopen. Het is een groot voordeel dat Jackie Achterberg en haar date afspreken op een openbare plek.'

Susanna knikte. Dat was zeker waar, al bracht zo'n openbare gelegenheid als een restaurant op zichzelf ook weer risico's met zich mee. Jackie en de man met wie ze aanwezig was konden onopvallend in de gaten worden gehouden, maar met zoveel overige aanwezigen wist de politie niet wat voor vlees ze in de kuip hadden. Wie zei dat de bende niet nog meer mensen in het restaurant had neergezet, al dan niet in het bezit van een wapen?

Ze bedankte Van Raadt en liep zijn kantoor uit zonder haar gedachten met hem te delen. Zelfs een simpele arrestatie van een op heterdaad betrapte inbreker kon je, als je maar lang genoeg verder dacht, als een uiterst risicovolle operatie bestempelen. Wat als diegene bewapend was? Behangen met explosieven? Voor die risico's had ze altijd oog gehad, net als elke agent was ze er ook tijdens de opleiding van doordrongen geraakt.

Terwijl ze haar eigen werkruimte binnenstapte, zette ze haar gedachten resoluut van zich af. Het enige wat ze nu kon doen was het risico zo klein mogelijk maken door haar eigen werk zo grondig mogelijk te doen. Ze had nog iets meer dan vierentwintig uur de tijd voor de creditcardgegevens en paspoorten overgedragen moesten worden en voor Jackie Achterberg zou dineren met een man van wie zij dacht dat het gewoon een leuke vent uit de kroeg was.

Ze keek op toen er iemand binnenkwam. Wilson hield halt bij haar bureau. Met zijn hoofd schuin keek hij haar aan. 'Er is iets veranderd', stelde hij vast.

'Hoe bedoel je?'

'Is er een doorbraak in je onderzoek?'

Susanna glimlachte. Het was lastig om iets voor Wilson verborgen te houden. 'Misschien', zei ze. 'We kunnen mogelijk zelf iets forceren. Maar het moet heel zorgvuldig gebeuren.'

'Dat is jou wel toevertrouwd', zei Wilson met zijn kalme, diepe stem. Hij keek haar aan en uiteindelijk verscheen er een glimlachje om zijn lippen. 'U bent er weer, rechercheur Martina', zei hij. 'U bent terug.'

Susanna antwoordde iets gekscherends en lachte om zijn woorden, maar toen hij de ruimte verliet en ze naar zijn rug keek tot hij om de hoek was verdwenen, merkte ze dat zijn woorden iets in haar hadden losgemaakt.

Ze was er weer. En deze keer zou ze zich door niemand laten tegenhouden.

Hoofdstuk 15

ALS ZE NIET BETER HAD GEWETEN, HAD ESMÉE GEZEGD dat de man die haar kantoor binnenkwam en de deur zorgvuldig achter zich sloot voor hij zich naar haar omdraaide, een Nederlandse huisvader was die vakantie vierde met zijn beeldschone vrouw, perfecte kindertjes en natuurlijk zijn laptop om zijn goedlopende bedrijf tijdens zijn afwezigheid draaiende te houden. Het enige was dat ze wist dat dat niet waar was. Maar ze hadden bij de politie hun best gedaan om hun koerier – van wie Esmée niets anders wist dan dat hij door Susanna was gestuurd – op geen enkele manier te laten opvallen in het hotel. Zoals hij liepen er nog tientallen gasten rond, met kaki korte broek, een blauw poloshirt en loafers aan zijn voeten. 'Hai', zei hij alleen maar toen hij voor haar bureau stond. 'Jij moet Esmée zijn.'

Ze knikte en wilde antwoord geven, maar er kwam eerst niets uit haar mond. Uiteindelijk schraapte ze haar keel. 'Ja', zei ze toen. 'Dat klopt. Hier is het.'

Vanochtend vroeg had ze, zoals Amanda had aangekondigd, op de mat van haar voordeur een envelop met daarin een zwarte USB-stick gevonden. Volgens afspraak had ze Susanna gebeld, die had gezegd dat er iemand zou komen om de stick op te halen. Ze zou hem rond de middag terugkrijgen en daarna vullen met de creditcardgegevens. Met het uitprinten van de bijbehorende paspoorten was ze al begonnen.

De man pakte de stick aan met een doekje en stopte hem in een klein plastic zakje met een druksluiting. Daarna liet hij dat in een tasje glijden dat hij onder zijn kleding verborg. 'Mijn collega brengt hem straks terug', zei hij nog voor hij het kantoor verliet. Esmée voelde zich trillerig toen de deur achter hem was dichtgevallen.

Nu werd het echt, zo voelde het. Geen weg meer terug. Het inschakelen van de politie was rationeel het juiste om te doen en ze had het gevoel dat er zorgvuldig met de hele situatie werd omgesprongen, maar dat ze de controle kwijt was, veroorzaakte een enorme nervositeit. Tegelijkertijd was het een illusie dat ze ooit controle had gehad, dat wist ze ook wel. En ze was blij dat de politie het voorzichtig aanpakte. Vanmiddag zou ze in haar eentje naar

Shete Boka gaan – geen agenten, zelfs niet op een afstandje. Dat wilde ze ook niet. Ze voldeed aan wat de criminelen van haar vroegen en dat maakte dat haar eigen risico relatief laag was. Dat van haar zusje wilde ze op nul stellen of, als dat niet kon, zo dicht mogelijk bij de nul. De aanwezigheid van de politie zou paradoxaal genoeg betekenen dat Jackie veel meer gevaar liep.

Ze drukte opnieuw op *print* en er rolde weer een afbeelding van een paspoort uit de printer. Snel stopte ze het blaadje in de envelop, die ze meteen weer opborg in haar lade. Daarna volgde er weer eentje en weer eentje en elke keer stopte ze tussendoor de envelop weg. Dan beantwoordde ze wat mailtjes of nam ze een telefoontje aan om geen argwaan te wekken. Ze had nagedacht over een verhaal dat ze kon vertellen als er een collega binnenkwam, maar het uitprinten van paspoorten van gasten was in het hotel geen onderdeel van wat voor proces dan ook. Het was zelfs strikt verboden.

Uiteindelijk rondde ze zowel haar werk als de prints af en precies drie uur nadat de man in de polo de USB-stick had meegenomen, bracht een vrouw in een lichtroze zomerjurk hem terug. Esmée wist niet waar ze de folder over snorkeltripjes vandaan toverde die ze opvallend in haar hand hield toen ze Esmées kantoor verliet. 'Dank je wel', zei ze in de deuropening. 'We gaan ernaar kijken.' Daarna zwaaide ze met het foldertje en trok de deur achter zich dicht. Al die tijd had Esmée niets meer gezegd dan een korte groet bij binnenkomst. Meer viel er ook niet uit te wisselen. Ze had met Susanna afgesproken dat alles precies zo zou gaan als Amanda haar opdroeg en dat ze op geen enkele manier zou proberen informatie te vergaren of de situatie naar haar hand te zetten. Ondertussen werd Jackie in Nederland in de gaten gehouden door agenten die in hetzelfde restaurant als haar zusje een tafeltje hadden geboekt.

Ze stopte de USB-stick in de computer en zette het bestand erop dat ze al had klaargezet. Daarna controleerde ze haar werk en haalde de stick er weer uit – een werkje van nog geen twee minuten. Ze stopte hem in de envelop en liet die in haar tas glijden. Ze keek op de klok. Het was iets na één uur in de middag en aangezien ze vandaag eigenlijk vrij was, was het niet vreemd dat ze naar huis ging. Ze sloot haar computer af en stond langzaam op. De envelop in haar tas voelde als een explosief dat elk moment kon afgaan.

'Bel me als er iets is', zei ze zoals altijd tegen de medewerkers van de receptie. 'Ik ben gewoon bereikbaar.'

Het tweetal wenste haar een fijne middag en Esmée liep naar de deur. Toen er een stem achter haar klonk, vloog ze bijna de lucht in van schrik.

'Hi', zei Leandro, om haar vervolgens wat verwonderd aan te kijken. 'Is er iets?'

'Nee', zei ze snel terwijl ze probeerde haar ademhaling onder controle te krijgen. 'Nee, niks. Hoe is het?'

'Goed.' De verwondering was nog niet helemaal verdwenen.

'Het is die overval', zei Esmée. 'Sindsdien schrik ik van onverwachte geluiden of stemmen. En ik had je niet aan horen komen.'

'O.' Hij keek bezorgd. 'Misschien is het goed om nog eens met iemand te praten. Jij bent altijd zo stoer, maar je kan echt een trauma hebben opgelopen.'

'Ja', zei Esmée om geen argwaan te wekken. 'Dat is misschien wel een goed idee.'

'Heb je vanavond plannen? Mijn moeder klaagt dat ze je al een tijd niet heeft gezien.' Hij trok een gezicht. 'Maar je weet dat ze dat al na een dag zegt.'

'Vanavond...' Esmée slikte moeizaam. 'Ik eh... Eerlijk gezegd ben ik echt doodmoe. Ik wilde eigenlijk gewoon een keer vroeg naar bed gaan.'

Leandro knikte. 'Gelijk heb je. Je moet goed voor jezelf zorgen.'

'Ik ga binnenkort bij haar langs, beloofd.'

Leandro kreeg een telefoontje binnen en zei snel gedag. Hij nam op terwijl hij wegliep. Esmée haalde diep adem en voelde in gelijke mate opluchting en schuldgevoel over diezelfde opluchting. Nooit had ze iets voor Leandro achtergehouden, dat was juist zo mooi aan hun vriendschap. En nu kon ze hem niet vertellen in welk bizar en gruwelijk filmscenario ze terecht was gekomen.

Ze liep snel naar buiten, stapte in haar auto en zette haar tas voor de passagiersstoel. Met het gevoel dat iedereen aan haar kon zien wat er speelde, reed ze het terrein van het resort af.

De weg naar huis leek eindeloos lang te duren. Ze moest zich inhouden om niet te veel gas te geven. Hoe graag ze ook die envelop uit de auto wilde hebben, opvallen door de snelheidslimiet te overtreden zou niet de meest handige keuze zijn. Uiteindelijk bereikte ze haar straat en parkeerde. De hand waarmee ze de tas vasthield trilde toen ze de meters tot haar voordeur aflegde. Eenmaal binnen zette ze de tas neer alsof die plotseling gloeiend heet was geworden. Ze duwde de voordeur dicht, draaide de sleutel om en controleerde nog een keer of hij echt op slot zat. Daarna liep ze naar de kamer, de keuken, de patio en terug naar de gang. Ze zou misschien iets moeten eten, maar werd misselijk bij het idee. Het was iets na halftwee. Shete Boka was drie kwartier rijden. Nog ruim een half uur tot haar vertrek. Het leek een zee van tijd die niet te overbruggen was.

Het geluid van haar telefoon deed pijn aan haar oren. *Jackie*, stond er in het scherm. Ze aarzelde even, maar nam toen op. Normaal doen, hamerde het in haar hoofd. Kalm. Geïnteresseerd, zoals ze altijd deed.

'Klaar voor de date?' vroeg ze toen ze haar zusje had begroet. 'Heb je er zin in?'

'Zin wel', antwoordde Jackie opgewekt. 'Klaar niet. Wat denk jij: spijkerbroek of jurkje?'

'Eh...' Esmée aarzelde. 'Het is lang geleden dat ik een date heb gehad. En al helemaal met een twintiger.'

'Ik raad het je aan', grinnikte Jackie. 'Ik denk spijkerbroek. Met een truitje.'

'Jou staat alles.'

'En hakken.'

'Goed idee.'

'Of sneakers.'

Esmée fronste. Ze kende haar zusje niet zo onzeker. 'Sneakers', zei ze. 'En jullie gaan naar dat Italiaanse restaurant toch?'

Ze vroeg het langs haar neus weg, maar wist precies de naam en locatie van het restaurant. 'Ja', zei Jackie. 'Hun pasta vongole is echt geweldig. Daar verheug ik me nog het meest op.' Ze grinnikte. 'Maar Dennis is ook leuk, denk ik.'

Ze praatten nog wat, maar Esmée merkte dat haar hersenen moeite hadden om Jackies woorden te verwerken en om met een passend antwoord op de proppen te komen. Uiteindelijk rondde ze het gesprek af. 'Veel plezier', zei ze, naar ze hoopte gemeend. 'En laat me weten hoe het was.' Normaal gesproken zou ze gezegd hebben dat ze Jackies *emergency call* zou zijn en dat haar zusje *help* moest appen, waarna Esmée zou bellen en een noodgeval zou voorwenden. Het was ooit begonnen als een gekscherende opmerking en nu zei ze het elke keer, maar Jackie had er nog nooit gebruik van gemaakt. Deze keer zei Esmée echter niets. Als haar zusje zou appen, kon ze niets voor haar betekenen, een gedachte waarbij ze zich nog beveriger voelde dan ze al deed.

Jackie beloofde te laten weten hoe de date was verlopen en verbrak de verbinding. Esmée zag dat er ondertussen een bericht van Amanda was binnengekomen op haar telefoon. *Alles klaar?*

Esmée bedacht toen ze *ja* terugschreef, dat dat antwoord klopte op meer manieren dan Amanda wist. Ze legde haar telefoon aan de kant en liep naar haar slaapkamer, waar ze haar werkkleding verruilde voor een korte broek, een T-shirt en stevige gympen. Daarna ging ze weer op de bank zitten, maar stond meteen weer op. Uiteindelijk wees de klok op haar telefoon dan 14.15 uur aan. Ze wierp een laatste blik in de spiegel, alsof haar uiterlijk ertoe deed. Daarna pakte ze haar autosleutels, greep het hengsel van de tas en zonder nog te aarzelen liep ze de deur uit.

De straat was vreemd stil. Ergens zat er een beeld in haar hoofd van iemand die op haar af kwam lopen, de tas greep en zich uit de voeten maakte. Er zat een zoem in haar oren en ze bleef staan, maar er kwam niemand.

In de beslotenheid van haar auto durfde ze pas weer te ademen. Ze vergrendelde de portieren van binnenuit en gaf gas, de straat uit, de stad uit. De weg naar het noorden was lang en er was niet veel verkeer. Ze wilde iemand bellen – Leandro, Nina, Jackie, haar moeder, iemand die ze vertrouwde. Maar ze zou blokkeren op een praatje, omdat ze geen idee had hoe ze normaal moest doen. Straks zou ze nog argwaan zaaien. Als Jackie iets overkwam, was het haar schuld, haar fout. Dat gevoel drukte als een loden last op haar schouders.

Hoe meer ze zich naar de bovenkant van het eiland

verplaatste, hoe rustiger het werd. Hoewel ze Google Maps aan had staan, viel het bereik af en toe weg en moest ze langzaam rijden om de afslag niet te missen. Met moeite las ze de stalen bordjes die haar in de richting van de ingang van Shete Boka dirigeerden.

Ze haalde diep adem en probeerde haar angst de baas te worden toen ze de parkeerplaats op reed. Het was meer dan een jaar geleden dat ze hier was geweest, maar ze herinnerde zich de onverharde weg en het hokje bij de ingang waar een parkbeheerder zat. Ze zette haar auto op een lege plek en stapte meteen uit, omdat ze bang was dat ze anders niet meer zou durven. De lucht was warm en zwaar. Dichtbij waren de stemmen van vele toeristen, verderop klonk het gebeuk van de golven die, zo wist ze van toen ze hier eerder was geweest, met geweld kapotsloegen op de donkere rotsen – dé attractie die mensen naar Shete Boka trok. Het was een beeld dat ze toen net als zovelen had bewonderd maar dat haar nu zoveel angst aanjoeg dat ze zich duizelig voelde.

Met de tas in haar hand keek ze om zich heen. Vanaf de oceaan kwam een stevige bries, het geluid van de wind vulde haar oren. Dichterbij klonk geritsel in de lage struiken dat haar hartslag omhoog deed schieten, maar ze kalmeerde zichzelf met de gedachte dat het vast een dier was. Ze wachtte een paar minuten, keek op haar telefoon en wachtte toen weer, terwijl ze probeerde de angst onder controle te krijgen. Het was een kansloze missie. De middagzon brandde op haar hoofd, maar toch rilde ze. En al die tijd gebeurde er niets. Het werd 15.00 uur. Daarna 15.01. 15.02.

De stem was er ineens. 'Esmée', klonk het en als door de bliksem geraakt draaide Esmée zich om. Daar stond Amanda, zoals altijd gekleed in het zwart, deze keer met gympen aan haar voeten. Ongeveer een meter achter haar stond een man in een zwarte broek en een strak T-shirt in dezelfde kleur. De zon weerkaatste op zijn donkere huid. Zijn zonnebril maakte dat Esmée zijn ogen niet kon zien.

'We gaan een stukje lopen', zei Amanda en ze draaide zich om. Esmée had geen andere keuze dan haar te volgen. De man kwam pas in beweging toen ze hem gepasseerd was en sloot vervolgens de rij.

Amanda liep het pad richting de bekendste rotsen voorbij en koos voor een route die geen enkele toerist nam. Het pad was smal en links en rechts zag Esmée lage, stugge begroeiing. Een tak met scherpe doornen streek langs haar been en veroorzaakte een gemene pijn. Amanda sloeg rechtsaf, een nog smaller pad in. De zee kwam dichterbij, Esmée proefde het zout op haar bovenlip.

Plotseling eindigde het pad en stonden ze op een vlak, kaal stuk steen dat meters verderop abrupt eindigde. Daarachter spatte zeewater op en Esmée kon zich zonder het gezien te hebben een voorstelling maken van de kolkende golven en puntige rotsen die ze zou zien als ze naar beneden zou kijken. De zon brandde hier ongenadig op haar hoofd en ze voelde zweet prikken op haar rug. Ongerust keek ze heen en weer tussen Amanda en de man, die zich opnieuw een paar meter achter Amanda had geposteerd. Als ze zo meteen de envelop overhandigde, had ze haar waarde voor de organisatie bewezen. En dan was ze niet meer nodig. Ze slikte moeizaam en keek naar de rand waarachter zich meters dieper de oceaan bevond. Tegen alleen al die man zou ze geen kans hebben.

Amanda hield haar blik strak op Esmée gericht, de man keek voortdurend om zich heen. Er was niemand te zien. Amanda stak haar hand uit. 'De envelop', zei ze.

Esmée gaf geen antwoord. In plaats daarvan maakte ze haar tas open en haalde de envelop eruit. Ze stak haar hand uit. 'Alles zit erin.'

Amanda knikte kort en pakte de envelop aan. Ze opende hem en wierp een blik op de inhoud. Daarna knikte ze opnieuw en gaf hem aan de man, die hem vlug wegstopte onder zijn jasje alsof het geen A4-envelop was maar een veel kleiner model. Amanda haalde intussen diep adem en keek peilend naar Esmée. Uiteindelijk gleed er een glimlachje over haar gezicht dat er niet gemeend uitzag. 'De pasta vongole is erg lekker.'

Esmée voelde haar mond droog worden en sloeg haar blik neer. Toen knikte ze kort. 'Oké', zei ze, maar haar stem kraakte en ze betwijfelde of het woord hoorbaar was.

'Goed dat je aan boord bent, Esmée', zei Amanda, maar op haar gezicht was geen goedkeuring te zien. 'Je hoort van ons.'

Na die woorden draaide ze zich om en liep weg via het

pad waarlangs ze gekomen waren. De man volgde haar op enkele meters.

Zodra ze uit het zicht verdwenen waren, was het alsof Esmées knieën het begaven. Ze opende haar mond als om te schreeuwen, maar er kwam geen geluid. Ze ging op haar hurken zitten en steunde met haar handen op de grond. *Pasta vongole*, echode het in haar hoofd. Snel haalde ze haar telefoon uit haar tas en keek naar haar WhatsApp. Jackie was een paar minuten geleden nog online geweest. Ze wist niet of dat een goed teken was, maar ze vermoedde van wel.

Ze wachtte minuten die wel uren leken te duren en liep daarna pas terug naar de parkeerplaats. Amanda was nergens meer te bekennen. Esmée huilde bijna toen ze haar pick-up zag en legde de laatste meters rennend en struikelend af. Het portier trok ze met een klap dicht en meteen vergrendelde ze alles. Ze wilde Jackie bellen en de recherche, horen dat alles goed was. Maar ze durfde nog niet. Eerst weg.

Ze startte de motor en gaf gas. De openbare weg was verlaten en zonder stoppen stuurde ze de auto naar links, terug richting Willemstad. Ze wachtte vijf minuten, maar zag niets in haar spiegel. Pas toen ze er zeker van was dat ze niet werd gevolgd of in de gaten gehouden, zocht ze met één hand aan het stuur op haar mobiel het nummer van Susanna Martina.

'Esmée', zei de rechercheur al nog voor de telefoon één keer over was gegaan.

‘Het is gelukt.’

‘Goed.’

‘En mijn z...’

‘Ze is veilig’, klonk het meteen en pas na die woorden had Esmée het idee dat ze weer kon ademhalen. Heel even sloot ze van opluchting haar ogen, toen richtte ze haar blik weer op de weg. Over haar wang rolde een traan naar beneden. Jackie was veilig. Meer hoefde ze niet te weten.

Jackie was veilig.

Voor nu.

Hoofdstuk 16

ESMÉE HAD ZICH NOOIT EERDER AFGEVRAAGD OF JE kon overlijden aan slaapgebrek, maar toen ze op zaterdagochtend de entree van het Curaçao Beach Resort binnenging, durfde ze het niet helemaal uit te sluiten. Na het bezoek aan Shete Boka gisteren was ze aan het einde van de middag thuisgekomen. Ze had gedoucht in de hoop dat het warme water haar rustiger zou maken, maar daarna voelde ze zich nog net zo opgejaagd als ervoor. Alsof er iemand achter haar aan zat, alsof ze voortdurend moest rennen om in veiligheid te komen. Tegen de tijd dat ze naar bed ging was dat gevoel niet veranderd en slapen was dan ook niet gelukt.

'Het was geweldig', had Jackie gezegd toen Esmée haar na afloop van haar date had gebeld. Het berichtje met daarin *hij is leuk!!!* was eigenlijk niet waarop Esmée had gehoopt – het zou eenvoudiger zijn als Jackie na één date al klaar met hem was, zoals bij het gros van haar potentiële vriendjes gebeurde. Bellen was een risico, want ze wilde niet dat haar zusje iets aan haar zou merken. Maar ze moest weten hoe het gegaan was.

'Hij was slim en grappig en het is echt zo fijn dat hij niet zo jong is', had Jackie verteld. 'Hij stelde ook allemaal vragen aan mij, over mijn studie, en mijn leven, hij was zo geïnteresseerd. We hebben ook dezelfde mening over veel dingen. O, en we hebben gezoend.'

Esmée had telkens gereageerd met een of twee woorden, zodat haar stemgeluid niet kon verraden dat haar keel dichtgeschroefd zat. 'O ja', had ze gezegd. Of: 'Werkelijk?'

Haar enige opluchting gold het feit dat Jackie Dennis niet mee naar huis had genomen. 'Maar ik hoop wel dat ik hem snel weer zie', had haar zusje verklaard en in haar stem was de eerste zweem van verliefdheid te horen. 'Hij heeft ook al geappt dat hij zo'n leuke avond heeft gehad.'

Starend naar het plafond had Esmée 's nachts talloze scenario's door haar hoofd laten gaan. Met Jackie verdwijnen, naar Azië of Australië. Of een nieuwe identiteit voor hen beiden regelen, al had ze geen idee hoe ze dat moest aanpakken. Hoe meer tijd er was verstreken, hoe wilder haar gedachten waren geworden. Maar geen van alle hadden ze hout gesneden. De waarheid was dat ze op de politie moest vertrouwen, hoe moeilijk ze het ook vond dat dat betekende dat ze van een afstand moest toekijken wat er met Jackie gebeurde.

Ze bereikte haar kantoor en ging achter haar bureau zitten. De medewerkers van de receptie hadden haar gewoon begroet, niemand leek het vreemd te vinden dat ze tegenwoordig elke dag in het resort aanwezig was. Het moest ook wel. Om het werk te doen dat ze normaal gesproken in vijf dagen stopte, had ze er nu zeven nodig. Ze dwong zichzelf dan ook om haar computer op te starten en zich te richten op wat er gedaan moest worden. Normaal was ze zo zorgvuldig en punctueel, nu had Ricardo al twee keer moeten vragen of ze de opmerkingen van Robert en Alison kon verwerken in het projectplan voor de snellere checkout. Ze opende het document op haar computer en staarde ernaar. Het was nog maar zo kort geleden dat ze dit had gemaakt, maar het leek uit een andere wereld te komen.

Ze pakte de mail met aanpassingen erbij en ging aan de slag. Het kostte wat moeite om zich te concentreren, maar uiteindelijk lukte het haar om haar aandacht erbij te houden. Iets meer dan een uur nadat ze was begonnen, mailde ze Ricardo het nieuwe document. Ook al was het zondag, hij mailde meteen terug om haar te bedanken en te laten weten dat hij het naar Robert en Alison zou doorsturen. Esmée verliet haar kantoor om koffie te halen, maar toen ze zag dat er een rij stond bij de receptie, nam ze plaats achter de desk om bij te springen. Met een glimlach begroette ze een echtpaar dat wilde uitchecken en voor wie superlatieven tekortschoten om hun verblijf in het resort te bejubelen. 'Dank u wel', zei Esmée gemeend en voor het eerst sinds lange tijd voelde ze zich ontspannen tijdens haar werk. 'Dat is goed om te horen.'

Misschien had ze, als ze wel meteen die koffie had gehaald of als ze niet zo druk met het echtpaar in gesprek was geweest, gezien wat er ondertussen bij de deur van haar kantoor gebeurde. Maar nu kon ze zichzelf toen ze uiteindelijk op haar werkplek terugkeerde, wel voor haar kop slaan dat ze zo onoplettend was geweest. Zodra ze de deur achter zich sloot en de man zag die op haar bureaustoel had plaatsgenomen, wist ze dat de problemen die ze al had, nog veel groter waren geworden.

'Esmée', zei de man met een zware stem die precies paste bij zijn brede postuur. Hij haalde diep adem en keek naar haar met iets in zijn ogen dat misschien voor spijtig moest doorgaan maar dat niet gemeend was. Met zijn hand streek hij over zijn donkere, kale hoofdhuid. Daarna trok hij zijn zwarte shirt recht.

'Wat...' zei Esmée, maar de rest van haar vraag bleef steken in haar keel. 'Ik...'

'Dacht je dat nou echt?' De man kneep zijn ogen samen en staarde haar aan. 'Dacht je echt dat je hiermee wegkwam?'

Haar hersenen leken in een draaikolk te belanden op zoek naar een goed antwoord, ook al wist ze niet wat de vraag betekende. Dat ze waarmee wegkwam? Het eerste wat in haar opkwam was dat de tracker was ontdekt, of dat haar samenwerking met de politie was uitgekomen of dat er iets mis was met de creditcardgegevens of de paspoorten. Opnieuw deed ze haar mond open om iets te vragen, maar de man stond op en was in twee stappen bij haar. Ze draaide zich nog om en reikte naar de deurklink, maar de man was sneller en sterker en het volgende moment hield hij haar in een houdgreep, waarbij zijn arm zwaar en strak om haar keel lag. 'Ik zal je vertellen hoe we dit gaan doen', zei hij met zijn mond vlak bij haar oor. 'Jij en ik lopen zo meteen dit kantoor uit en dan gaan we door de lobby naar de uitgang van het hotel. Als er iemand een vraag stelt, geef jij een antwoord dat geen enkele argwaan wekt.' Hij kneep zijn ogen samen en maakte ze daarna groot, het oogwit was hier en daar doorlopen met rode lijntjes. 'Als je een andere keuze maakt, weet je wat de consequenties zijn.'

Hij hoefde het niet uit te leggen. Esmée dacht razendsnel na. Als ze zou schreeuwen dat iemand Susanna Martina moest bellen, hoelang zou het dan duren voor Jackie in veiligheid was? Minuten? Nee, langer. Veel langer. Te lang. Haar eigen leven, dat maakte haar niet eens meer echt uit. Maar dat van haar zusje kon ze niet op het spel zetten.

'Oké', zei ze zacht, haast onhoorbaar. 'Ik zal meegaan.'

De greep om haar nek verslapte en snel stapte ze bij de man vandaan. Ze wilde haar tas pakken, maar hij hield haar tegen. 'Die kan wel hier blijven.' Het was een vreemde gewaarwording dat het nonchalante gelaat van de man niet paste bij zijn stem waaruit de dreiging hard en koud naar voren kwam.

Esmée trok haar hand terug. Het was ook te doorzichtig, haar poging haar telefoon mee te nemen zodat de politie haar misschien zou kunnen vinden als ze zouden opmerken dat ze verdwenen was. De man pakte haar arm en dirigeerde haar naar de deur. Toen hij die opentrok, liet hij haar los. Esmée voelde zweet op haar rug prikken toen ze naast hem door de lobby liep, maar niemand leek acht op hen te slaan. Bij de deur onderdrukte ze slechts met moeite de neiging om een van de beveiligers aan te klampen, om hulp te smeken. Jackie, dat was het enige waaraan ze nu moest denken. En het enige wat maakte dat ze doorliep, naar de parkeerplaats, langs haar auto. 'Instappen', zei de man en hij opende het achterportier van een zwarte sportauto. Pas toen ze ging zitten, merkte Esmée op dat er een tweede man op de bestuurdersstoel zat. Die keek niet om toen ze plaatsnam, maar vergrendelde alleen de deuren toen zijn handlanger was ingestapt en trapte daarna het gaspedaal in.

'De overdracht van gistermiddag is succesvol verlopen en het signaal van de tracker in de USB-stick is opgepikt.' Susanna Martina keek het handjevol rechercheurs aan dat zich in de kleine vergaderruimte had verzameld. 'Dat is goed nieuws, zeker omdat de operatie voor alle betrokkenen veilig is verlopen. Vanuit Nederland hebben we de bevestiging gekregen dat Jackie Achterberg in goede gezondheid thuis is gekomen na haar afspraakje.'

Bij de diverse rechercheurs was geknik te zien. Het was

geen nieuwe informatie, een deel van hen had dit bij de briefing van die ochtend ook al gehoord. Maar nu het net middag was en de groep groter was geworden, wilde Susanna dat iedereen over dezelfde, volledige informatie beschikte.

Ze vervolgde haar presentatie door door te klikken naar de volgende slide. Daarop was een kaart van Willemstad en de omgeving te zien. 'Wat we tot nu toe weten is dat de USB-stick zich sinds deze ochtend bevindt in een loods in de containerhaven van Willemstad, namelijk hier.' Ze richtte de straal van haar laserpen op de juiste locatie. 'Er is een onopvallende surveillanceauto die kant op gegaan en twee collega's staan er te posten, maar bij de loods is nog geen sprake geweest van activiteit. We verwachten dat daar elk moment verandering in kan komen.' Ze klikte door naar de volgende slide. 'Wat betreft de creditcardgegevens, daarover kan ik melden dat de betrokken kaarten uiteraard niet meer voor daadwerkelijke transacties te gebruiken zijn, maar dat deze ook niet merkbaar zijn geblokkeerd. De gebruiker zal de indruk krijgen dat de kaart naar behoren functioneert, terwijl aan de achterkant alle transacties op deze kaarten door de creditcardmaatschappijen tegengehouden worden, zodat ze niet daadwerkelijk worden uitgevoerd.' Ze zei het niet zonder trots. Dat het zo snel gelukt was om dit op te tuigen met de creditcardmaatschappijen, was te danken aan de grote inzet van Hailey en Santiago, die hiervoor de halve nacht hadden doorgewerkt. 'Zodra er activiteit plaatsvindt op een van de kaarten, krijgen wij bericht van de creditcardmaatschappij. De beoogde transacties zullen ons inzicht verschaffen in de stappen die de criminelen voor ogen hebben.' Ze keek opnieuw de groep rond. De wenkbrauwen van Regilio van Raadt, die achteraan zat, gingen omhoog. 'Dus er is nog niets gebeurd met kaarten die...' Hij keek op zijn horloge. 'Die bijna vierentwintig uur geleden aan de criminelen zijn aangeboden.'

Susanna deelde zijn verwondering. 'Ik had ook wel verwacht dat ze sneller zouden handelen', zei ze. 'Zowel de verlaten loods als het niet gebruiken van de kaarten is opvallend en we moeten dus uitzoeken wat deze vertraging veroorzaakt. En of er niet toch sprake is van achterdocht.' Dat laatste was een verontrustend idee, maar ze had geen aanwijzingen dat het daadwerkelijk zo was. 'Misschien zijn ze voorzichtig en willen ze afwachten of de overdracht hen niet in de kijker van de politie heeft gezet. Zolang wij niets doen, zullen ze zich veilig wanen, denk ik.'

Er kwamen nog wat vragen van rechercheurs en net toen Susanna wilde overgaan naar het vervolg van het onderzoek en de taken die ze aan de diverse teamleden had toegewezen, ging haar telefoon. Ze keek op het scherm en drukte de oproep weg, maar meteen daarna probeerde de beller het opnieuw. Verontschuldigend keek ze de groep rond. 'Excuus', zei ze. 'Blijkbaar is dit dringend.'

Terwijl ze vlug de ruimte verliet, nam ze de oproep aan. Nog voor ze de beller had begroet, klonk aan de andere kant van de lijn al een mannenstem. Terwijl ze luisterde naar wat er werd gezegd, schoot Susanna's hartslag omhoog. Ze deed haar mond open, maar kon een moment lang geen woord uitbrengen. Daarna zei ze alleen maar: 'Geef onmiddellijk je locatie door.'

Esmée zette zich schrap tegen de bewegingen van de auto. Ze namen de weg richting Willemstad en de chauffeur had duidelijk haast. Af en toe wisselden de mannen enkele woorden in het Papiaments. Esmée duwde haar nagels in haar handpalm en keek naar buiten. Alles onthouden, prentte ze zichzelf in. Zoveel mogelijk informatie kunnen geven als ze de politie zou spreken. Dat beeld moest ze voor ogen houden, dat ze de politie zou spreken. Dat ze tegenover Susanna Martina zou zitten en precies zou vertellen waar ze geweest was.

Rechts zag ze de cruiseterminal, daarachter lagen de vrachtschepen in de containerhaven. Ze namen de Koningin Julianabrug, vanuit de hoogte keek Esmée naar de Sint Annabaai. De auto reed verder, de stad voorbij, richting het westen. Plotseling remde de auto hard en daarna maakte die een scherpe bocht naar rechts, alsof de chauffeur per ongeluk bijna de afslag voorbij was gereden. De bijrijder reageerde echter niet op de actie, die bleef gewoon voor zich uit staren. Esmée was door de scherpe bocht half omgevallen en ging nu weer rechtop zitten. Ze probeerde te bepalen waar ze terecht waren gekomen, maar ze kende dit deel van het eiland niet. Het enige wat ze zag was een onbeduidende straat met vervallen, grijze huizen en hier en daar een kapot hekwerk. Zelfs door de gesloten ramen van de auto klonk het geluid van woest blaffende honden.

Aan het einde van de straat was een braakliggend terrein. De auto reed voorbij het hek en hield daarna halt. De chauffeur keek even naar de bijrijder en pas nadat die had geknikt, zette hij de motor uit. Het tweetal verliet de auto en daarna werd ook Esmées portier geopend. De zon brandde op haar hoofd en ze knipperde tegen het licht toen ze uitstapte. En daar, in de volle zon en op hoge hakken, stond Amanda. Ze was van top tot teen in het zwart gekleed en haar ogen waren strak op Esmée gericht. 'Serieus?' vroeg ze. 'Dacht je echt dat we daar niet achter zouden komen?'

Esmée knipperde tegen de zon. Haar hart beukte tegen haar ribben, maar ze probeerde rustig te blijven. 'Wat bedoel je?'

'Doe niet alsof je van niets weet.' De blik in Amanda's ogen was van staal. 'Ik had meer van je verwacht.'

Toen knikte ze en het laatste wat Esmée zich kon herinneren, waren twee handen die haar vastgrepen en de dreun waarmee een hard, stomp voorwerp op haar achterhoofd terechtkwam. Daarna werd alles zwart.

'Ik kan ze bijna niet bijhouden.' De frustratie was door de telefoon heen te horen in de stem van Juremi Mercelina. 'Net voor Willemstad kwam ik achter een truck terecht die ik niet kon inhalen en toen ik er eindelijk langs was, zag ik die auto alleen nog in de verte. Ik ben ze gevolgd, uiteindelijk reden ze een straat in, maar ik was te laat. De auto was verdwenen, alleen toen kwam een bestelbus me met hoge snelheid tegemoet. Ik heb de gok genomen dat ze van auto waren gewisseld, maar nu...' Er klonk een bons. Hij vloekte luid. 'Sorry. Kuil in de weg. Maar nu zie ik dat busje niet meer.'

'We vinden ze wel', zei Susanna met een verbeten gezicht, al was die ferme uitspraak meer gebaseerd op hoop dan op zekerheid. Ondanks de spanning voelde ze ergens ook opluchting over het gegeven dat Van Raadt had ingestemd met haar voorstel om een collega, undercover in de rol van portier, bij het hotel te plaatsen. Eigenlijk was het Juremi's taak om rond te kijken, informatie te verzamelen en in de gaten te houden wie er in en uit liepen. Maar toen hij Esmée met een onbekende man had zien vertrekken, had hij geen moment geaarzeld en was hij in de auto gesprongen.

Razendsnel vlogen Susanna's vingers over het toetsenbord toen ze de gegevens die ze van haar collega doorkreeg invoerde, inclusief het kenteken van de auto waarin Esmée Achterberg was meegenomen plus dat van de bestelbus die Juremi had gezien. Susanna verstuurde de melding met de hoogste prioriteit, zodat alle politiewagens op het eiland die doorkregen en naar de voertuigen zouden uitkijken. Ook gaf ze de meldkamer opdracht om meer politieauto's naar Juremi te sturen om hem te assisteren. Vanuit de meldkamer kwam er meteen bevestiging dat twee extra wagens zijn kant op kwamen. Susanna haalde diep adem. Daarna keek ze vluchtig naar Van Raadt, die aan de andere kant van haar bureau zat en zorgelijk keek. Zijn telefoon ging en hij nam op, luisterde even en beëindigde toen het gesprek. 'De USB-stick is aangetroffen in de loods', zei hij. 'De envelop met de paspoorten ook. Maar er is niemand.'

Susanna vloekte zonder geluid te maken. Nu begreep ze waarom er nog niets met de gestolen creditcardgegevens was gebeurd – voor de criminelen een potentiële goudmijn die ze anders nooit onbenut zouden hebben gelaten. 'Dus toch de tracker', zei ze en niet alleen Van Raadt, ook de aanwezige McWells knikte. Hailey en Santiago, die eveneens meeluisterden, gaven geen reactie.

'Wacht!' De stem van Juremi klonk luid uit de speaker. 'Ik denk...'

'Wat?'

'Stuur versterking deze kant op.'

'Al onderweg. Wat denk je?' Ze wachtte maar er kwam geen reactie. 'Juremi? Zie je hen?'

De stem van haar collega klonk verontrust toen hij uiteindelijk antwoord gaf. 'Ik zie het busje volgens mij. Maar ik weet niet of Esmée erin zit.'

Dorst. Esmée kon bijna aan niets anders meer denken, haar hersenen leken zich helemaal te hebben gericht op de extreme droogte in haar mond en haar keel. De stoffen prop in haar mond deed haar kokhalzen, de touwen waarmee haar polsen en enkels waren vastgebonden sneden in haar vlees. Het geluid van een motor vulde haar oren en haar rug knalde voortdurend tegen de harde bodemplaat van een bestelauto – of was het een busje? Gezien de hoge snelheid waarmee door kuilen en over hobbels werd gereden vermoedde ze dat het voertuig zich buiten de stad bevond, maar ze wist het niet zeker, want ramen waren er niet.

Ze was liggend op haar buik wakker geworden en toen ze had geprobeerd zich te bewegen, had ze overal pijn gevoeld. Haar kreten waren gesmoord in de stof van de prop, die haar ook belette om goed adem te halen. Elke keer dat ze langs de prop lucht naar binnen zoog, was het alsof haar longen een beetje meer ineenkrompen. Slechts met grote moeite bleef ze de paniek de baas die voortkwam uit het gevoel dat ze stikte.

Ze probeerde nu zo stil mogelijk te liggen. Elke beweging veroorzaakte extreme pijnscheuten in haar hoofd, en omdraaien zou toch niet lukken. Vanuit de cabine van de auto, die door een plaat van haar gedeelte was gescheiden, hoorde ze stemmen maar ze kon niet bepalen of het mannen of vrouwen waren, en ook niet welke taal er werd gesproken. Langzaam, heel langzaam, kwamen er herinneringen terug aan de laatste minuten voor het donker was geworden.

Dacht je echt dat we daar niet achter zouden komen?

Dus toch die tracker, dat kon niet anders. Plotseling voelde het hele plan als een ongelooflijk dom idee. Alsof ze dat niet zouden merken, alsof een organisatie als deze zich door een simpele tracker in de luren zou laten leggen. Ze had nooit ja moeten zeggen. Ze had natuurlijk ook nooit met de politie moeten praten.

De auto maakte een paar scherpe bochten, vloog door een kuil en kwam daarna door ferm remmen tot stilstand. Esmée kreunde, haar lichaam voelde bont en blauw aan. Er sloegen portieren dicht en stemmen verwijderden zich en even dacht ze dat ze haar hier in het busje zouden laten liggen – een gedachte waarvan ze niet wist of ze er blij of rouwig om moest zijn. Daarna werden alsnog de deuren aan de achterkant opengerukt en iemand trok haar aan haar voeten naar zich toe alsof ze niet meer dan een pakket was. Het touw rond haar enkels werd doorgesneden. Toen ze omkeek, zag ze een groot model zakmes dat blikkerde in de zon.

'Lopen', zei een man die de onderste helft van zijn gezicht had afgedekt met een zwarte zakdoek. Hij porde in haar rug met een hard voorwerp. Esmée struikelde, maar werd aan het touw rond haar polsen overeind getrokken. Toen haar ogen aan het felle licht gewend waren, zag ze een vervallen landhuis waarvan de gele verf behoorlijk was afgebladderd. De voordeur hing scheef in de sponningen. Binnen rook het naar vocht en verrotting. Op de grond lag hout dat misschien ooit een vloer was geweest, maar nu groen en wit was uitgeslagen. Op diverse plekken was de betonvloer te zien en ook de wanden bestonden grotendeels uit beton. Diverse ruiten waren gebroken, maar de traliehekken voor de open raamvlakken zagen er stevig uit. Esmée hoorde kettingen en toen ze omkeek zag ze dat de voordeur weliswaar weinig voorstelde, maar dat de deur naar de huiskamer van staal was en diverse sloten bevatte. Het was een vreemd gezicht tussen de vervallenheid van de rest van het huis.

'Zitten', zei haar begeleider en hij duwde haar op de enige stoel in de ruimte. Daarna sneed hij de touwen rond haar polsen door en Esmée voelde iets van opluchting toen het bloed weer begon te stromen, maar het volgende moment sneed het staal van een paar handboeien in haar huid. Met een klik werden de handboeien aan de stoel vastgemaakt, de bewegingsruimte was niet meer dan enkele millimeters. Ze volgde de bewegingen van de man nauwgezet met haar blik, hij keek haar niet één keer aan. Het volgende moment klonk er geluid bij de stalen deur. De schuiven werden geopend en de scharnieren piepten. Eerst kwam Amanda binnen, gevolgd door een man die Esmée niet kende. Vanuit de hoogte keek hij geringschattend op haar neer. Het bloed ruiste en bonsde in haar oren, voor hij na meer dan een volle minuut eindelijk begon te spreken.

'Dus jij denkt dat je slimmer bent dan wij, Esmée.' Hij kneep zijn ogen samen en schudde zijn hoofd terwijl er een lachje om zijn mond speelde. 'Dat moet dan wel een familiekwestie zijn. Jouw broer heeft dezelfde fout gemaakt.'

Hoofdstuk 17

ESMÉE VOELDE HET KOUDE STAAL VAN HET MES TEGEN haar nek en onderdrukte met moeite een kreet. Ze zette zich schrap voor helse pijn, maar in plaats daarvan verdween juist de snijdende pijn van de tape op haar gezicht en viel de stoffen prop uit haar mond. Ze hoestte en zoog vrijuit lucht naar binnen en voelde zich minder duizelig. Haar mond was nog steeds gortdroog, maar nu kon ze in elk geval ademhalen zonder het gevoel dat ze stikte. Tegenover haar was de man gaan zitten op een stoel die snel door iemand anders was aangedragen. Iedereen in de ruimte gedroeg zich plotseling alsof de koning aanwezig was, wat in hun ogen misschien ook wel zo was.

'Jouw broer had talent.' De man glimlachte zonder dat zijn gezicht meedeed. Het was alsof hij als een oom over een neefje sprak dat een uitzonderlijke prestatie had geleverd – trots van een afstandje. 'Hij had ver kunnen komen, maar hij maakte verkeerde keuzes. In deze wereld is verraad een doodvonnis.'

Esmée probeerde te slikken, maar er zat niets in haar mond. Haar keel voelde als schuurpapier. De man liet zijn stilte voortduren. Uiteindelijk kneep hij zijn ogen samen. 'Helaas ook weer niet zoveel talent dat hij ons te slim af was, maar Helen hier kan niet zeggen dat ze van haar tijd in Vught heeft genoten, wel?'

Hij draaide zijn hoofd naar Amanda, die haar blik op Esmée gericht hield. Helen?

'Dat waren drie verspilde jaren, met dank aan jouw broer', ging de man verder. 'Twee van onze mannen zitten nog steeds vast. Een mes in de rug van de organisatie betekent een mes in de rug van de verrader.' Hij trok met zijn mond. 'Of een kogel.'

Esmée zocht razendsnel in haar geheugen, maar de naam Helen zei haar niets. Misschien was die ook wel vals. Ze probeerde de informatie te bevatten die nu tot haar kwam en waar ze tot voor kort naar had gesnakt. Antwoord op de vragen die haar al drie jaar niet loslieten. Waarom moest Timo dood?

Op een vreemde manier was het antwoord een geruststelling. Dat hij met de politie had gepraat veranderde niets aan zijn dood, maar dat hij ooit in een andere situatie dezelfde keuze als zij had gemaakt, zorgde voor een vreemd gevoel van verbondenheid. Hij had het met zijn leven moeten bekopen, maar wat hij had gedaan, had de criminelen geraakt. Drie van hun mensen in de gevangenis, dat was een gevoelige klap. Dankzij Timo.

'Verraad', ging de man verder, 'wordt van niemand geaccepteerd. En helaas maakte ook jij de verkeerde keuze.' Hij hield zijn hand op en een van de mannen snelde toe om hem iets te overhandigen dat zwart en langwerpig was. Eerst dacht Esmée dat het om de USB-stick ging en ze voelde haar hart een soort vrije val maken, maar toen zag ze dat het voorwerp groter was. Het leek op de clicker waarmee ze tijdens PowerPoint-presentaties van de ene naar de andere slide schakelde. De man hield het in zijn hand zonder het te gebruiken. Niet ver bij haar vandaan, aan de kale muur, hing een grote televisie die detoneerde bij de vervallen staat van het huis. Esmée keek ernaar, maar het scherm bleef op zwart.

'We hebben je de kans gegeven, Esmée', zei de man. Zijn stem was nog wat dieper en zwaarder geworden. 'We hebben je goed betaald. Maar helaas...' In tegenstelling tot wat zijn woorden suggereerden, stond zijn gezicht niet spijtig. Wel hard, en onverzettelijk.

'Gus', zei een van de mannen op dat moment. Hij wierp een blik uit het raam. De man die zijn aandacht tot nu toe alleen op Esmée had gericht, keek opzij. Esmées hersenen werkten op volle toeren. Gus...

'Meneer Zeefuik voor jou', zei de andere man en in zijn blik was irritatie te zien. Esmée kromp een beetje ineen. Zeefuik. Gustavo Zeefuik. Je hoefde niet heel diep in het nieuws te duiken om die naam te kennen. Feitjes van internet schoten als pingpongballen door haar hoofd. Cocaïnehandel, witwassen, een wijdvertakte organisatie in Nederland en op de Antillen met honderden leden en vele liquidaties. Tientallen miljoenen euro's, verdiend op lucratieve smokkelroutes. Ze slikte moeizaam. De man keek naar zijn handlanger, maar die schudde kort zijn hoofd. Zeefuik richtte zijn aandacht weer op Esmée. 'We dachten dat je slimmer was dan je broer', zei hij met zijn ogen samengeknepen. Hij trok met zijn mond. 'Een tracker in de USB-stick? Dacht je werkelijk dat we niet zouden merken dat de politie ineens wist waar de stick was?'

'Ik...' Esmée zocht naar iets om te zeggen, maar sloot haar ogen en schudde haar hoofd. Ze kon beter haar mond houden. Uiteindelijk deed ze haar ogen weer open. Gustavo keek naar haar, een van de mannen was bezig met het televisiescherm. 'We hebben je de kans gegeven, Esmée', zei de leider net voor het scherm aanging. 'Jij hebt je keuze gemaakt.'

Esmée keek op en knipperde een paar keer voor het ten volle tot haar doordrong wat er op het scherm te zien was. Nog voor haar hersenen het hele plaatje compleet hadden gemaakt, begon de paniek zich als hete vlammen door haar lichaam te verspreiden. Ze schudde haar hoofd, steeds harder, steeds wilder en toen de ruimte werd gevuld door een oorverdovend geschreeuw, duurde het even voor ze zich realiseerde dat dat van haarzelf afkomstig was.

'De drone is ook onderweg.' Susanna Martina praatte bijna onophoudelijk in haar telefoon terwijl de politiewagen met grote snelheid in westelijke richting raasde. Santiago omklemde met beide handen het stuur en hield zijn blik strak op de weg gericht. 'Zie je iets?' vroeg Susanna ondertussen aan Juremi, die kilometers verderop vanuit de auto een landhuis in de gaten hield waar het busje geparkeerd stond. In zijn eentje kon hij weinig beginnen en dus moest hij wachten tot de versterking er was.

'Nee', klonk de stem van haar collega. 'En ze hebben het busje zo geparkeerd dat ik ook niet kon zien wie er zijn uitgestapt of wat ze naar binnen hebben gebracht.' De frustratie klonk door in zijn stem. Slechts met moeite had Susanna hem ervan weerhouden om uit te stappen en zelf naar het huis te lopen – zelfs in dit soort gevallen ging veiligheid boven alles.

Ze keek naar buiten. Eerst waren ze het dorp Grote Berg gepasseerd en nu reden ze ook het landhuis Daniel voorbij. Iets verder, net voor Tera Korá, sloeg Santiago rechtsaf. De politieauto hobbelde over de weg die z'n beste tijd had gehad en uiteindelijk minderde Santiago vaart. Hij wees naar een auto die langs de weg geparkeerd stond, enigszins verscholen achter de struiken. 'Dat is de auto van Juremi.'

‘We zijn bij jou’, zei Susanna in de telefoon. ‘Zie je ons?’

‘Ja. Als jullie daar parkeren, kunnen jullie naar mijn auto komen zonder dat jullie vanuit het huis te zien zijn.’

Susanna verbrak de verbinding en stapte uit. Meteen zocht ze op haar telefoon naar een ander nummer. ‘Ja?’ zei Van Raadt. ‘Wat is jullie positie?’

‘Wij zijn bij agent Mercelina. Waar is McWells?’

‘Hij vertrekt nu vanaf het bureau met het arrestatieteam. De verwachte aankomsttijd is over twintig minuten.’

‘Begrepen’, zei Susanna. Ze wist dat het arrestatieteam tijd nodig had zich klaar te maken en dat een inzet van het team daardoor nooit binnen een paar minuten geregeld kon zijn. Maar hoe begrijpelijk ook, de kostbare tijd die verloren ging voedde haar gejaagdheid. ‘Wij gaan proberen ongezien het huis te naderen.’

‘Doe voorzichtig’, zei Van Raadt, waarbij hij klonk als een vader. ‘Neem geen risico’s ten koste van alles, Martina.’

Die laatste woorden klonken na in haar hoofd toen ze de verbinding verbrak. Vluchtig kwam die ene dag in haar op, die ene avond. Ze had de zaak zo graag willen oplossen, alles op alles gezet, om vervolgens toe te zien hoe die letterlijk in haar gezicht explodeerde. Heel even sloot ze haar ogen. Dat zou niet nog een keer gebeuren. Dat móćht niet nog een keer gebeuren.

Na een paar tellen opende ze haar ogen en haalde diep adem. ‘Kom mee’, zei ze tegen Santiago en tegen Hailey, die op de achterbank had gezeten en nu ook was uitgestapt. 'Langs de rand. Blijf laag tot je bij de auto van Juremi bent.'

Beide rechercheurs volgden haar orders. Zelf sloot ze de rij. Door het dichte struikgewas was het lastig te zien, maar ze ontwaarde een landhuis dat z'n beste tijd had gehad. De voordeur hing scheef in de sponning en voor de ramen zaten nog tralies, maar zo te zien geen glas. Voor de deur stond een donkere bestelauto geparkeerd, verder zag ze geen voertuigen.

Juremi had zijn auto zo geparkeerd dat die vanuit het huis niet te zien was. Hailey en Santiago hadden de wagen al bereikt en namen plaats op de achterbank, Susanna ging op de passagiersstoel zitten. 'Geen beweging', zei Juremi. 'Al een minuut of twintig, vijfentwintig niet meer. En...' Hij maakte zijn zin niet af toen zijn portofoon kraakte en er daarna een stem doorkwam.

'Vanaf de achterkant is niets te zien', was de boodschap. 'Geen beweging waargenomen.'

Susanna kneep haar ogen samen. Er was een politieauto met daarin twee collega's via een andere weg naar het huis gereden, wat betekende dat ze nu met z'n zessen waren. Hoewel ze allemaal bewapend waren, was dat niet genoeg om een inval te doen zolang ze niet wisten hoeveel mensen zich in het huis bevonden. Ze moesten echt op het arrestatieteam wachten.

'Wat heb je precies gezien?' vroeg ze aan Juremi.

'Een donkere man, breed postuur, ongeveer één meter negentig. Hij kwam het hotel binnen en met zijn zwarte kleding en algehele voorkomen viel hij me op. Geen typische hotelgast. Hij deed niet echt moeite om niet op te vallen, maar liep in één keer door naar het kantoor van Esmée Achterberg. Het viel me op dat hij naar binnen ging zonder te kloppen, iets wat een collega of een zakenrelatie niet snel zou doen.' Hij fronste. Susanna knikte. Dit soort details, dat maakte Juremi zo'n goede undercoveragent. Ze was blij dat hij na een verblijf van enkele jaren in Nederland, waar hij voor de Nederlandse politie had gewerkt, had besloten om terug te keren naar het korps in Curaçao.

'Precies zes minuten later kwamen ze gezamenlijk naar buiten. Esmée sloot haar kantoor niet af. Ze zei haar collega's bij de receptie ook geen gedag, wat ze wel zou doen als haar werkdag erop zat. Dan zou ze zich afmelden en zeggen dat ze bereikbaar was. Maar nu liep ze met die man het hotel uit, zonder haar tas. Ze probeerde niet bang of verontrust te kijken, maar je kon zien dat ze angstig was. Daarom besloot ik een stukje achter ze aan te lopen en toen ze op de parkeerplaats door die man in de auto werd gezet in plaats van met haar eigen pick-up te vertrekken, wist ik vrij zeker dat het foute boel was.'

'En dus ben je erachteraan gereden.'

Juremi knikte. 'Ik moest alleen wel afstand houden. Dit soort lui let beter dan de gemiddelde automobilist op voertuigen die te lang achter hen zitten. Ik liet er dus enkele auto's tussen, maar toen kwam die truck en raakte ik te ver achterop.'

'Hoe zeker weet je dat Esmée van de auto naar de bestelbus is overgebracht?'

Juremi trok even met zijn gezicht. 'Het is mijn sterke vermoeden', zei hij toen.

De portofoon kraakte opnieuw. 'Beweging waargenomen in het huis', klonk de stem van de agent die zich aan de andere kant van het landhuis bevond. 'Eén man bij het raam. De totale hoeveelheid aanwezigen is nog onbekend.'

Susanna nam de telefoon op toen Van Raadt belde. 'Vijftien minuten', zei hij. 'Tot het arrestatieteam er is.'

Susanna knikte en keek naar het struikgewas waarachter zich het huis bevond. Met een toenemende knoop in haar maag dwong ze zichzelf om rustig te blijven, maar het gevoel dat ze op een gruwelijke manier te laat zouden komen, liet haar niet meer los.

'Neem mij!' Esmée schreeuwde haar stem kapot, maar ze merkte het niet. 'Niet haar! Niet mijn zusje!'

'Helaas.' Gustavo spreidde zijn handen voor zich alsof de gebeurtenissen waarvoor hij en zijn mannen opdracht gaven, onvermijdelijk waren. Hij pakte zijn telefoon en bracht zijn mond naar het spreekgedeelte. 'Raak haar linkerarm aan.'

Op het televisiescherm bewoog de man die Esmée kende als Dennis, zijn arm om die op de linkerpols van haar zusje te leggen. Esmée kromp ineen. 'Nee!' gilde ze opnieuw. Daarna keek ze naar Gustavo, hijgend, schuddend met haar hoofd. 'Vermoord mij', zei ze. 'Ik heb het verdiend. Het was mijn keuze om naar de politie te gaan, niet die van Jackie. Zij weet van niets. Zij...' Ze zocht wanhopig naar woorden. 'Ze weet niets over Timo, ze was nog veel te jong toen hij voor jullie werkte. Waarom... Waarom...' Ze struikelde over haar woorden doordat de angst een uitweg zocht in verdriet. Woest bewoog ze haar hoofd om de tranen weg te vegen, maar met haar handen achter haar rug kon ze geen kant op. 'Alsjeblieft', smeekte ze. 'Ik doe alles wat jullie zeggen. Ik zal tegen de politie zeggen...'

'Wat?' vroeg Gustavo met zijn ogen samengeknepen. 'Wat zal je tegen de politie zeggen, Esmée? Dat hun assistentie niet langer nodig is? Je gelooft toch niet echt dat het zo werkt?'

Esmée kneep haar ogen dicht, opende ze weer. Op het scherm zaten Jackie en Dennis op de bank in Jackies studentenkamer. Hij had zijn arm nu om haar heen geslagen en zij keek lachend naar hem op. De gordijnen waren gesloten en er stonden wijnglazen op tafel. Op de tweede date hem thuis uitnodigen, dat was niet eens iets voor Jackie. Maar ze had zo verliefd geklonken, zo vol... vertrouwen. Esmée voelde schuld en angst als scherpe messen door haar hele lichaam gaan. Ze had Jackie moeten waarschuwen. Moeten zeggen dat ze niet meer met Dennis moest afspreken, moeten zeggen dat hij niet te vertrouwen was en dat ze het later wel zou uitleggen.

'Ik kan het regelen', zei ze. 'Ik heb zelf de politie ingeschakeld en ik kan zeggen dat het is... opgelost. Dat ik niets meer hoor. Dat jullie mij vergeten zijn.'

Op Gustavo's gezicht zag ze weerspiegeld wat ze zelf ook wel wist. Zo werkte het niet. De politie liet zich niet meer aan de kant zetten.

Gustavo nam niet de moeite antwoord te geven. Met zijn blik op haar gericht boog hij zich voorover, zijn mond dicht bij zijn telefoon. 'Het is zover', zei hij zacht en dwingend. 'Pak de spullen.'

Esmée gilde toen ze op de televisie Dennis zag opstaan. Met zijn hand hield hij nog even die van Jackie vast, zoals verliefde mensen doen die elkaar niet meer willen loslaten. Haar zusje keek naar hem op, haar gezicht stralend, haar ogen alleen nog maar op hem gericht. Hij lachte terug en boog voorover om haar een kus te geven. Esmée voelde zich misselijk toen Dennis uit het beeld verdween. Waar ging hij naartoe? Wat moest hij pakken? Wapens? Messen? De handboeien sneden haar huid kapot toen ze er uit alle macht aan rukte. Ze gilde nee en schopte wild met haar voeten, maar het haalde niets uit. Niets zou meer helpen. Zo meteen zou ze voor zich zien hoe haar eigen zusje werd vermoord en er was niets dat ze kon doen om het te voorkomen.

Plotseling leek er iets te veranderen in de ruimte. Drie mannen kwamen in beweging. Amanda ging staan. Esmée schreeuwde nog, maar het volgende moment voelde ze iets scherps en kouds tegen haar keel. 'Stil', zei een stem vlak bij haar oor. Ze kreunde zacht toen de pijn toenam. Op het scherm keek Jackie op haar telefoon, terwijl Dennis nog steeds in de keuken was. Gustavo keek naar zijn mensen. Hij kneep zijn ogen weer samen. Bij het raam gebaarde iemand iets naar de anderen en hoewel Esmée niet begreep wat er gebeurde, merkte ze dat de onrust zich uitbreidde. Amanda verdween uit de ruimte, Gustavo stond op.

Het volgende moment klonk er gebonk, gevolgd door geschreeuw. Esmée wist niet waar het vandaan kwam. Het scherm ging op zwart. Het mes boorde zich door haar huid heen en ze hapte naar adem door de plotselinge pijn. Langs haar hals voelde ze iets warms lopen. Haar keel voelde rauw toen ze gilde, maar het geluid vermengde zich met de stemmen die de ruimte vulden. Het volgende moment werd ze vastgegrepen en voelde ze hoe vele handen haar meetrokken, maar ze wist niet waarnaartoe.

'Het is Zeefuik!' De stem van McWells, normaal gesproken altijd kalm, schoot omhoog. 'We hebben Gustavo Zeefuik!'

Eerst dacht Susanna dat ze het niet goed had gehoord, maar de woorden lieten aan duidelijkheid niets te wensen over. Ze deed haar mond open en drukte op de knop van de portofoon om te antwoorden, maar het verkeer tussen de verschillende porto's ontplofte. De agenten van het arrestatieteam riepen aanwijzingen naar elkaar en Susanna wilde niet storen, dus liet ze de knop weer los. Ingespannen tuurde ze naar het huis. Dat Zeefuik gepakt was, was geweldig nieuws. Maar voor haar was het belangrijker om Esmée Achterberg te zien.

Het duurde tien lange seconden voor er beweging bij de deur te zien was. Zonder geluid te maken liet ze een woord over haar lippen komen dat ze normaal nooit zou gebruiken, maar op nog geen vijftien meter afstand werd een van de meest gezochte drugsbaronnen van het eiland op zijn knieën gedwongen door Stephen McWells en twee van zijn collega's. 'Krijg nou wat', zei Santiago naast haar. Susanna keek toe hoe na Zeefuik zes mannen en een vrouw werden afgevoerd, hun handen geboeid achter hun rug. In de verte klonk het geluid van politiesirenes, dichterbij piepten de remmen van diverse arrestantenbusjes die arriveerden.

'*All clear!*' riep McWells door de porto en dat was het moment voor Susanna om naar de ingang van het huis te rennen. Ze hoorde McWells om de ambulance vragen, die standaard werd opgeroepen bij een operatie met zoveel mensen en risico's.

'Eén minuut', was het antwoord via de portofoon. Boven het geluid van de politiesirenes ontwaarde Susanna nu de toon van de ambulance.

'Is het veilig?' vroeg de chauffeur ervan via de portofoon en McWells antwoordde bevestigend. Susanna rende langs de collega's die de arrestanten in de busjes zetten. Ze hield heel even haar pas in bij Gustavo Zeefuik. Hij was langer dan ze dacht, en magerder. Zijn gezicht verraadde niets, hij keek alsof hij volkomen op zijn gemak was. Alsof hij zelfs de volledige controle over de situatie had. Maar Susanna wist wat hij ook moest weten: de grote hoeveelheid aanklachten tegen hem van het Openbaar Ministerie. Wat nu op gang zou komen, zou een monsterproces worden.

Ze ging het huis binnen. Het rook er oud en vochtig. Alles was vervallen, op de tralies voor de ramen en de deur naar de grootste ruimte – de vroegere huiskamer, vermoedde ze – na. Aan een muur waar de schimmel tegenaan groeide, hing een gloednieuwe televisie. 'Jackie!' hoorde ze een stem roepen. 'Jullie moeten Jackie redden!'

Susanna keek met een ruk om. Op een stoel, met haar handen achter de leuning, zat Esmée. Haar blouse was gescheurd en aan de bovenkant doordrenkt met bloed. Achter haar was een jonge agent bezig de handboeien die haar aan haar stoel geketend hielden, los te knippen met een grote tang. Een andere, vrouwelijke agent probeerde het bloeden van een wond in Esmées hals te stelpen.

'De ambulance komt eraan', zei Susanna en meteen daarna: 'Wat is er met Jackie? Waar is ze?'

'Thuis!' De doodsangst stond over Esmées hele gezicht te lezen, ook al waren haar belagers afgevoerd naar buiten. 'Doe iets! Jackie is met... met... Dennis. Hij krijgt zijn opdrachten van de mensen hier en hij staat klaar om haar te vermoorden, maar nu is de verbinding weg en...'

'Wacht.' Susanna greep haar telefoon. Binnen een paar tellen had ze de meldkamer in Groningen aan de telefoon. Esmée gaf haar het adres, dat ze doorgaf en toen nogmaals om er zeker van te zijn dat straat en huisnummer goed doorkwamen. Susanna legde in zeer korte bewoordingen de situatie uit, de centralist aan de andere kant van de lijn leek gelukkig te begrijpen dat spoed geboden was. 'Mogelijk vuurgevaarlijke verdachte', gaf Susanna door. 'Mogelijk slachtoffer met verwondingen.'

'Begrepen', antwoordde de centralist, die de informatie daarna doorgaf en ook een ambulance op pad stuurde. Meer kon Susanna op dit moment niet, al begreep ze Esmées angst en frustratie. 'Kom', zei ze toen de handboeien eindelijk doormidden waren. 'Je bent gewond. Buiten staat een ambulance te wachten.'

Esmée leek niet eens te merken dat er een flinke snee in haar hals zat. 'Zijn ze er al?' vroeg ze alleen maar de hele tijd. 'Is Jackie veilig?'

Het duurde twaalf lange minuten, maar toen kwam de centralist, met wie Susanna al die tijd aan de telefoon was gebleven, met de verlossende woorden. 'Eén verdachte gearresteerd', zei ze. 'Een jonge vrouw is in goede gezondheid aangetroffen.'

Terwijl de tranen over de wangen van Esmée stroomden, veegde Susanna heel even langs haar eigen ogen.

Pas toen ze haar hand uitstak om de deur van het politiebureau te openen, merkte Susanna hoe moe ze was. Haar armen, haar schouders, haar hele gestel, alles deed pijn. Ze verlangde ineens naar een warm bad en heel lang slapen. Maar ze moest nog even wachten.

In de grote vergaderruimte van het bureau was het hele team bij elkaar gekomen. Van Raadt had het woord genomen, maar werd stil toen Susanna, Santiago, Hailey en Juremi binnenkwamen. Wilson was er ook en wierp haar in het voorbijgaan een blik toe waaruit naar voren kwam wat hij voelde. Zijn ogen stonden warm, zijn gezicht straalde trots uit.

Daarna kwam Van Raadt aangelopen. Hij hield stil bij hun groepje en bedankte de rechercheurs en Juremi. Daarna schudde hij haar de hand. 'Knap werk, Martina', zei hij ten overstaan van de hele groep. 'De inzet van agent Mercelina was het kantelpunt bij de oplossing van deze zaak. En dat was jouw voorstel. De verdere uitvoering heb je ongelooflijk professioneel op je genomen.'

Susanna boog haar hoofd en nam het compliment zwijgend in ontvangst. Met haar blik op haar schoenen gericht voelde ze haar hartslag toenemen. Gustavo Zeefuik in een politiecel, Jackie en Esmée Achterberg beiden veilig. Ze haalde diep adem en kon bijna niet geloven hoe deze zaak was geëindigd. 'Dank u wel', zei ze tegen Van Raadt. 'Ik kon dit alleen maar doen door het vertrouwen dat u me heeft gegeven.'

Heel even haakten haar blik en die van haar baas zich aan elkaar. Meteen daarna was het moment voorbij en richtte Van Raadt zich weer tot de groep. Susanna deed haar best om te luisteren, maar in gedachten was ze al een uur verder – thuis, in de beslotenheid van haar eigen huis waar ze alle gebeurtenissen nog tientallen keren door haar hoofd zou laten gaan. Waar ze misschien wel trots zou zijn op zichzelf maar ook nog honderd dingen zou bedenken die ze beter had kunnen doen. Waar ze zou beseffen dat de druk op haar schouders lichter was geworden en dat ze haar plek had terugverdiend, haar naam had gezuiverd. En waar ze uiteindelijk op de schommelstoel zou plaatsnemen en haar neus zou begraven in de nek van haar zoontje in de wetenschap dat het eiland waar hij opgroeide vandaag weer een klein beetje veiliger was geworden.

Hoofdstuk 18

Esmée keek toe hoe de lucht langzaam oranje kleurde. Diep snoof ze de bries in zich op die zoute lucht van de zee meevoerde. Het strand werd verlicht door lampionnen, en reggaemuziek deed een groot deel van de aanwezigen dansen, met blote voeten in het witte zand. Zelf zat ze bovenaan de trap die naar het strand van Grote Knip leidde en genoot van het moment van rust. Dat had ze soms nodig, grote drukte kon haar nog snel te veel worden. En als de hele familie van Leandro aanwezig was, was het behoorlijk druk.

'Het jaarlijkse familiefeest', had Leandro een paar dagen geleden gezegd. 'Het is op Grote Knip. Mijn moeder gaat ervan uit dat jij er ook bij bent. Met je moeder en je zusje natuurlijk.'

'Maar...'

'Je weet hoe ze is.' Hij had zijn wenkbrauwen opgetrokken. 'Nee zeggen is niet echt een optie. Ze wil je familie graag ontmoeten, zei ze. En ze zegt dat je nu alle liefde en warmte nodig hebt die je maar kunt krijgen.'

En met die woorden was het beklonken. De dag erna, eergisteren, had ze Jackie en haar moeder opgehaald op Hato Airport. Na alles wat er was gebeurd had haar moeder meteen een ticket geboekt. 'Ik moet je zien', had ze daarover gezegd. Esmée wilde niets liever dan nu haar moeder bij zich hebben. En niet alleen haar moeder, ze móést Jackie ook gewoon zien, vasthouden, met eigen ogen aanschouwen dat ze in orde was. Daarom had ze aangeboden een ticket voor haar halfzusje te boeken, een voorstel dat Jackie met beide handen had aangegrepen. 'Je had wel dood kunnen zijn', had ze met trillende stem tegen Esmée gezegd toen ze elkaar aan de telefoon hadden. 'Het scheelde maar...'

Ze had die zin niet afgemaakt, ze wisten allebei wel hoe weinig het had gescheeld. Zelf had Jackie ook slecht geslapen van het idee dat ze met een crimineel had afgesproken, dat ze hem zelfs bij haar thuis had uitgenodigd. En dat het maar een paar minuten had gescheeld of hij had de opdracht van Gustavo Zeefuik gekregen om haar iets aan te doen. In plaats daarvan was de politie haar huis binnengevallen en had Dennis meegenomen. Op dat moment had ze dat vooral vreemd gevonden, pas later had ze begrepen hoe groot het gevaar was geweest waaraan ze was blootgesteld.

Esmée had de eerste vlucht geboekt die ze kon vinden en dat was toevallig dezelfde als die van haar moeder. Op Schiphol hadden de twee elkaar natuurlijk gezien en na de aanvankelijke ongemakkelijkheid die dat met zich had meegebracht, hadden ze al snel hun reserves laten varen en waren ze aan de praat geraakt. 'Jouw moeder is echt fantastisch', had Jackie gezegd toen ze op Hato Airport Esmée had omhelsd. 'Wat een geweldig mens.' Daar kon Esmée het alleen maar mee eens zijn. Andersom had haar moeder Jackie een beetje in haar hart gesloten. 'Ze doet me aan jou denken', had ze tegen Esmée gezegd. 'Slim en sterk.'

Sinds de aankomst van haar moeder en Jackie had Esmée vooral veel tijd doorgebracht met praten. Uren en uren hadden ze op de schommelbank, op een terras of op het strand alle details van de gebeurtenissen ingevuld. Soms had Esmée wel vijf keer hetzelfde stuk herhaald en ze merkte dat dat voor haar helend werkte. Blijven praten om het zelf te kunnen begrijpen. Net zo vaak hadden ze gehuild, maar ook gelachen. Ze hadden het over Timo gehad en Esmée voelde iets van verzachting van haar verdriet nu ze wist dat hij inderdaad op een bepaald moment had besloten de politie te gaan helpen. Dat hij die keuze met de dood had moeten bekopen was onverteerbaar, maar toch hielp het in de verwerking van zijn dood en van wat haar was overkomen.

Ze was zo diep in gedachten verzonken dat ze niet merkte dat er iemand achter haar was komen staan. Met een ruk keek ze op, gespannen. Ze voelde de wond in haar hals trekken, maar de spanning verdween toen ze zag wie het was. 'Hi', zei ze met een glimlachje.

Juremi lachte terug. 'Hi.'

Esmée haalde diep adem. Ze had kunnen weten dat hij er zou zijn, Leandro had immers gezegd dat Juremi zijn achterneef was. 'Hoe is het?' vroeg hij en ze knikte. 'Ja. Goed.'

Hij ging naast haar op de trap zitten en keek naar het feestje beneden hen, op het strand. 'Of heb je liever...'

'Nee.' Ze schudde haar hoofd, blikte even opzij. 'Blijf gerust zitten.'

Ze hoefde niets te zeggen, er was al zoveel gesproken tussen hen. Hij had haar leven gered en daarvoor kon ze hem niet dankbaar genoeg zijn, maar hij wilde het nu niet meer horen. 'Ik deed mijn werk', had hij gezegd, eerst op het politiebureau en daarna nog een keer in het resort, tijdens hun laatste gesprek. 'Ik ben blij dat ik er op het juiste moment was. Als je iets was overkomen...' Die zin had hij niet afgemaakt en dat hoefde ook niet. Ze wisten allebei wat er dan was gebeurd.

'Shania heeft het geweldig aangepakt', zei Esmée met een lachje. 'Het is een prachtig feest.'

'Ja, maar wees maar blij dat je niet in de appgroep zat.' Juremi trok een gekscherend gezicht. 'Dan was je vanzelf overspannen geworden. Tante Shania en haar zussen hebben een vrij duidelijk idee bij wie wát moet meenemen.' Hij gebaarde achter zich en nu pas zag Esmée dat daar een grote schaal stond. 'Ik hoop maar dat mijn watermeloensalade de keuring doorstaat.'

Esmée grinnikte. 'Ze kan streng zijn.'

Ze keek naar beneden, waar Jackie naar haar zwaaide. Ze stond op. Even aarzelde ze, maar toen stak ze haar hand uit en deed iets wat eigenlijk niets voor haar was. 'Zullen we dansen?'

Juremi leek niet overvallen te zijn door haar vraag en daardoor maakte hij het moment niet ongemakkelijk. 'Graag', zei hij alleen maar en liet zich door haar overeind helpen van de trap. 'Wacht. De watermeloensalade.'

Plotseling klonk dat woord zo geestig dat ze er allebei om moesten grinniken. Naast elkaar liepen ze eerst naar het buffet, waar Juremi de schaal neerzette, en daarna naar het gedeelte van het strand waar de dj stond. Als vanzelf begon Esmée te dansen, Juremi volgde in haar ritme. Hij deed alles precies goed. Niet te dichtbij, niet te veraf. Zijn handen om haar middel, maar niet opdringerig. Ze keek hem aan, haakte haar blik aan de zijne, maar zocht niet naar betekenis in zijn ogen. Ze waren gewoon in dat moment, samen.

Het ene nummer ging over in het volgende en ze dansten verder. En toen uiteindelijk de muziek even stopte, liep Esmée naar Jackie en Juremi naar zijn broers, maar ze zou hem straks wel weer zien.

'Zo', zei Jackie op vorsende toon. 'En nu wil ik weten

wat er speelt tussen jou en die man.'

'Niks', zei Esmée en dat was niet gelogen.

'Ik heb nog een nieuwtje', zei Jackie toen. 'Ik wilde het niet vertellen tot ik het zeker wist.'

'O?' Esmée maakte haar blik los van de lucht en keek haar zusje aan. 'Wat dan?'

'Ik heb een stageplek aangevraagd bij een advocatenkantoor in Willemstad.'

Even dacht Esmée dat ze het niet goed had verstaan, toen zette ze grote ogen op. 'Echt?'

'Ja, vanaf februari en dan voor een halfjaar.'

Het was alsof een warme golf door Esmées lichaam spoelde. 'Wat geweldig. En denk je dat je die plek krijgt?'

'Nou, dat is het nieuwtje. Het kantoor had al gezegd dat ze me graag wilden hebben en net zag ik dat ik een mailtje heb van de universiteit.' Ze glimlachte. 'Zij hebben de plek ook goedgekeurd. Stel je voor, zes maanden samen op Curaçao, dat wordt geweldig.'

Esmée kon even niets uitbrengen omdat er een brok in haar keel zat. Ze legde haar arm om de schouders van haar zusje, Jackie liet haar hoofd op haar schouder rusten. Haar moeder kwam aanlopen met kleurrijke drankjes en glimlachte toen ze het tafereel zag. Esmée slikte de brok weg, maar toch gleed er een traan langs haar neus naar beneden. Een traan waarin alles besloten lag wat ze voelde: geluk, opluchting, verdriet over wat er was gebeurd, maar ook de wetenschap dat ze er ondanks alles sterker door was geworden. Ze veegde de traan weg en kneep even in Jackies schouder. Toen verplaatsten haar ogen zich als vanzelf naar een groepje dat verderop stond. Met haar blik ontmoette ze die van Juremi. Ze liet het gevoel toe dat erbij hoorde. De warmte, de blijdschap die alleen al die ogen haar bezorgden. Secondelang bleven ze elkaar aankijken en terwijl Jackie verder praatte, voelde Esmée haar hartslag langzaam toenemen.

Linda van Rijn is bestsellerauteur van vakantiethrillers, van haar boeken zijn bijna 3 miljoen exemplaren verkocht. In 2022 is bekendgemaakt dat Linda van Rijn het pseudoniem is van Mariëtte Middelbeek. Zij is journalist en auteur en publiceert ook onder haar eigen naam. Veel lezers kennen haar van haar succesvolle romans als *Single & Sexy, Turbulentie* en *De brief van tante Rosy*. Mariëtte schrijft ook bundels met waargebeurde verhalen (zoals *De mensen van de ambulance* en *Verhalen van de brandweer*), thrillers voor jeugd en volwassenen (*Flashback, Revanche*) en historische romans in de serie Vrouwen van Vechtlust (*Anna, Julia*).

Thrillers van Linda van Rijn

32. Beach Resort
31. Villa Algarve
30. Playa Blanca
29. Ciao Bella
28. Sneeuwblind
27. Provence
26. Zandvoort aan Zee
25. Familiediner
24. Bloedkoraal
23. Strandslag Texel
22. Ibiza Club
21. Zoutelande
20. Costa Brava
19. Bestemming Bonaire
18. Zomernacht
17. Casa Ibiza
16. Winterwereld
15. Zomerhuis
14. Winterzon
13. Zeezicht
12. De Jaarclub
11. Vive la France
10. Ski Resort
9. Voetbalvrouwen
8. Villa Toscane
7. Off Piste
6. Viva España
5. Winter Chalet
4. Vakantievrienden
3. Blue Curaçao
2. Piste Alarm
1. Last Minute

Colofon

Redactie: Karin Dienaar
Omslagontwerp: Riesenkind
Omslagbeeld: Sven Hansche | Shutterstock.com
Zetwerk: Mat-Zet bv, Huizen
Druk: Wilco

Eerste druk oktober 2023

ISBN 978 94 6068 477 7
E-ISBN 978 94 6068 696 5
NUR 305

Uitgeverij Marmer BV
Noorderstraat 55
3742 BB BAARN
T: +31 649881429
I: www.uitgeverijmarmer.nl
E: info@uitgeverijmarmer.nl

@lindavanrijnthrillers
@lindavanrijnthrillers